當我還是人的時候

墨謙／著

冥曲系列—1

關於本書

這本書的誕生是個偶然。

當時，我正坐在飛往美國的某一班機裡，隨手抄起一張紙巾，手裡拿著一枝筆，只想隨手塗鴉、胡亂寫些什麼，紛擾的家庭瑣事，徒增無奈和心煩，身為非當事人，如此焦慮，倒顯得有些多事了；不過，有些事看似和你無關，當風暴來襲時卻難免殃及池魚，難以置身事外。

如同書中人物的兄長說：「我的人生我自己決定。」

「是呀，他的大哥一向決定自己的人生，卻用他人的人生來陪葬！」

主人翁的這句獨白，最能傳神的表達我個人對於「我的人生我自己決定」這句話的最大感想。

每個人每天都在為某個不知道是誰所做的決定被動的牽引著，走向未知的道路，仔細思考這件事會覺得很玄妙，擴大去想，它又或者成為我們所謂的機運。話題一扯遠，又太宿命論了。

像我這樣多思的個性，我先生則經常批評我「自苦」、「不是什麼事都需要經過分析的」。這樣的性格是斷斷無法成為一名心理諮商師，雖然我對這行業有著極大的興趣；但能將腦中所想構思成為一個精彩的故事，絕對是意外之喜。我這輩子從未想過能有機會成為一名筆者，有幸和讀者分享我的文章和想法，而這本書的出版果真是上天眷顧，心中滿是喜悅和感恩之情。

雖然故事的走向和一開始的設定完全不同，卻發展得更好，如同美國名作家 P.J Tracy 所說：「A story usually writes itself.」小說會自己走出一條路來，花了十年，寫了兩個故事之後，也不得不相信這個真理了。

墨謙

目次

第一章　葬禮

1

二〇〇九年五月三十日星期六

又一個豔陽天！

端午節過後，天氣漸趨穩定而炎熱，這不過是一個尋常的週末，對尹墨愆來說卻是個一生難忘的日子，雖然這既不是他的生日、也非忌日，而是他告別式舉行的日子。

是的，他正趕著去參加他自己的葬禮。

晨曦乍現，萬里無雲，羞澀的太陽掛在空中微弱的燃燒著，一陣風徐徐吹來，幾片枯葉在原地兜轉。晨風微涼，相較於他冰冷虛弱的氣息仍溫暖許多。他驀然想到，這該不會是他在世上最後一次享受在白日移動的自由和舒暢吧？

身後是一家他不熟知的醫院外觀，他倚著牆垣，感覺墨黑色大理石與他身體末梢傳來的溫度相同冰冷。

身上的穿戴與平日無異，白色襯衫的衣領上似有一坨乾掉的血漬，身上的物品則樣樣齊全，沒有遭劫的跡象，不知為何一股悶氣憋在胸腔，令人呼吸困難，頭部如遭雷擊般轟隆巨響，而他似剛從昏迷中甦醒，又身陷五里霧中。

手上的勞力士錶顯示時間停在二十一日的下午 5:12，秒針一如死亡前的抽搐，前後困難地顫動著。

急於探知現在的時刻，當下決定向前詢問一下路人。之後，他知道他的身心靈產生一種莫名的變化，彷彿沒有人能夠看見他、聽見他，抑或是感受到他，如同他已不再存在於他們的世界一般。

慌忙中，從路邊的電子看板得知時間為三十日的上午 8:33。

很好，知道時間有助於安定神經，不能得知時間的流逝會把一個人給逼瘋的。

他只知道他必須在早上九點前，到達一個叫做「昭德堂」的地方，參加一個對他很重要的儀式，而他的許多疑惑則會在那裡得到答案。

腦中千頭萬緒，他完全無法回溯那段空白的時間，甚至在他見到今晨的陽光以前，他從何而來、或者發生了什麼。

記得五月二十一日當天下午，他趕著去一家廠商開會途中，坐在賓士轎車後座，正放鬆地閱讀著八卦報紙上的頭條：

傳親生父爆料　當紅小天后譚翎出道前酒店陪侍

大篇幅的詳細報導，附帶許多張玉女紅星清涼養眼的寫真照片，青春的胴體以及性感撩人的好曲線令人不覺多瞄了幾眼，照片中擺弄的風情和優雅，對比最後一張被記者包圍時的倉皇狼狽，顯得格外諷刺。

譚翎十九歲出道，在唱片界被稱為「來自天堂的聲音」，空靈的嗓音加上俏麗的容顏，在歌壇迅速竄起。年僅二十三歲的她，事業成功，影歌雙棲，而感情世界一樣精彩，雖然大多只是傳聞，未經兩造公開承認，但人紅是非多，不知是否越是走紅，越有人想搭她的順風車來提高知名度，還是因為緋聞鬧得越多，她越是走紅？

這下可好，不但有了新題材，報導中還鉅細靡遺地刊登歷年來與她傳出緋聞的男主角，其中不乏企業家及第二代接班人。

媒體翻舊帳的絕活永遠不會失傳。

墨愆草率地閱讀個大概，眉一挑，不屑的喃喃道：「有錢還怕玩不到這種美眉，和經紀人談一下就知道價碼，妓女還裝什麼清高！」

他不願意承認骨子裡對譚翎這類年輕美女完全沒有抵抗力，也保有最私密的性幻想，更不願意想到自己的年紀大到可以當她的爹了。

之後，交代他的特助回程時記得轉往信義路，外帶一些美味的小籠包回公司慰勞和他一起辛勤工作的同仁們，畢竟大家最近為了新接日本大廠的案子忙得天昏地暗。

他所能回憶的僅止於此。

「這是一場夢吧。」他自言自語起來，「有時做夢是沒有邏輯的。」

腦中傳來陣陣音波，聽到的聲音就像唸經般沒有頻率起伏卻不斷重複。他沒有辦法專注思考這一切，只有聆聽那個來自虛無的訊息，告訴他此時此刻應前往的地方。

那是一個熟悉的聲音，天殺的久遠到他無法辨識到底出自於誰！

2

這一邊，一切安排就緒，一塊小小的黑色匾額上，題有「昭德堂」三個大字。

一大片浮沉在塑膠花海的直匾用廉價保麗龍拼出幾個字：

顯考尹公墨愆先生告別式

白色彩球一左一右的懸在門口，靈堂四面垂掛著莊嚴的黃色布幔，牌位向上架高兩層，疊出往生者與這個世界的距離，白色的百合花籃簇擁著燈燭鮮果，一疋白色絲質布緞在視覺上阻隔放在後面的棺木，紙糊的金童玉女矗立兩旁，等待儀式結束後，與往生錢、摺紙蓮花和金銀元寶一同焚燒。

招魂幡倚著靈桌，一座香爐就擺在神主牌的正前方，裡頭插了好幾叢香，爐煙裊裊，三尊救苦救難的地藏王菩薩像則擺設在旁，等著引渡枉屈冤魂通往西方極樂。

供親友入座的幾排座椅則黑鴉鴉的一片，座無虛席。

遺照上的他依然玉樹臨風。

一幀幀掛在樑上的輓聯隨風飛揚，上頭寫著「英年早逝」、「功在國家」等頌揚字句。

等等——他何時功在國家？

他不過是個商人，商人只圖營利生存，毫無情操可言，哪來什麼犧牲奉獻、為黨為國。

仔細端詳這幅白幔出自何人，原來是立法委員顏紹章。

回想與這個立法委員結交的始末，實則出於偶然。

七年前收到顏立委的來信要求選舉募款，之後，他便順利的接到國家科學發展會的一個案子。基於「民不與官鬥」的立場，尤其是商場生存的法則，只要有利公司發展，要什麼他都配合。在顏立委登門拜訪之後，他解囊捐獻一百萬元支援那一場選舉，略盡棉薄，接著，各類「政府與民間企業座談會」的餐敘邀請便如雪片般飛來。

當然，舉辦宗旨是為了傾聽民間在國家競爭力方面的需求，只是，兩造對於這類應酬則各有想法，商人想要商場得利總得認識一些有力人士，方便辦事自然不在話下，就怕不配合，來自各方的麻煩不斷；政客則須募款選舉，說穿了就是要錢，各取所需之外，倒也算是脣齒相依的親密關係。

因為他的長期贊助，讓一個黨能順利的選舉，這叫做國家福祉？

哈，若說商人無德，政客無恥，倒是相得益彰，一樣是髒水裡的污泥，一團污穢。想到這裡，他不禁搖頭失笑。

由於他未婚無子，家屬方面決定由內姪尹善維代勞，披麻帶孝，從誦經開始一路跪在靈前。

中國人最忌無子送終，只有惡貫滿盈的人才被詛咒這等報應，更何況他是英年早逝，且死於非命。

在一陣誦經祝禱後，司儀已就位準備開始，國樂社接著演奏驪歌，在司儀發出職業的哽咽聲中，帶動現場的感傷氣氛，家奠開始。

司儀不慌不忙的唸完手中一份黃紙黑字的奠文，內容包括死者姓名、生日、忌日、未亡人、後世子孫等（可惜了後面二項從缺），以及一堆只能在應用修辭學裡找到的古文詞藻，那些泣訴著哀慟、悼謁的文彙，從沒人認真聆聽，更沒人記得起來，正如他的人生，隨著司儀朗誦完畢，他也將隨著最後這份戶籍謄本一同化為灰燼。

在司儀的交代之下，尹善維持香一柱，身著孝服，嘴裡唸唸有詞：

「二叔，現在是五月三十日上午九點整，正在舉行您的告別式，如果你魂魄有靈，來到現場，請給我一個聖筊。」插上這一柱香後，他便拿起桌上的兩枚十圓硬幣向下一擲。

墨慫腦裡閃過一個聖筊畫面，地上所擲出的硬幣完全答應他腦中所想。

——原來，腦中不斷傳來的音頻就是這個聲音。

「我真的死了……不可能呀！」許久不曾有過的慌張霎時湧上心房。

不是說死者會在頭七的那天晚上知道自己往生，並獲准回家探視親人最後一次？

這一切並沒有發生在他身上。

聽著司儀唱名，他的兄嫂向前焚香鞠躬，之後是他的小弟及未婚妻，再來，就是表親至姪字輩，依序上前致意。

他們大都面無表情，只有小弟墨樊神色凝重，透出幾許哀傷之意。

白煙縷縷上揚，他發現他能從香柱中看出上香人的名字以及他們說的話，在細縷白絲中閱讀他們的想法，無論歡喜悲傷或胡思亂想，所有的情緒展露無遺。

諷刺的，他的兄嫂甚至是喜悅的！

雖談不上鬩牆，兄弟兩人感情不好卻不是新聞，他們對事情的觀念及處理方法向來意見不合，哥哥成家之後，兩人更是形同陌路，他的大嫂在這件事情的促成上貢獻良多。看著她，他心中油然燒起一把無名火。

至於他的準弟妹，他並不是第一次見到她，這次他仔細的打量她，看進她的眼神裡。她莫名的震懾了一下，彷彿能感受他的眼神。

女孩個兒不高，體型略嫌壯碩，一張長臉，白襯衫配一件黑色窄裙，像是辦公室的OL，今天出席只不過是例行公事。新整燙的髮型與顴骨過高的臉型並不搭配，酒紅的髮色標新立異，在整場黑白肅穆的告別式裡，像在替喪家宣告，這個葬禮代表的正是一種利空出盡、谷底反彈的喜悅。

他討厭她，真的。這個女人骨子裡驕傲霸道，強勢好辯，娶進門後會不斷興風作浪，讓一個家不得安寧。

但他又能如何?他只是一名孤魂，連移動物品的能力都沒有，甚至不存在於世俗紅塵，如何能阻止這門婚事？思及此，他心裡五味雜陳，眼中飽含淚水，一陣酸澀在喉間久久不散。

家奠結束，很快的公奠開始。

隨著司儀的一個個唱名，這是最後一次他能近距離的看看他的朋友們。

死者已矣，活著的人仍是在意他們的體面、權勢和地位。

司儀根據來人的社會地位唱名：

「現在上前致意的是行政院經濟部工研院院長王裕仁先生……請立法委員顏紹章先生準備。一鞠躬、再鞠躬、三鞠躬，家屬答禮……」

致意過的政商名流紛紛離開。

此時，場外的維京科技老闆陳維程和冠明電子的總經理李玹三正在談話。

陳維程搖搖頭，一臉感嘆：「這尹董的家屬也真是的，一個葬禮搞得這樣寒酸，想想他的身家，留下來的錢少說有四、五十億，死了才幾天，隨隨便便就這麼辦了，真替他不值。」

「唉，難怪人家忌諱無子送終。孤家寡人一個，連身後事都得麻煩自己兄弟，樹大分枝，畢竟不比自己的妻兒骨肉呀，死了誰管你什麼行頭、氣派。聽說連頭七都省了，你看誇不誇張？親兄弟還是明著算帳的。」

「不是吧？」陳維程張大了嘴，不信的問道。

兩人邊說邊離開會場。

「黃金單身漢，生前拼命賺錢是為了誰？養老？只怕有命賺沒命花，世上的事是誰也說不準。就不知道尹董生前有沒有立遺囑，不然就這樣白白便宜這兩個兄弟，諒他是死也不會瞑目。」

「誰知道呢？不過，這倒是提醒了一件事，」陳維程擠眉弄眼的奸笑著，「李老弟，你知道，在外面玩歸玩，家裡那個是死也不能離的，你懂吧！啊？」

李玹三點點頭，並發出會心的一笑，談笑間兩人一同離去。

原來他的兄弟連頭七都不曾幫他舉辦，就急著想將他送上山頭！

尹墨愆並不迷信，但對這些儀式，不知怎地竟然重視起來，心中越發感到憤怒。

隨著一連串工商電子業老闆們的唱名結束，他終於得以看看工作以外的老朋友，他汪著淚水看著這一刻。

司儀此時不再唱名，只由著這些朋友排成兩列，一次兩位同時上香致意，之中包括他公司的員工。他的高中死黨和大學同學都來了，他們個個面色凝重，女仕們淚眼婆娑，幾位男仕則眼眶泛紅，不發一語。

公祭結束，司儀宣布：「現在，各位在座的親朋好友要瞻仰遺容、見往生者最後一面的，可以繞到白幔後面來。」

上香祭拜後，不相干的友人陸續離開。

他的好友們就著棺木繞了一圈略表誠意，家屬中只有弟弟墨樊和姪兒善維到棺前見他最後一面，出乎意料的，還有一個人，他感覺非常熟悉卻叫不出她的名字。

她身形消瘦，一頭長髮毫無生氣的垂掛胸前，一身黑色洋裝，一副墨鏡，襯出那張臉更加蒼白憔悴。她沒有上前焚香，而是默默的站在一旁，像在等待最後這一刻。她來到他的柩前，不斷以手帕拭淚，傷心欲絕如同她就是那個未亡人，剛剛經歷喪夫之痛，捨不得他離開人世一般。

來不及的瞬間，一顆晶瑩剔透的淚珠意外的滴在他的臉上。

他摸摸臉上濕潤的淚滴，倏地感到一股思念之情，他已經很久沒有感受那種溫暖，就像他不曾被世界遺忘，還有人懷念著他。

第一次他看著自己的屍體，是那麼蒼白、僵硬——感謝老天，至少他是完整的，經過禮儀師的裝綴之後，他死得不算難看。但是，死相好看與否又怎麼樣，不一會兒都將化為灰燼。

一時間，心頭湧上一股不甘。

我不能就這樣走，我要留下，他堅定的對自己說，彷彿他還有天命未完成一樣。

第二章　偷情

1

下午三點鐘，陽光餘威未盡，看不見的熱度中揚起粒粒沙塵，層層疊疊的升高。

茂密的樹枝伸懶腰似的晃動了下，地上的細葉枝影瞬間移位，讓人有時間的錯亂感，彷彿時間已經過去很久，其實不然。

也許是因為溫度吧——刺眼的陽光和高溫經常令人感到暈眩，尤其是在死了不少腦細胞之後。

室內的空調依然隆隆地運轉，奮力將陣陣冷空氣吹向雅嬪，偏就是心有餘而力不足，好不容易到達她的座位便無力的融化。她的座位處於西曬的位置，唯一能做的就是闔上百葉窗簾，阻絕強烈的陽光；但是她並不想這麼做。

雅嬪剛完成手上的工作，筋疲力盡的勞累讓她的身心呈現完全的放鬆，視線落在牆上的掛鐘，巴不得時間停在五點半，她就可以準時下班了。

盯著桌上圓鏡中的自己，一頭捲尾長髮，搭上黑色金蔥的網紗洋裝，小露香肩，俏麗又帶性感，他一定會喜歡的。想到他臉上會出現的表情，她不禁莞爾。

霎時，前方射來一道殺氣。

擡頭的瞬間，谷歆歆踩著她的高跟鞋旋風式的到來，正好看見她在照鏡子，就像抓到她正在偷懶一樣。頂著猙獰的一張臉，歆歆手上的卷宗往她桌上一擱，語氣客氣卻故意提高音量：

「李律師手上那個家暴案的資料都在卷宗裡了，這是急件，麻煩你務必在明天上午之前完成。李律師說，和當事人聯絡之前他要先看過一遍，可以嗎？」

「可是現在已經三點多，要在兩個小時之內完成未免太趕了吧！」

「那就請你留下來加班。」想不到會接收到抱怨的訊息，歆歆聽著更是火大。

「可是今天晚上我有事，我男朋友生日，我不能加班。」

「這是什麼話！私事比工作重要嗎？生日明天再補過就好啦，不過是吃頓飯，有什麼了不起。」

歆歆柳眉一挑，面色不豫的瞪著她，眼睛不住的朝她上下打量，對她的穿著打扮頗不以為然，斜擺起一張臭臉，大有挑釁的意味。

望著那張晚娘面孔，雅嬪胸口充斥一股難以名狀的憤怒，職階相同，憑什麼她敢對她這麼頤指氣使的，難道因為她較資深，就在她面前倚老賣老！

「我自己去跟李先生說，我想他不會這麼不近人情的。」她把漲紅的一張臉轉開，拒絕再和谷歆歆交談。

歆歆有些難堪，擺明人家不把她看在眼裡，一陣怒急攻心之後，非得想個方法好好羞辱她。

「聽說七年級是草莓族，果然沒錯，不負責任、抗壓性又差，早知道看到履歷表的時候就該刪掉，概不錄用。」

見雅嬪裝襲作啞，一副楚楚可憐的樣子，根本是在博取同情，這樣的女人城府夠深，她最恨這種女人了。

「我看我還是直接去跟李律師說，『不好意思，我們王小姐要去約會，沒空做你的案子，我又忙不過來，只好讓法院擇日開庭，要不然就換一個新的助理吧！』」語畢便神態囂張地回到自己座位。

辦公室的同仁面面相覷，多數人選擇明哲保身，不想加入戰局，雖然為雅嬪感到難堪，他們只是在背後耳語，沒人挺身而出。

面對這樣的窘況，她心中委屈，躲到茶水間大哭，好不容易冷靜下來，回到座位，才不情不願的開始歆歆交代的工作。

下午六點鐘，雅嬪打了下班卡離去，留下一桌未竟的工作。

看她大膽離去，歆歆心中不爽，這小騷貨好大膽，難道真想讓案子開天窗？

晚上七點半，還不見雅嬪回來加班，歆歆感到怔忡，懷疑自己下錯了這著棋。原本這是她的工作，只是看到雅嬪一派輕鬆的在一旁等下班，除了不悅，還心生一計，何不讓別人來替她完成工作？一樣的職階，憑什麼她要做得比人家多！再說，借花獻佛一向是她的行事作風，被利用的那些人從不曾察覺或惡言相向，代表她的功力還算高超，能輕易地駕馭那些笨蛋。

不如，現在跟小李打個預防針，把責任推給雅嬪，就算沒有如期完成，又與她何干。拿定主意，她走進他的辦公室。

雅嬪在晚上 8:20 左右趕回公司，辦公室燈火通明，看來她不是唯一得工作的人，顯然谷歆歆還在公司，她的 LV 包包正刺眼地靠在檔案櫃上，另一邊，由窗簾細縫鑽出的光線研判，李律師應該也在。

李律師的辦公室大門緊閉，顯然室內有人相談要事，但是為何把玻璃的窗簾拉上？雅嬪嗅出一絲不尋常的氣氛，該不會歆歆正在裡面搬弄她的是非，暗箭傷人吧！她非常慶幸自己趕回來加班，還有機會在老闆面前為自己辯駁。小心翼翼地把頭靠在門上，一隻手輕輕碰觸門鎖，想聽聽這女人在背後如何告狀。

輕微的碰撞聲由門內傳出，聽得到女子克制的喘息聲，模糊中聽不清楚兩人交談的內容，卻掩不住開心熱烈的氣氛。出於好奇，她輕輕的扭動門鎖，想知道門是不是上了鎖——

她不敢置信的轉動了兩次，門鎖的震動聲驚動室內的兩人，她慌張地停下動作，專注地探聽房間內的動作，終於清楚地聽見女子說：「是不是有人？」

空氣凝固在這瞬間，安靜地沒有人呼吸。

過了一會兒，李律師才放心大膽地說：「大家都下班了，哪有什麼人，別多心了。」

雅嬪腦中尚無法消化過去十分鐘發生的點滴，一回神便躡手躡腳地往自己的辦公桌前進。胸前消長的伏線證明她還處於驚慌的境地，此時此刻，她只想趕快完成手邊工作，回家休息。

又過了十分鐘，那奇異的陰陽門終於被打開，她終究抵抗不了心中的好奇，擡頭望入那道開啟的幽門內，毫無意外的，谷歆歆從裡面走出來，雖然整了衣著，臉上的神情、狼狽的髮梢，在在都說明了這段不尋常的關係。

驚駭中兩人四目相接。

她腦海迴盪著，我的天，李律師有家室，谷歆歆有男友……

歆歆錯愕地發現辦公室確實有人，還是那個和她結下樑子的王雅嬪，雖然感到一絲羞赧，她立刻整肅斂容，鎮定地展開攻擊：

「你不是下班了嗎？」

「是你要我回來加班的，你忘啦！」難以忽視剛才的發現，雅嬪輕蔑地回嗆。

歆歆心虛問道：「你回來多久了？」

「你放心，久到足以在期限內完成這份報告。」

歆歆再也無法力持鎮定，她的臉上除了驚訝之外，破天荒的出現懼色。

雅嬪感到一陣復仇的快意。

誰想得到第二天居然是她被辭退的日子。雅嬪看著李律師，滿腦子想的都是昨天他離開辦公室前虛假的問候，那猥瑣的神情和現在一副道貌岸然的模樣相去甚遠，簡直無法想像他們是同一個人。

她細細聆聽李律師對她昨天嘔心瀝血、加班趕出的報告提出的嚴厲批評，直指出他認為應該表列在報告裡卻被遺漏的部分，而程序上的疏失已經嚴重的影響當事人的權益，因此將她解職。

一切似乎來得合情合理，如果她沒有發現那兩人的幽會，沒有向谷歆歆示威的話，也許不會失去這份工作。

2

三坪大的空間裡應有盡有，自動販賣機供應各式冷飲，大型的開飲機與冰箱等高，洗手臺旁的移動櫃上擺著電器用品，而茶包、奶茶等飲品則大方的無限供應。

辦公室裡除了洗手間，最人性化的空間就是茶水間，加之地方不大，縮小人與人之間的距離，當然就最適合聊八卦，尤其是那種天天在身邊上演的戲碼。沒有什麼比知道自己被矇在鼓裡的內幕時還要震撼，更令人屏息以待。

浩儀靠在自動販賣機前，雙手交叉的頂在胸前，說書般地放送這個令人吃驚的故事，她沒有察覺自己臉上的表情和聽者一樣詫異，彷彿需要更多時間來過渡。

「那天和雅嬪吃晚飯時，她告訴我的。我聽完嚇了一大跳。」

「哇，不會吧！」聽書的兩人不約而同的大叫，控制不住音量。

「李律師和谷歆歆有一腿？谷歆歆不是有男朋友的嘛，聽說交往好幾年了。這李律師有老婆的，真想不到，男人都一樣壞。」芝蘭坐在椅子上，托著腮的一隻手費力的撐在桌上，神情若有所思。

「也要有狐狸精願意做小才行啊。」浩儀顯然有不同的意見。

「不知道他們在一起多久了，算是保密得很好，都沒有人發現。」

「很難想像雅嬪會這樣離開，就算報告有一點疏忽，加上去就好，用這種理由開除人家未免太牽強了。」嘉瑩一臉不可置信地說道。

「你太天真了，當然不是工作的疏失才被開除，是因為發現他們的姦情。」

「怪不得谷歆歆在公司這麼蠻橫，原來是因為有靠山。」頓悟似的，芝蘭突然下了結論。

「對了，嘉瑩，你剛來不久，又接雅嬪的工作，我是好心提醒你，谷歆歆這個人……」

浩儀來不及把話說完，歆歆便粗魯地將門推開，嚇壞在座的三個人。

她佯裝客氣道：「這麼熱鬧，你們都在聊些什麼？」

見三人面面相覷，一句話都吐不出來，歆歆心中才稍稍解氣，有種呼了三人巴掌的爽快，但是她覺得還不夠。

「看來這公司只有我一個人在工作，我得跟老闆要求加薪了。工作這麼多，別人卻在茶水間裡閒嗑牙。」

回過神後，浩儀冷嘲熱諷的回擊道：「我們在等咖啡煮好。公司不會連讓員工喝杯咖啡都不准吧，還要雇個糾察隊在這邊三令五申的，又不是老闆娘！」

聽到這句話，歆歆頓時面色漲紅，有點窘，更多的是羞辱。

「這咖啡最好是煮這麼久！」撂下這句話，她怒氣騰騰的離開茶水室。

3

歆歆坐在角落的沙發上，發呆地看著落地窗外來往的人們。

天色漸暗，空氣中塵灰不經意地落在柏油路上，觸目盡是灰暗，在天光餘燼未滅之前，她靜靜觀察窗外的人們，他們的臉上帶著怎樣的顏色。

一扇門開開關關個不停，人們熙熙攘攘的來去，沒人注意到角落的谷歆歆。

百無聊賴的瞥了手錶一眼，她的視線終於落在門口，每一個進來的客人都會吸引她短暫的目光。

此時，皮包裡的手機不安分的來回震動，空氣中傳來一段熟悉的音樂聲，來不及等它唱完，歆歆便急著把它從大包包裡撈出來。

「喂，你在哪裡？嗯，我到了。你還要多久？好，先這樣。」

掛了電話，歆歆找出錢包，起身往櫃檯走去。

付了錢，歆歆拿了飲料和號碼牌回到座位，等待的滋味很不好受，有杯飲料喝，手邊至少有點事情做，旁人不會覺得她一個人呆坐在那裡看起來很矬。

她有些訝異，什麼時候她谷歆歆開始注意別人對她的看法了？

都是那幫八婆！那天在茶水間外，她倚在門邊偷聽她們到底在說什麼，果然被她猜中，雅嬪真的把那天發現的事告訴別人。

哼，幸好小李聽她的把她開除。不過，紙噶不住火，很快全公司都會知道，一旦她和小李的關係端上檯面，她就必須處理長久以來她不敢面對的三角關係，而現在，彷彿還不是時候。

一想起小李，唇邊不覺揚起個笑容，心裡一陣甜滋滋的。

李冠霖，三十五歲，身材高挑，長得皮白嫩肉，乾乾淨淨，扁薄的唇線微微上揚，讓他看來永遠都是笑臉迎人、沒有脾氣（如此一來，反倒抓不住他真正的心思），千篇一律的西裝頭，身上永遠是燙得筆挺的襯衫領帶，高級名牌皮鞋擦得烏黑油亮，連根頭髮都不可能在意外中附上他的鞋頭。他家境優渥，從小到大一帆風順，進國立大學，考上律師執照，工作個兩三年，家裡便出資讓他和友人合夥開一家律師事務所，擁有自己的事業。這樣一個成功的男人唯一的缺點就是——有老婆了。

那天她走進小李的辦公室，抱怨似的撒嬌。

「怎麼啦？」他討好的問道。

「我把你手上一個案子交給雅嬪做，就是那個家暴離婚案，我忙不過來就請她幫忙，結果她六點就下班，說是幫男朋友過生日，不知道工作做完沒有。我有點擔心，一定得告訴你一聲。」

「那個案子是趕了點。明天上午還有一點時間，雅嬪的個性很負責，工作能力不錯，如果她下班了代表她應該能做完吧。」

「是啊，她工作能力好，我手上的案子都讓她做好啦！」聽到小李這樣稱讚她，歆歆心中醋意油然而生。

「我不是那個意思嘛。」

「不是那個意思……她這麼好，我走好啦，反正你有這麼能幹的助理幫你，少了我也沒差。」

見歆歆的臉色陡變，小李起身把門關上，一隻手自然的搭在她的腰上。

「哎呀，她怎麼跟你比嘛，這樣就生氣，這麼愛吃醋。」

「是啊，我愛吃醋，愛吃醋到一通電話就二話不說讓你回家去陪老婆。你自己說，我從來就沒有逼你離婚，是不是？」

「就是因為你這麼獨立又識大體，才這麼討人喜歡。跟你在一起輕鬆多了，回家之後壓力好大，老婆只會抱怨我工作忙沒空陪她，不想想要不是我拼命工作，她哪來的錢揮霍！結婚之後，都靠我賺錢，沒有能力養活自己，只能在家帶小孩。她就是一個黃臉婆，跟你完全不一樣，真不知道我當初怎麼會娶她。」

小李湊近一張臉便要吻她，歆歆被逗得吃吃笑著。他並沒有放過她，一隻手伸到她上衣裡頭搓揉著，她先是沒有拒絕，然後忽然想起什麼似的，把他的手撥開。

「不要這樣，這是辦公室。」

她這麼說，倒是提醒了他。他賊頭賊腦地往辦公室外看了看，確認沒有人在，才把百葉窗簾合上，淫邪地笑著說：「我們從來沒有在辦公桌上做過。」

話一說完，雙手便猴急的伸進她的上衣，熟練地解開她的內衣，心急地清出桌上一角，文件散了一地，把她抱坐在桌上，身體頂在她的雙腿之間，雙唇貼著她嫩白的頸項，手也沒有閒著，大手覆蓋住她的心口，來來回回引誘著她。

歆歆非常清楚在男女的遊戲中，分寸的拿捏是最要緊的，遊戲之所以這麼引人入勝，全是因為刺激，越是得不到滿足，越是渴求。這是一場角力，要想在性遊戲中棋逢敵手並沒有那麼容易，而他，顯然是箇中高手。

他輕聲在她耳邊呢喃著：「我要是先遇到你就好了。」

甜甜的，她笑了。

門口突然傳來喀嗤的聲響，近得就像在眼前一樣，兩人都嚇了一跳。

歆歆臉色丕變，慌道：「是不是有人？」

兩人相視靜默，豎耳諦聽。

她不安的跳起身整理衣著，想開門查看。小李拉著她，阻止道：「大家都下班了，哪有什麼人，別多心了。」

小李欠身擁她入懷，拉高她的裙擺，和她纏綿好一會兒，他方才說：「我要是為了你離婚，你會跟他分手吧？」

這是他們在一起這麼久，他第一次脫口說要離婚。

她沒有回答，但她要好好享受這一刻，看著眼前這個戰利品，她感受到勝利的喜悅。

雖然開心，她當時沒有想到會面臨兩難，回家考慮許久，一直無法做出決定，不像她想像中那樣不顧一切地投入小李的懷抱，讓她深感莫名。

「喂！在發呆啊？」

等的人終於出現，李芙蓉一身居家的運動服，素顏清新的出現在她面前，輕鬆的神氣好像剛沐浴過的樣子。

「怎麼這麼久才來，一來就嚇人。」

「誰教你連我進門都沒發現。這麼認真在想什麼？該不會少女思春了吧。」

「少胡說。等你這麼久，搞什麼鬼？」說完便瞪了她一眼。

雖然對於好友遲到有些怨言，但她臨時打電話邀約，姐妹淘都有約會，只有芙蓉答應要來，如此的義氣相挺令人感動。她在心裡嘆息，重色輕友用來形容女人更為適切，女人對愛情是沒有抵抗力的。

「先點餐，我餓了。」

芙蓉起身到櫃檯領完她的餐後，兩人大快朵頤起來，感到非常滿足。

「你男朋友今天怎麼沒有跟你約？」看著桌面一片杯盤狼籍，芙蓉打了個飽嗝。

「今天沒有，我想一個人靜一靜。」

「發生什麼事了嗎？」

空氣中有種凝固的氣氛。

「老實說，我最近很迷惑。我老闆向我求婚了！」歆歆難掩興奮地說出這幾句話。

「誰？你再說一遍。」

「就是我們公司那個李律師，李冠霖。你知道他吧？」

「怎麼會？你不是說他結婚了嗎？」

「他說要為了我離婚。」歆歆強抑住眉飛色舞的表情，忍得很辛苦。

「你愛他嗎？」

「嗯，我說不上來，說真的，他各方面條件都不錯。」

「尹大哥知道嗎？」

「當然不能讓他知道。」

「你有什麼打算？」

「我不知道，所以才找你出來談談。」

芙蓉一聽到對方想參考她的意見，馬上熱心起來，說話有些激動：「不要吧，你那麼年輕，幹嘛要找離婚的？」

「尹大哥也離過婚。」

「情況不一樣，那律師又還沒離，有誠意叫他先離婚再說。」

「可是如果他為了我離婚，我又沒跟他在一起，道義上不是說不過去？」

「如果他的婚姻真的出問題，就算不是為了你，他也一樣會離的。」

「他說，就是為了我才要離婚的。」這話說得有點氣憤，她的話真有這麼難懂？若不是拜倒在她的石榴裙下，他又何必離婚呢！

「那你就該嚴辭拒絕。他可能是意亂情迷，一時迷惑罷了，等他玩夠了，搞不好又回他老婆的身邊祈求原諒，這種男人太多了；更何況，尹大哥對你這麼好，處處順著你，在一起這麼久了，要是就這麼分手，不是很可惜？」

芙蓉懇切的說出內心的想法，這下換歆歆感到不悅，沒有人喜歡聽勸，像是在告訴你你的智商有多低似的。

「墨樊要是有他這麼好，我就不必在這裡掙扎。他雖然對我好，可是做事拖泥帶水很不乾脆，老大不小了，對未來全然沒有規劃，在一起久了，對方有幾兩重都摸得一清二楚，他能力到哪裡，我會不知道嗎？我有時會擔心，要是真的嫁給他，會不會是另一對貧賤夫妻？」

「他兩個哥哥不是都挺有錢，尹大哥不是有個企業家哥哥？」

「哥哥有錢又不是他有錢！說真的，他要是有他哥哥一半的野心和能力就好了。」

「他既然這麼差，不如就分手吧。」芙蓉語帶調侃的微笑道，想看看她的反應。

聞言，她皺著眉，一臉為難，吱吱唔唔說不出話來。

「天啊，這就是你的心情，食之無味，棄之可惜？」

「每個人不是都在騎驢找馬，當你遇到更好的，把握當下有什麼不對？」

「萬一所謂更好的並沒有更好怎麼辦？」

「所以在確定那是一匹好馬之前，驢還是得拴著啊。」

聞言，她一愣，隨後輕嘆一聲，「每個人的要求不盡相同，我實在沒有辦法給你建議。」

歆歆好奇道：「難道你和你男朋友從來沒有相處上的問題？」

芙蓉笑道：「在一起這麼久，怎麼可能沒吵過架，但是我們說好不輕易分手，心裡有話就說，不管發生什麼事都要共同承擔，就這樣過了好幾年。」

「心裡有什麼話都要說出來，這件事我做不到。他如果愛你，就不會什麼都要等你開口他才去做，那種感覺很消極，你不覺得嗎？像個乞丐在索討他的同情，要他對你好。生活中如果沒有驚喜，這樣的關係很危險不是嗎？」

「但他不是你肚裡的蛔蟲，每每都能猜到你的需要。放低對愛情的標準，至少他是愛你寵你的，而一個愛你寵你的男人會盡他的全力來讓你幸福。我相信如果你要他馬上結婚，他會立刻答應，對你負起責任的，而且，如果你也愛他，應該是和他一同努力才對。」

「他就只有這一點好，我要他怎樣，他都會照做，但是，兩個人的關係裡，只有愛是不夠的。」

「說得對，只有愛是不夠的，還要有信任。你相信他嗎？」

歆歆的神情不置可否，彷彿這個問題幼稚得可笑。

芙蓉又接著說：「至於那個李律師，你又了解他多少，撇開了愛不談，你相信他嗎？」

歆歆感到一絲惱怒，她才不用別人來教她怎麼做！

別開頭望著窗外，卻不得不對自己承認，這些日子，她對他又了解多少？她從沒想過這個問題。

朦朧的夜色裡，淡黃的月光無力地照在灰藍色的大地上，人們面無表情的在城市裡遊移，光線下的幢幢陰影越走越長，在每個人的背後縈迴著，鬼魂似的了無聲息，直壓得人喘不過氣。

4

歆歆和小李之間雖然維持原狀，但大有「小別勝新婚」的甜蜜，感情日漸加溫。

為了工作方便，兩人堅持不公開，對於傳聞和輿論一概否認，斥之無稽。他們終於學乖，在公司非得避嫌不可，儘量避免兩人獨處，逼不得已時則儘量避免眼神交流，一到下班時間，兩人就迅速離開，以往在公司加班的身影已不復見。

所謂的避嫌不過是一種自我安慰罷了，這樣一來，歆歆大可給自己藉口，理直氣壯地忽略他人異樣的眼光和漫天八卦。

儘管別人在背後議論，有了愛情的滋潤和支持，她並不在乎自己在公司被孤立的處境，一直到聽到了那個消息。

上午十點多，茶水間不尋常的出現一小群人潮，彷彿有什麼緊急的消息要宣布，引起歆歆的注意。其實，他們經常聚集在一起，零零散散地，人與人出入碰到了，總會聊個幾句，而嘴巴長在他人臉上，愛怎麼說就怎麼說，她能如何？這些日子以來，她看夠這群人的臉色，他們的眼光從打量、議論、不屑、到指責，已經讓她難以招架，現在，這些人還要變出什麼花樣來羞辱她？

「你們聽說了嗎？李律師要跟他老婆離婚耶。」

隔著牆依然聽得相當清楚。

「真的嗎？」

「一定是為了那個狐狸精。那個賤女人真可惡，自己有男朋友，還要去破壞別人的家庭……」

一群人七嘴八舌地討論起來，這個消息太震撼了。

「好像不是這樣。聽說李律師的太太得了癌症，跟李律師說了，原本以為他會好好的照顧她，想不到他居然鬧著要離婚，真沒良心，李太太傷心死了。」

「你怎麼知道？」

「剛才跟朱律師開會，討論一個老頭遺產分配的案子，碰巧，李太太打電話進來，朱先生沒料到會是這個情形，按了擴音想儘快把電話講完，沒想到我人還杵在那裡。她劈頭就跟朱先生哭訴，把情形說了一遍，想知道她老公在外面是不是有別的女人，順便做法律諮詢，到時如果打起離婚官司的話，她該怎麼做之類的。場面之尷尬，朱先生只好讓我迴避。」

「天啊，這個男人太爛了吧。當初娶人家海誓山盟的，現在人家一生病，就把她一腳踢開，跟那個賤女人雙宿雙飛，算盤打得可真精呢。」

「李太太真可憐，不但身體痛苦，還要承受這種精神折磨，不知道會不會加速癌症惡化，萬一死了，小孩怎麼辦？」

「政客、醫生、律師，這些高知識分子中敗類真不少，想盡辦法為自己脫身，不負責任的人多的是，誰能夠保證你嫁的人是對的。」

「說也奇怪，谷歆歆都不會覺得不好意思喔，搶得癌症的女人的老公，都沒有想過別人的心情，那孩子怎麼辦？我真的很難想像怎麼會有這種賤人。」

「這下可好，真是物以類聚，兩個爛人也算是天造地設的一對，就讓他們好好在一起。那賤女人最好向天祈禱她一輩子不要生病，不然喔——報應很快就來嘍。」

說完，一陣鬨堂大笑。

「喂，我們在這裡說了這麼久，等一下給兩位律師聽到就不好了。」

「放心啦，朱先生這會兒正在李律師辦公室裡說話，沒那麼快出來……」

歆歆舉步維艱地走回自己的座位。

小李的辦公室關著大門，百葉窗簾拉了下來，熟悉的場景裡傳出男人們低吼的爭吵聲，嗡嗡嗡的磁波震得她頭痛欲裂，她心下一片慘然，不能言語。

好不容易挨到下班，她打了下班卡立即離開公司。

經過一個下午的沉澱，歆歆對小李的情緒已由眷戀轉為憤怒，憤怒的源頭是背叛。

她不敢相信她眼中的績優股居然信用破產，而他的甜言蜜語在這一刻更如當頭棒喝，打得她頭暈目眩，失去判斷的能力。

她沒有回家，找了一個湯屋過夜，但手機是開著的，心裡悶著一種不想讓他找到、又想聽他解釋的矛盾，著實難受。

電話響了，是他！她拒接，他留言，她聽完後便刪除了，沒有回應他，但他不死心，不斷的來電留言。那氣急敗壞的口吻，說著他有多擔心她，理直氣壯責怪她的不告而別，對整件事依然沒有交代。

她想關機，但是怕墨樊打電話來，只好開著電話。

春天的溫泉有一種愜意，汩汩的泉聲在寒冷的寧靜裡流淌，整個身子浸淫在浴缸的熱泉下，稀釋了她的污名。

撇開了愛不談，你相信他嗎？

那是芙蓉的聲音，在年輕的夜晚裡魅影般飄搖，揮之不去。

她嘆了口氣，情緒沉澱許多。賤女人的稱號的確太沉重，冷靜下來的頭腦告訴她，是時候了。

小李又打了一通電話來，這一次她接了。

「你到哪裡去了，怎麼不接電話，你知不知道我有多擔心你？」

「不必管我在哪裡，你該擔心的人是你得癌症的老婆吧！」歆歆的口氣異常冷淡。

「你知道了。聽誰說的？」

「不必管我怎麼知道的，事實就是事實。你居然騙我，讓我以為你是因為愛我才要離婚。為什麼不告訴我她得了癌症？還有小孩怎麼辦？我真不敢相信，你是怎樣的一個人！」

「電話裡說不清楚。你在哪裡？我們見面再說。」

「不必了，有什麼話現在說也是一樣。」

「你聽我解釋，我說的是事實，如果不是因為想跟你在一起，我又何必離婚呢。」

「你到現在還要騙我！如果是因為愛我，早在一年前你就會離婚，不會等到你太太得癌症，你才決定離開她，你不過是在推卸責任，不願意照顧她罷了。」

「事情已經到這步田地，我婚是離定了，這對你來說不是個好消息嗎？我離了婚，我們就可以光明正大的在一起，你升格當老闆娘，對你有什麼損失？我不懂你有什麼好火大的。更何況，你都還沒跟你的男人說清楚，我肯要你，已經很寬容了，你倒嫌東嫌西找起我的碴，數落我的不是。照照鏡子吧，我們是同一種人，生來就是自私自利的，不然也不會在一起了。」

「你到底是不是個男人，居然說出這種話！如果哪一天我生病了，你也一樣會離開我和我們的孩子，跟別的女人在一起。你說，我怎麼能嫁給你這種人？」

「你跟我做愛時，怎麼就不會想到你在享受的是別人老公的服務，不是一樣叫得很爽？現在跟我談道德，是我聽錯，還是你哪根筋不對了？」

歆歆沒有想到會從他嘴裡聽到這樣一席話，頓時啞口無言。

李冠霖更想不到會有這麼一天需要來安撫歆歆，他以為這個女人了解遊戲規則，和他一樣拿得起，放得下。不就是因為棋逢敵手，愛情才這麼可口，雙方的關係一旦變質，只剩痛苦，能做的只有離開而已，而這種風險不只是女人承擔而已，男人也是，這就是為什麼人人需要經營自己，讓自己在市場上永保競爭力，她難道不懂？

現在畢竟不是談大道理的時候，他捺住性子道：

「聽我說，我們都是大人了，要有解決事情的能力，現在不是鬧脾氣的時候。我沒有告訴你她的事，是因為我怕你知道了以後，會感到愧疚而壓抑自己，就像現在一樣。難道你希望有任何事發生來阻礙我們，或是，你遲遲不肯跟你男朋友分手，根本就是因為你不想跟我在一起，現在終於讓你找到一個藉口甩掉我？」

「不是這樣的。」

「那你告訴我是怎樣？」

電話那頭傳來一陣沉默，歆歆沒有辦法開口辯駁。墨樊不夠好，小李又不可靠，而她，一直自私地享受著偷來的歡愉，無法決定究竟要和誰在一起。為什麼她就是找不到一個聰明又可靠的男人，能死心塌地的愛著她一輩子？

終於，她慢慢地開了口：「給我一點時間想一想。」

掛了電話之後，歆歆真的不敢相信小李是這樣一個人，不但把自己的不忠不義正當化，還四兩撥千斤地把罪冠在她頭上；而他，幻化成那個受害者，要向她討回公道，讓她為她的罪行負責。

她突然感到一陣恐怖，忍不住打電話給墨樊，終於崩潰大哭。

第三章　逼婚

1

墨樊一臉煩躁的轉著電視頻道，沒有一臺好看的，不是談論美容時尚、演藝圈八卦，不然就是一群人妻吱吱喳喳在電視上大爆料這類沒營養的節目，越看越煩，最後索性關掉算了。

自從上次歆歆莫名痛哭之後，他對她更是小心呵護，以免她又多愁善感，胡思亂想。

他記得她失神地一直問他，「你還愛不愛我？愛不愛我？」

說也奇怪，以她的強勢性格，是不容易被他人打擊的，不管工作怎樣忙碌，從不曾聽過她的抱怨。上次的崩潰失常，他得到的解釋卻是職場惡鬥，同事們嫉妒她的工作表現，聯合起來排擠她，而她一時控制不了情緒，甚至萌生離職的念頭。

湯屋事件發生後，她一下班總是和他膩在一起，一副小女人態勢，和以前的獨立作風兩樣，不斷的向他透露想婚的念頭，這是以前沒有發生過的。她的驟變實在啟人疑竇，讓他有點適應不良，雖然以前他曾暗暗希望強勢的她能柔軟一點，但不是現在的軟中帶硬，硬逼著他結婚。

剛好碰到二哥意外辭世，墨樊在傷心之餘無心去注意她的改變。

墨愆的告別式來得很快，歆歆要求他對外宣稱她為未婚妻，就是要個身分的確認，為了滿足她的安全感，他只好敷衍地應許。

離過一次婚的他，對婚姻是興趣缺缺。

經過幾天的思考，打了通電話給他的未婚妻。連番親暱的噓寒問暖之後，墨樊決定切入主題，畢竟這才是打這通電話的目的。

「有一件事想跟你商量，不知道你覺得怎麼樣。」

「什麼事？」

「我想，二哥的告別式剛過，家裡的氣氛很感傷，在這個時候辦喜事是不是不太好？」

「你想說什麼？」歆歆不可置信的問道，心中暗暗希望不是她想的那樣。

「你知道，平白無故地在親戚之間惹出一些是非，引人非議是不聰明的做法，依我看，我們婚事最好延一延，儘量低調一點，至少等過了這一陣子以後再說。」一口氣把話說完之後，他屏息等待著。

電話那頭完全禁音，呈現暴風雨前的寧靜，他暗自後悔，早知道還是不要說，讓它這麼拖著也沒什麼不好。

許久之後，電話的那頭終於有了反應。

她聲音微顫，瘖啞的問道：「你是不是在外面有了別的女人？」自己曾經劈腿過，墨樊當然也可能這麼做。

「你怎麼會這麼想？」對他來說是個嚴重的指控。

「我們交往三年多，你從來沒提過結婚的事，求婚提親，什麼都沒有，只是在你的親戚之間宣布訂婚就教你這麼坐立難安，如果不是真有了別人，還會是什麼？」越講越氣，她的音量漸漸失控。

以她的條件來配墨樊，已經便宜他了，她萬萬沒有想到，她願意下嫁，他居然推三阻四，一副不情不願的樣子。

「你為什麼不能相信我，我們現在這樣不好嗎？就差結婚而已，那張紙真的比我們的感情重要？」他依然耐住性子講理。

為什麼女人一定要改變現狀，等到現狀改變，才來後悔，抱怨平凡的生活？這是什麼邏輯，他不懂，也沒功夫懂。

「如果我們的感情對你真的那麼重要，你不會吝嗇到連一張紙都不願意給我了。」她語帶哽咽慢慢的把話說完。

最後，歆歆吸了一口氣：「很簡單，不結婚就分手。」

不等他開口，電話那頭已傳來斷線的嘟嘟聲。

又掛他電話！更可惡的是她還威脅他，這個女人根本沒有溝通的能力，如何共度一生？人的忍耐是有限度的，這次他告訴自己，真的夠了。

2

由健身中心出來，一身汗的墨樊只想儘快回家沖澡涼快一下。

剛到門口，看見樓下站了一個人。那抹身影已經在他生命中消失三個多禮拜，墨樊有些錯愕，陡然忘了身上的黏膩不適。

雙方無言，僵持了一會兒，最後墨樊先開口：

「你怎麼來了？」

墨樊沒料到會在大樓門口遇到她，因為她有他家的鑰匙，大可直接進入，不必在樓下等待，尤其是想吵架的話。

這種景況反倒讓他無法預測她來訪的目的。

歆歆露出一個甜美的微笑，假裝什麼都沒有發生，輕快道：「想你，所以我就來了。」

這話不假。

同樣的人、同樣的話、同樣的笑容，在不同的時刻，效果卻是適得其反。此刻，他只感到噁心，想起她提分手的決絕和三個星期的斷絕往來，她怎麼能裝出這般若無其事的神氣！

他難看的臉色讓歆歆心底漾起一陣不快，已經低聲下氣的出現在他的住家，還不足以代表她的誠意，難不成還要道歉賠不是？強壓心中的怒氣，她提醒自己，今天不是來吵架的。

一轉念，她收起不受歡迎的俏皮，換了個態度，「不請我進去坐坐？」

他點頭，開了門，兩人一同進入電梯，密閉空間充斥著窒滯的沉默，讓氣氛更加尷尬。

一入家門，倒了一杯水招待客人，墨樊開口道：

「我混身汗臭，不介意的話，我想先洗澡，馬上出來，除非你在趕時間。」

「喔，沒有關係的，我自己在這裡坐一下。你去忙吧。」

嘩嘩的水柱聲從浴室裡傳出，這是令人放鬆的一刻。

歆歆站起身來，環顧四周。

米色布沙發配上 5×7 呎的咖啡色地毯，圓桌上放著吃剩的零食和啤酒罐，八卦書報、釣魚雜誌隨意的開展，像是閱讀了一半，餅干圾屑無所謂的散落一地。她嘆了口氣，男人就是這樣，沒有女主人的日子，家裡就是一團亂。

室內是她熟悉的擺設，吧臺上那具電話答錄機是她用信用卡點數換來的贈品，上方倒吊的一組酒杯是她精心挑選的，酒櫃還放著兩人一起蒐集的紅酒和伏特加；回頭看看電視櫃，DVD 上頭的影片卻不是租來與她一同分享的，兩人的親密合照被翻倒蓋住，四腳朝天的框架透著點壯志未酬、橫屍沙場的淒涼。

音響旁邊躺著一疊用釘書機釘好的資料，定睛一看竟是紐西蘭旅遊的行程表，她好奇的拿在手邊瀏覽，注意到這是近期出團的行程。訝異之中，墨爕一身休閒的由浴室走出，頭髮還是溼的。

一陣熱氣跟著他的腳步傳出，室內的溫溼度跟著提高；相反的，他臉上的表情和說話的語氣卻異常冷酷。

「要來怎麼沒有事先打電話？在樓下等很久了吧。」

「剛好經過，想碰碰運氣看你在不在家，按了電鈴一會兒，沒人應，才正要走，你就回來了。」

她本來是想直接闖進他家，躊躇半晌，決定先按鈴，知道沒人在家，她想留在門口等，給他個驚喜，另外，她想看看他身邊有沒有女伴，來個突擊檢查，如若他帶女人回家，她是絕對不會善罷甘休的。

「有什麼事嗎？」他的語氣仍是客套而冰冷。

「你、你要出國嗎？」指著手上的資料，她目前只關心這個，如果要去，又是跟誰？如果沒有第三者的話，一切會簡單得多。

「這個，我還沒有決定。你大老遠跑一趟，就是為了問我這個？」

「當然不是。這三個星期，我想了很多，我很懷念以前的日子，我不知道怎麼會變成這樣，終究我沒辦法捨下這段感情，難道我們之間就這樣結束了嗎？」

她要明確的知道結果，不管是什麼，她要聽他親口說。

「其實，可以不用這樣的。」墨樊嘆了口氣，軟聲道，「這段時間裡，我也想了很多，如果沒有辦法溝通，結婚只會是一個悲劇而已。我走過婚姻，我懂，但是你還年輕，我不想讓你承受這些。」

歆歆頓時臉色發白，心想，說得這麼好聽，想分手卻算在我的頭上，說是為我好。

一股委屈在腹部翻攪，淚水憤然奪眶而出，她語帶哽咽的指控道：

「原來，你那天晚上打那通電話來是想跟我分手，我居然笨到聽不出你的意思。」

被誤會的墨樊，急忙解釋：

「不是這樣的，我只想跟你商量是不是可以把婚期延後而已，你的反應就那麼大。經過這次事件，我才開始認真思考我們之間到底適不適合。」

聽墨樊的口氣，大有壯士斷腕的決心，對這份感情已經不強求了。憂慮成真，歆歆心慌意亂，第一次對自己喪失自信，恐懼讓她的淚水潰堤。

他體貼的遞來一盒面紙，不發一語。

哭了好一會兒，深知該來的總是會來，擦乾眼淚，她深深的吸了口氣：

「我知道我很任性，我以為可以永遠被你寵著，一直幸福下去，卻忘了人是會變的。也許你變了，對我感到厭煩，所以想走了。想想真是可悲，別人是在結婚之後才讓她們的老公厭煩，我卻連這個機會都沒有。」

冷眼瞪著他，她心痛的說：「如果能從頭再來，我們之間可能完全不一樣，只是我從來沒有想過我會在一夕之間被迫長大，而且是我心愛的男人逼我的。你一定要用這種方式來懲罰我嗎？」

墨樊不知如何是好，於是低頭無言。

「如果你決定分手，那就證明那天打來的那通電話的確是這樣的目的，不管有沒有別的女人介入，已經造成你要的結果，但如果不是這樣，我們是不是該給彼此再一次的機會？」

「我沒有想到會這樣。」半晌，墨樊困難的吐出這幾個字。

見他有所動搖，歆歆迅速的抱住他，「我真的不想這樣失去你。」她說。在他的臉頰上留下一個吻後，難捨的轉身離去。

緩緩地走出他家門口，他沒有追出來。

一個人走在街上，心情七上八下，她既氣惱又無奈，嘴裡喃喃的咒罵道：

「尹墨樊，你不會真的對我這麼殘忍吧！」

討厭這種窘境，因為她無法掌控結果。

3

冷靜了幾天，等著他的電話，他沒有打來。

拿起手機正想撥給他，電話在此時嗶嗶響起，打來的人是李芙蓉，她失望之餘將電話接通。

「喂，小蓉，最近好嗎？」

「很好啊，就是因為有個好消息，才想打這個電話跟你分享一下。」李芙蓉難掩笑意，「我要結婚了。」

乍一聽這個消息，她只感到滿腔妒意，強逼自己開口，仍掩不住淡漠的口吻：

「恭喜，訂在什麼時候舉辦？」

「還沒決定，我爸媽正在看日子。對了，今天有沒有空？陪我去試婚紗，給我一點意見。」

「好，那就待會見。」

掛了電話，想到自己跟墨樊現在的情形，而她的好友才是真的喜事近了，此刻，這樣的對比讓她倍感心痛。

下班時間，她收拾著桌上的東西，發現有一則手機簡訊漏了看，匆匆忙忙的打了下班卡，步入電梯，在手機上按了幾個鍵後，他的簡訊映入眼簾。

谷小姐，有沒有興趣一起吃個飯？在我家，今晚七點，等你。

歆歆開心的高喊 YES，終於等到這一刻，出了門，立馬搭計程車趕到墨樊家。至於她的好友，早就拋到九霄雲外去了。

浪漫的燭光晚餐過後，兩人在陽臺靜靜的看著遠方，歆歆嬌媚的偎進男友溫暖的胸膛，品嚐香甜順口的香檳，慶祝失而復得的愛情。

濃情蜜意間，她驀然想起什麼，突地花容失色的大喊：「糟了糟了……」

急忙翻出手機一看，有二十多通來電未接，一一查看後，發現許多朋友都在找她。

「怎麼啦？」墨樊問。

「小蓉要結婚了，我答應她今天晚上陪她去試婚紗，結果看到你的簡訊要吃飯，就急忙趕到你這裡，把這事給忘了。唉，她一定急瘋了，我得趕快打電話給她。」

電話接通後，歆歆謊稱男友酒駕，現在人在警局，事出突然，她今天無法前往赴約了。

幾天後，由麗紗的口中得知芙蓉對她爽約之事耿耿於懷，她聽完的第一個反應很是不悅，心道，當天不是已經解釋過了，不然要道歉幾次！

為此，她打了很多通電話向姐妹淘解釋，尋求友人的支持，偏就是不願去電向當事人致歉。

為了不讓事件擴大，她又打了通電話給麗紗，閒聊之間，終於談到這件事。

「我的大小姐，你到底有沒有打電話給小蓉？」麗紗問道。

「當然有，不是通話中，就是接不通。她怎麼可以生我的氣，事出有因，又不是我願意的，難道我男朋友出事，我還得若無其事地去挑她的婚紗？」

「只是心理不舒服，你打通電話安撫安撫不就好了，反正你爽約在先，欠人家一個道歉，出來吃頓飯就解決了。」

「吃飯當然沒問題。不過，如果存心不接我的電話，我也拿她沒辦法，不然還能怎麼處理？」

「好啦，大家都是好朋友，我出面來約，不用搞得大家見面尷尬，何況小蓉要結婚了，開心辦喜事比較重要，不必為了這種小事心煩。」

歆歆得意的笑了，心直口快的麗紗一向是最容易操縱的。

「那就拜託你嘍。對了，她什麼時候結婚？」

「喔，就下個月十號，訂婚結婚同一天，我們是吃中午的訂婚宴，女方請的，別搞錯了。」

「怎麼那麼急？」

「可能你還不知道，小蓉懷孕了，才那麼急著辦，算是雙喜臨門吧。」

「是嗎？我怎麼沒想到！」

對呀，她怎麼會沒想到呢？

第四章　仗義

1

「死亡是一切的開端。」尹墨愆霍然想起電影「神鬼傳奇」中，女主角那副看破世情、仰天興嘆的模樣。

葬禮過後，他每天在同一個地方醒來，一樣的十字路口，時間指著下午五點。十二個小時正如白天黑夜平均分配到的時限，不多也不少。

果然，告別式舉行那天的預感成真，他再也沒看過太陽，更不可能站在陽光下享受日光的沐浴，就算日落西山，他還是得躲在陰暗的角落，等待夜幕降臨。

人們身上帶有的陽氣，即使在晚上，只要不小心碰觸到，一樣讓他感到火燒般的灼熱難受，尤其是在人多的地方，討厭的是現代人越來越晚睡，而真正舒適的時辰就是子時，一天之中極陰的時刻。

他生前忙著賺錢，從未想過生從何來、死又將何往，認為這種探討無聊至極，死就死了，何必庸人自擾。

原來，是他錯了。

現在他滿腦子想的都是這些，對該往哪裡去竟然一無所知。

——若真有地獄、鬼差，為何他死了，卻不見牛頭馬面前來引魂？

——或者，傳說，死去的親人會前來接引，為何他誰也沒見到？

——抑或，他命不該絕，他的名字本來就不在索命名單之內，這一切根本是個錯誤。

他眼裡倏然閃過一道光芒，興起的一絲希望，隨著他想到自己肉體已經焚燬的事實而回歸黯淡。

陽間的人天天都在犯錯，神仙也難免出包，沒道理到了陰間就是例外。對了，一定是這樣，一切的規範再好，難保沒有疏漏之處，重點是，到底哪裡出了錯？

他一定得找出答案。

夜深了，人潮逐漸消散，熱鬧的街隨著店家關門，離去的腳步聲讓他感到一陣舒坦。

天知道他現在有多怕吵，人來人往製造的噪音、嘻鬧聲和腳步聲，就像錄音機快速運轉嘰哩呱啦的傳來，那頻率已經不屬於他能理解的範圍，他只感到刺耳煩躁，全身酸痛加上頭疼和寒冷，讓他整個人快要爆開來，處在某一種崩潰的邊緣。

突然間，十字路口傳來一陣冗長的尖叫聲，「啊——」

漸漸平靜的夜裡，他聽懂了這一聲尖叫，傳達的訊息代表危險。瞬間，這臺車號「BRU-441」的摩托車應聲倒地，他以靈體托住從摩托車上摔出去的女孩，讓她免於當場死亡的命運。

女孩看到行進車輛變少，耐不住性子等待，竟大膽的闖紅燈，騎到一半時，突然被不知從哪裡竄出的一輛轎車迎面撞上。

一切發生得太快，幸運的，有了他的抵擋，她的意識仍是清楚，身上奇蹟似的僅有幾處擦傷。不久，警車及救護車趕來協助，送醫、釐清肇事責任，進行善後工作。

墨慫對自己難得的「義行」正是得意，想到世間無常，總讓人措手不及，不由心生戚戚之感，驚惶及無奈讓他的心情仍舊難以平復。

漸漸地，周遭空氣瀰漫著一股酷寒之氣，越來越陰森。

他由那股凜冽中嗅出幾絲不祥的氣氛，接著，他就看見一個人，不，是一個鬼，一個異常憤怒的男鬼快速地向他飄來。

鬼魂斗大的雙眼直瞪著墨慫，眼睛滿布血絲，兩顆眼球都快從眼眶裡掉出來，蒼白而僵硬的五官因為憤怒而扭曲著。

鬼魂不停在他身邊繞圈，將他團團包圍，說時遲那時快，一團陰霾直接向他衝來，不知哪來的力道，把他推倒在地，他的魂魄被提起後又重重摔在地上，就這樣上下的來回往地上撞擊，快到他來不及反應。

他忍不住發出痛苦的呻吟，疼痛隨著一次次重擊更趨劇烈，渾身的骨頭都快散了，卻沒有站起來的力量，更不可能回擊，只能承受這種痛楚，但他知道自己死不了，因為他已經死了。然而，因撞擊而流出的血液正往身上回流，粉碎的骨頭緩慢的重新生長，這種快速的康復帶來另一種劇痛。

半晌，氣出夠了，攻擊隨之停止。鬼魂一把掐住墨慫的脖子，撞向路邊的電線杆，用他可怖的一雙眼定定的盯著他許久，一動也不動。

被掐住脖子的墨慇無力反抗，動彈不得。

周遭的陰氣凝聚著，尋常的一個夏日夜晚，陰風陣陣，空氣像冰山一般寒冷，附近的冤魂以看熱鬧的心情越聚越多，大家都被這一架驚動，想知道到底發生什麼了不得的大事。

各式各樣的鬼全都出現在身邊，他們的死法一目了然。

有的是淹死的，全身浮腫，所到之處蓄積了一灘水，一陣風颯颯地吹過來，更添陰森；有的是吊死的，這種鬼相特別恐怖，全身扭曲，臉爆青筋，五官突出，尤其舌頭吐在外頭，教人毛骨悚然；有的死於車禍，這種死法稱得上包羅萬象，屍身被碾得支離破碎，血肉模糊，只是在不同的部位而已；有的是沿街被砍死的，肚破腸流，斷手斷腳，身上的刀傷依然清晰可見；還有斷頭的鬼魂，只能用手提著自己的頭顱，死狀相當慘烈。

最慘的，則是活活被燒死的，臉上、身上焦黑一片，這種鬼的怨氣尤為甚者，承受的痛苦絕非一般人所能想像，因此更期待能早日進入輪迴，投胎轉世。

他們所共同擁有的特徵就是「面目全非」，只有屍身完好的尹墨慇，無法相信自己竟是其中一員。

相較於那些壽終正寢的人們，這群冤魂除了年輕一點，由於死於非命，個個有不共戴天之仇，怨氣沖天，因此，他們的靈哪兒也去不了，情緒和記憶都留在死前的景況，有不滿不捨、有仇恨怨懟、有憤怒牽掛，就是離不開這苦海無邊的囹圄。

怨靈議論紛紛，各有不同的猜測，現場談話聲不斷。

只有半邊臉的一名男鬼開了口：「少年哎，發生什麼事？」

鬼魂這時慢慢地把頭轉過來，心中滿是憤慨：

「幹，有夠衰，嘸知叨位來的青仔叢！這下完了，不知還得要等多久才有機會。」憤怒的臉上不經意地流露哀傷。

有個面相更恐怖的女鬼站在一旁，她的牙齒外露，鼻子不見了，臉上突出的部位全被剷平，整張臉紅通通的，顯然臉部被人硬生生地削去一層，她疑惑道：

「他是搶走你的替身嗎？」

此言一出，所有冤魂立刻安靜下來，專注凝神等待答案。

怒氣沖沖的鬼魂此時沒那個閒情逸緻回答問題，他回頭瞪著墨愆，氣急敗壞的咒罵道：

「你到底懂不懂規矩？當了鬼還想英雄救美，可惜人家也不會感激你。搞不清楚自己的身分，你究竟是從哪兒冒出的死人啊，有夠白目！」

在這個陰盛陽衰的世代，鬼比人多太多了，轉世投胎沒那麼容易，等了那麼久，終於來了一次機會，設計這次車禍，讓女孩突然想起自己的錢包不見了，急忙回家去找才會闖紅燈；沒想到半路殺出個程咬金，原以為他是要來搶替身的——可能性比較大，因為他也是個鬼，沒想到他是來救人的。他媽的，兩者一樣犯了大忌！

脖子被掐住的墨愆擠不出一句話，身邊這群冤魂的態度漸漸由事不關己轉為群情激憤，他才搞清楚自己是犯了抓交替的忌諱，破壞了人家的好事。知道他的麻煩大了，已經嚇得是屁滾尿流。

陰靈們開始鼓譟，他們實在不敢相信，同樣身為冤魂，怎會有鬼不幫助同類反而去破壞既有的安排，何況，這麼做是大逆不道，完全改變冥冥中既定的天數。

他們交頭接耳的討論著，現場吵鬧不休，一道聲音以石破天驚之勢在空中散開，喊話似的：

「這種情形，大家都看不下去，若不給他嚐點苦頭，下次就不知道是誰受害！」

「對，說得好。」一席話馬上獲得共鳴，大家無不點頭稱是。

剎那間，空間轉換，所有的怨靈在這一刻化為團團黑霧消失不見，沒有光線，沒有聲音，只有一片黑暗。墨愆覺得自己好像被釘在牆上，任憑怎麼使勁都無法掙脫，就這麼受困在十方的鬼路上。

不知過了多久，肌肉酸痛加上疲倦讓他心力交瘁，孤獨無助在這個世界只有多餘，沒有任何幫助，而他唯一能聽見的只有自己的啜泣聲，欲哭無淚卻止不住嗚咽，在沒有任何的光線下，疲憊不堪的他在極度不適的情況下恍惚度過。

不知又過了多久，他在一片黑暗中醒來，差點沒被一雙眼睛嚇得魂飛魄散，頓時忘卻身上的疼痛。

一張年輕陌生的死人臉距離他的臉不到兩寸，他與墨愆的高度一般，飄浮在空中，臉上沒有表情，雙眼死瞪著他像是已打量他許久，卻遲遲沒有動作。

墨愆的驚嚇程度已達飽和，他不知道眼前的陌生靈體將要如何對待他，因此噤若寒蟬，不敢大聲喘氣，更不敢看向他，只能靜觀其變。

「你為什麼覺得我會傷害你？」陌生鬼靈訝異的問。

愣了一會兒，墨愆鬆了口氣，「那你為何會在這裡？」

他以為自己被囚禁在一個黑牢裡。

「這裡是鬼路，很多人都會經過的，你不知道嗎？」陌生鬼靈的嘴角似笑非笑。

墨愆這時發現，鬼魂是透明的，鬼路之所以黑暗，是因為他們根本不需要光，每個靈體隨著自己的體質的不同，會發出不同的透亮度。他們好像知道要往哪裡去，也知道該做什麼，大多不會停留，只有這傢伙莫名奇妙的在這裡徘徊。

「那你在這裡幹什麼，沒有該做的事嗎？」墨愆想知道，如果鬼魂都有歸屬，這傢伙留在這裡做什麼。

「好奇啊，你到底犯了什麼滔天大罪，被人吊在這裡示眾？」

這時墨愆才知道他的魂魄被釘在來時路的電線桿上，不能動彈。

「你能不能救我離開？」

「你在求我嗎？」聞言，鬼魂哈哈大笑。

墨愆心裡很難過，路上其他死人根本不在乎這裡有一個受難的靈魂，原來鬼的世界和人相差無幾，這種冷漠對他來說並不陌生，不料死後居然得低聲下氣求人幫忙，還遭人奚落。

「尹墨愆，你不是很行很驕傲嘛，自己可以離開這裡，又何必求人呢！」

墨愆的下顎微張，驚訝道：「你怎麼知道我的名字？」

他非常確定他們素未謀面。

「我站在這裡觀察你很久了。你這個人很勢利，只追求自身的利益，攀權附貴，只交對你有幫助的朋友，像我們這種人在世哪裡有辨法當你的朋友。怎麼，我現在有利用價值，所以想跟我做朋友了？」雙手環胸，鬼魂仍是一副幸災樂禍的神氣。

「求求你，幫我離開這裡。」這時顧不得尊嚴，只能謙卑的拜託。

「先告訴我你為什麼被人綁在這裡，我再考慮要不要幫你。」

於是，墨愆把事情發生的始末告訴這個鬼魂。

「我沒聽錯吧，你救了一個女人？這種比擋人財路更該死的事，你怎麼做得出來？」

墨愆不可置信的睜大眼，驚訝到說不出話，世道的炎涼何以至此，難道，不同的世界裡，善良和人情義理就不是天道了嗎？

「別盯著我看，你自己逆天行事，難怪會被人掛在這裡，算是小小的懲罰。說起來不知哪個倒楣鬼遇到你，這麼不上道，我還真他媽的同情他。」鬼魂不悅的瞪著墨愆道。

「我救人是出於善意，難道活該受到懲罰？這是什麼道理！」越想越不值，火氣整個跟著上來。

「這就對啦，終於露出你的真面目。表面上救人一命，心裡其實是希望能多積點德，免得下地獄；諷刺的是，人都死了，下地獄是遲早的事，所以才想藉由行善來減輕罪孽，所有的考量還不是為了你自己。哼，真有心行善，一不求回饋，二也不會等到死了才來做這件事。」

教訓完墨徑，鬼魂轉身正要走。

「等一下，我不知道被吊在這多久了，全身疼痛，難過得不得了，求求你，幫幫我……」

好不容易把話說完，像個孩子似的，墨徑忍不住放聲大哭。

雖然對墨徑的為人嗤之以鼻，看他哭得死去活來，一個大男人，年紀較長，又是因「見義勇為」才沾惹上這些是非，他不禁起了側隱之心。

以一般鬼的功力，是沒有辦法把同樣是鬼的靈魂留在這裡，看來，他沒有得到多少在世親人為他做的功德及法事，才會對這個世界毫無所悉。

罷了，自己不也是冤魂一名，既然同是天涯淪落人，怎麼能夠見「死」不救？

把墨徑的魂拎了下來，他根本無法行動。

自從被釘住之後，其他的魂魄就離散了，他現在連「鬼」都稱不上，簡直比死還慘。如果放任他在鬼路上，萬一被魔界發現，吸走他的能量，他便永世不得超生了。

「這位大哥，謝謝你。」墨徑擦乾眼淚，感激的說道。

「先別急著道謝，你的問題還沒解決，你知不知道你的靈體薄到幾乎發不出光？」鬼魂說道。

「我現在很虛弱，我得找到我走散的魂魄，不然我很快就會消失了。」

「不知道你被綁在這兒多久了，憑你這點能量是沒有辦法走太遠的，你真的可以照顧自己嗎？」

墨愆只是搖頭嘆氣，顯然是沒有把握。

「好吧，我就送佛送到西，協助你尋找你的其他魂魄，要不然，現在救了你並沒有太大意義。」

這是墨愆當鬼之後，第一次感受貴人有多麼重要。

「大哥貴姓大名？」墨愆單手按肩舒緩酸痛。

只見鬼魂眼中閃過一絲驚訝，隨後又恢復正常。

「大哥？我比你年輕多了吧！我叫瞿暟。」鬼魂自我介紹著。

人從出生到死亡都是孤獨的，能在黃泉路上相遇算是種緣分。

「對了。你怎麼知道我的名字？」墨愆好奇地問。

「每個人的靈體都有標名字，有些靈體甚至插上旗幟，一目了然。你來到這個世界，應該具備這種能力吧？」

墨愆搖搖頭。

「在我遭到攻擊之前就不具備這種能力，基本上，我對這個世界的一切、甚至我自己都不了解。你可以告訴我你是如何擁有這些能力的？」

「你是說，我怎麼知道怎麼當鬼？」語畢，瞿暟忍不住大笑失聲。

他尷尬的點頭承認。

「每個鬼自然而然知道怎麼當鬼，那是一種本能，差別只是在功力的強弱而已。鬼當得越久，知道得越多，功力越強。你在世親人為你做的功德及法事迴向給你，來增強你的能力，保護你的安全。每個人根據自己生前積的陰德或犯的罪業決定去留，大部分的人往生之後，都知道得先去報到，再看看如何發落，這點連活人都知道；」

瞿豈無奈的喟嘆一聲：

「說來可憐，像我們這種死於非命的亡魂，就是其中的例外，沒有陰差接引，有點像是陰界的邊緣人，游移在世間的日夜兩頭，人人都有冤情，沒有人心甘情願被困在這裡，只能自力救濟。」

聽到這裡，墨愆總算找到一絲線索，知道他在這裡的日子為何會這麼難過，因為他的兄弟什麼都沒替他做！想到這裡，他氣怒交加，不禁悲從中來，紅了眼眶。

「你的家人沒有替你辦法會？」

瞿豈一眼就看出來，否則不會有靈如此虛弱。

他頹然垂首，一言不發。

「走吧，我帶你去一個地方，恢復一下元氣，等你好一點了，我們就去尋找你其他的魂魄。」

看他這麼悲傷，想必故事很長，先解決眼前的問題要緊。

「把手搭在我的肩上，千萬不要移開。」瞿暟回頭交代一聲，兩人便一同離開這條鬼路。

不知過了多久，飄過一片竹林，來到一處清徹隱密的湖面。瞿暟警覺的左右窺探，確定沒有別人在這裡才放心對墨徭說：

「你可以放心浸在湖裡，過一陣子你會覺得好一點。」

這一潭湖水地點隱密，人煙罕至，長久經歷日月星辰的照射，吸收山嶽土地的精氣，這一浸泡的確讓墨徭恢復些許元氣，直到天亮兩人才離開。

2

第二天，墨徭仍是有氣無力，瞿暟卻在此時問了個敏感的問題。

「你身上有沒有錢？」

墨徭全身一僵，莫名的敵意油然而生。他生前最痛恨人家跟他提到錢，由於死後沒有從親人那邊得到什麼，聽到這話更加感冒。

「我們不是要去找我的魂體，你問這個幹嘛？」

瞿暟見狀，嘴角微揚：「這個世界跟人世沒多大差異，要辦事也得要花錢啊。」

「我不知道，我只剩下一縷幽魂，你居然問我有沒有錢，會不會太沒人性？」

「欸，幹嘛那麼緊張，我是來幫你的，你沒錢總得告訴我一聲，我們當鬼的又沒有工作，你當我有收入養你？」

「別擡槓了，找我的魂魄要緊。要上哪裡去找？」

「先去看你的二魂有沒有待在該在的地方，你不會不知道你住在哪裡吧。」

他們找到了二魂，沒有意外的，一處在靈骨塔，一處在放置神主牌處的寺廟（俗稱祠堂），二魂各呈離散的狀態，必須有高人相助才能合歸元靈，這件事卻是困難的。

「沒辦法啦，我們得去找管區，請管區的幫忙，至於祂願不願意，要看你的造化。」

「要去哪裡找管區？」墨愆天真的問。

「就你的來時路，總有個地方是你天天都會經過的吧。」

來到墨愆每天醒來的路口，瞿愷盯著路邊一棵茂盛的大榕樹看了許久，囑咐墨愆跪在地上，然後他撿起路邊一截榕樹枝，大力的敲打樹幹，大聲喊冤。

終於在大喊很多次之後，出現一個老公公，老人家厭惡地開口道：

「你們這些孤魂野鬼又不歸我管，一直來煩我做什麼，有事去陰司找閻羅王，快走開。」

「大人，我們這些孤魂野鬼就是沒人照管的可憐人，請您可憐可憐我吧，我現在不但去不了陰司，連鬼都做不成了。」墨愆忍不住嗚咽，哭得肝腸寸斷。

土地公定睛看著眼前的冤魂兩枚，掐指一算之後，明瞭發生了什麼，一時心軟：

「尹墨愆，你魂飛魄散是注定的劫數，現在你來找我也是天數。」

祂倏然一頓，面有難色，又似若有所思，等了好一會兒，祂終於做好決定，再開尊口：

「好吧，看在你們一個有義氣、一個可憐人，我就破例幫忙。我手上這個葫蘆，你先拿去，看到你的魂魄就打開蓋子，把失散的能量收集起來，收集完回來這裡找我，我自然會幫你。你有七七四十九天的時間去尋找其餘的魂魄，記住，四十九天內一定要回到這裡。現在去吧。」

「困難的來了，魂魄這個部分，自然得靠你自己才能解決。」

瞿暟聳聳肩，死後第一次露出輕鬆的神情。

「我怎麼知道要去哪兒找，你不是鬼做得比較久，才會有線索？我現在的狀況跟廢物沒兩樣，什麼都不懂，又沒功力，啥也做不了。」墨忩一邊說一邊盯著手上不起眼的木頭葫蘆。

「喂，你不是把責任都推給我吧？那是你的事，老子隨時可以走人，我告訴你！」瞿暟不爽的努努嘴，「你以為我整天閒閒陪公子逛街，又沒拿你什麼好處。」

彷彿遭人提點般，他表情嫌惡地低喃：「看錢這麼重，你不會生前就這麼小器吧？我最怕這種人了。」

沉默許久，緩慢地，尹墨忩發出忿忿不平的低咒：

「要是我現在有錢，就不用這麼狼狽了。」

想到生前財產有多少，雖不是富可敵國，也算日進斗金，花錢哪有在手軟的？

他發過誓，這輩子絕對不要為錢煩惱，活著時他做到了，不幸的，錢財為身外之物，生不帶來，死不帶去，誰會想到該用錢的時候，就是沒有。

「沒辦法啦，回去找你的親人，叫他們多做幾場法事，多燒點紙錢給你。有錢能使鬼推磨，總聽過吧。」

墨愆神情落寞的低下頭，不置一詞。

「祭祀是撫慰靈最直接的方式，如果沒有人祭拜，你的靈會一直處於不安的狀態，沒有歸屬，所以世間時常聽到有所謂『祖先』的問題發生。你不會連這個都不知道吧？」

「要當人家祖先，得先有子嗣吧。」墨愆終於打破沉默。

瞿spoiled先是一驚，腦中調皮的念頭隨之一起，促狹道：

「不會吧，你看起來有五十多了，怎樣，不會像我小子一樣還是處男吧？」說完，逕自哈哈大笑起來。

「你笑什麼？」墨愆不覺得這有什麼好笑。

「幹，你不會真的相信我是處男吧？老子才沒那麼背哩，怎麼可能一次都沒有。哈哈哈……」瞿spoiled抱著肚子笑得前仰後合。

「那好，我沒有子嗣，你有，我們去找你的子孫托夢，說他老子缺錢，擋點朗來花。」有機會反擊，墨愆怎麼可能跟他客氣，看他笑得那麼可惡。

聽到這話，瞿spoiled眼裡的笑意迅速凍結，臉上的怒意乍現，兩人之間的空氣頓時凝固，氣氛劍拔弩張。

「早就知道，你就是那種忘恩負義的人，我就不應該救你！」他一臉懊悔，火大的說。

「好兄弟，開開玩笑而已，你連續用了四個『ㄐㄧㄡˋ』字，怎麼能這麼狠心不救我？」墨愆立馬換了張和藹的臉，討好的說。

靠，這個人見風轉舵的功力也太強了吧。瞿暟瞪了他一眼，火氣消了大半，想到正事，神色轉而一斂，認真道：

「你到底有什麼困難，沒有親人在世了嗎？」

「我有兩個兄弟，哥哥結婚了，弟弟目前單身。就我所知，他們只有幫我辦告別式而已。」

「沒幫你做七旬法會？」

「死了沒幾天就出殯了，沒有唸經迴向，頭七一併省了。」墨愆搖頭，一臉無奈。

「哇靠，這麼狠呀，難怪你的靈這麼薄。」正在感嘆，瞿暟的直覺反應是，「回去找他們要啊，日子這麼難過，總可以回去討吧；不然就整他們，給一點教訓看看。」

「他們不是我直系血親，回去鬧有點說不過去，他們是不必孝敬我的。你懂吧！」

「要不，找一個比較親近的兄弟，托個夢，叫他擺一桌三牲水果祭拜，最好豐盛一點，多燒點蓮花、元寶，先祭一下五臟廟，又不會沒錢用，你兄弟不會連這個都不願意吧？」

「我弟弟應該做得到。」

「今晚就去找他，叫他越快弄越好。」

「幹嘛那麼急？」墨愆不懂的問。

「廢話，你忘了還要找你其他的魂魄，你知道上哪兒去找？沒錢怎麼辦事——別看我，我沒錢，頂多只能出力。」

「放心啦，不會跟你借。對了，你這麼年輕，為什麼被困在這裡？」

像被踩到痛處，他的神情嚴肅中帶著惱怒，又像若有所思，待沉澱自己的情緒後，瞿暟緩緩地說：

「有空我再慢慢告訴你，現在你的事要緊。」他忽地想起什麼，「這麼快出殯，你不想回去看看你的家人或朋友？」

「我現在這個樣子，哪有辦法自己去。」墨愆懊惱道。

「也對。不過，我可以陪你去，我倒是很有興趣看看你的兄弟，心怎麼能這麼狠！」

第五章　爭產

1

尹墨樊覺得出奇的累，今天晚上真的是中邪了，一直做同樣的夢。

就像連續劇一般，每次劇情到了一個段落就會自動醒來，今晚已經發生三次，而現在，居然才三點半。

起來開了一瓶紅酒，咕嚕嚕的往喉嚨裡灌，希望待會兒能一覺到天亮，明天得上班，有個重要會議要開。他帶著幾分醉意回到床上，懵懵懂懂的進入夢鄉。

又來了！

同一個場景，同一個夢，這一晚已經夢見三次了，但是，他就是會身不由己的掉落在同一個情境中，被迫重新遊歷一遍。

那是一間廟宇。

這一次他已經直接站在門口了。那是墨愆擺放靈位的寺廟，他知道他來這邊就是要祭拜他的二哥，因為墨愆在陰間過得不好，需要陽世的親人準備一桌佳餚，做做法事，唸經超渡，多燒紙錢，尤其二哥又是孤家寡人，無緣入宗廟之室。

墨樊很虔誠的、帶點愧疚的向已故的墨愆道歉，因為他的後事是由大哥夫婦決定處理的，他們完全沒有知會他就匆匆的辦了，他是在告別式舉辦的前一天才接到電話，一切讓他措手不及。

祭拜過程中，兩個尼姑走向前來，對話中談到有些陽間的親屬是如何隨便的處理亡者的後事，過程草率到令人瞠目結舌，而其不敬的態度又是如何招來禍端，並表示這種事得儘快處理，做出彌補。

他以為這一次會像前三次一樣在此結束，但是並沒有。

他莫名其妙的來到一處竹林湖邊。

夢中天朗氣清，惠風和暢，山光水色交映，湖光嶙峋，寧靜恬適，四下無人。突然間，他的未婚妻抱著一個嬰兒，躲在他身後，向他露出一個邪惡的微笑後，以迅雷不及掩耳的速度把手中的嬰兒丟入水中。

他不可置信地瞪著眼前這個惡毒的女人，眼看孩子就要停止掙扎，他心急的潛入湖裡救人，卻遍尋不著孩子的蹤影，無奈湖水冰冷又深不見底，略諳水性的他無法長久處在陌生的水域，就在快要溺斃的時候，墨慫奮力的把他從湖裡拉上來。他虛弱地看著岸上的兇手，她正得意的站在湖邊嘲笑他，水裡的孩子早已消失無蹤，彷彿一切只是個遊戲，他勃然大怒，之後便在被欺騙的盛怒中醒來，冒出一身冷汗。

「我的老天，已經十點了。」

趕不上九點半的會議，墨樊只好打電話到公司告假。在沙發上呆坐一會兒，回想這一夜跟二哥相關的夢境，莫名的不安讓他決定馬上去探望故人。

照著夢中得到的訊息，依樣畫葫蘆的在真實生活中演練一次，他寧可相信這樣對他的哥哥是最好的。忽爾，眼前出現的人讓他嚇了一大跳，夢中出現的尼姑，此時正在他眼前對話，內容和夢境不謀而合，這樣的巧合讓人不寒而慄，他無法專心聽完她們的對話，他的心神逐漸飄遠，縹緲、縹緲……

畫面停格在三天前，一陣哭鬧責備聲中，他終於答應歆歆儘快的對她負責，因為她懷孕了。

2

這一天，歆歆莫名的煩躁，她想不出什麼理由能令她如坐針氈，看著手上的求婚戒，三天前她已經達到目的，讓墨樊答應結婚，儘快籌備婚禮，不論使了什麼手段，她應該是快樂的。

辦公室的氣氛籠罩在一片低氣壓下，同事們排擠她，而她和小李的關係可說是降到冰點，她拼命躲他，一下班便頭也不回的離開辦公室。他大為光火，但是他的離婚訴訟正在進行，無論如何，頂著已婚的身分，在辦公室得低調一點，避免激起輿論的撻伐，加上最近新接了一個案子比較複雜，他暫時挪不出時間和她算總帳。

她知道自己在公司的處境每況愈下，和小李之間的關係非得小心處理，提防他報復，以免壞了她的姻緣路。總之，她跟小李之間是絕無可能了。

日子一天天過去，她熬的就是個歸屬，一張長期飯票和一個穩固的歸屬。

原本擔心墨樊這一輩子沒多大出息，兩人婚後會過得很辛苦；但是尹墨愆的死改變了一切。

墨樊是他哥哥的遺產繼承人，就像中了樂透一樣，只要結了婚，往後的日子吃香喝辣，又可以一併解決目前的困境，把她從快要滅頂的泥淖中解救出來。只是在婚禮之前，她得小心謹慎，不容許犯一點錯。

趁著喝咖啡的空檔，撥了通電話給她的準夫婿，想要來個晚餐的約會。

「今天不行，晚上有事。」

「你要加班嗎？我可以幫你帶晚餐過去。」

「不是的，我大哥剛打電話要我晚上過去一趟，說要討論二哥身後的財務問題。」

「這麼重要的事，你怎麼沒有告訴我？」她有些生氣。

另一頭始終沉默，歆歆馬上一改態度，軟聲道：

「晚上我陪你去吧，有個人商量總是好的。你那個大嫂真教人不敢恭維，人家這對夫妻是同一個鼻孔出氣，就怕你一個人沒人幫腔，無形中吃了暗虧還不知道呢。」

墨樊偏頭一想，她說得不無道理。

「好，我等一下去接你。」

與墨樊的小公寓不同，墨脩住在半山腰的別墅社區，兩層樓的房子，綠意盎然的庭園，潔白的屋子讓人印象深刻。明亮的動線格局，大理石壁磚、開放式廚房及吧臺，還有那盞金碧輝煌的水晶燈，品味高尚，看來所費不貲，坐擁高貴傢具、家庭劇院等奢華享受，就不知道這種奢靡的生活能夠持續多久。

看在墨樊的眼裡，它就只是個高檔的樣品屋，冰冷得沒有溫度。

見到不預期出現的身影，墨脩夫婦臉上顯得不悅，忍耐到大家就坐之後，沁瑤劈頭抱怨道：

「今天我們討論的是家務事，小叔怎麼把外人帶來了？」

「歆歆是我未婚妻，她有權利知道。」

沁瑤看到丈夫的臉色鐵青，又不能下逐客令，只想儘快把事情確定，等錢拿到手，就再也不用看見他們。為了錢，這會兒只好忍耐一下。

「既然如此，就不必浪費時間，我就開門見山的說，墨愆的身後事已經辦了，他沒有妻小，我們自然而然成為他的繼承人。雖說是兄弟，你我對他的財務狀況並不了解，他手上的公司持股、銀行存款以及名下的不動產都需要花些時間整理，還有董事會那邊需要介入。今天找你來是商量一下財產分配，當然，能越快辦理越好。」墨脩開口解釋道。

「我想，請人調查整理財務清冊之後再來決定吧。」

「我們手上已經有墨愆公司的財務報表，還有這份，是我請代書幫忙清查墨愆名下的不動產。關於遺產的部分，我已經問得很清楚，有分全部繼承、限定繼承和拋棄繼承，要不要繼承有時間上的限制，所以很急迫。」

沁瑤一臉得意的把公司財報和不動產報告遞給墨樊。

「還要考慮遺產稅的部分。目前銀行存款不能動用，等到我們簽財產分配同意書之後，把所有相關文件備齊才能辦理；另外，他名下一些不動產還有房貸沒有繳清，我都列在清單上了，你先看一下有沒有問題。我影印一份給你，幾天後我們再來簽遺產分配同意書，就可以把這件事解決。」

「他的銀行帳戶到現在還不能用，光憑我們各拿出來應急的二十萬來辦葬禮怎麼夠？」墨樊試探著問道。

「這個你不用擔心，我們拿著死亡證明書向政府請領死亡年金，加上公司職災團保的賠償，東拼西湊地，處理一個簡單的葬禮勉強過得去。」沁瑤自豪的回答道。

墨樊暗自忖度著，他們背著他已經請領二哥的死亡年金和團保賠償，又跟他調了二十萬，加起來不算少，可那葬禮寒酸到連做七功德都省了，除了葬禮場地的承租費、樂隊、棺木及靈骨塔需要花錢，看不出有其他大筆的花費。葬禮結束後，該列支的費用清單到現在連個鬼影子都沒看到。墨樊不禁懷疑，他的大哥大嫂根本沒有拿錢出來應急，搞不好連二哥的葬禮都要賺他一手，另外，親友們的白包是不是一樣中飽私囊？

他看著手上抓著的文件，有種被人霸王硬上弓的感覺，一股鬱悶不斷在胸臆中擴張。

這個時候，歆歆微笑開口道：

「大嫂，你忘了我在律師事務所工作，這種事我們天天都在處理，有自己人不用，幹嘛花大錢請外人來辦理，當然還是要請律師來辦才萬無一失。代書只能處理土地和稅務，而且，二哥的財產不是只有存款、不動產和公司持股而已，還有海外分公司的部分沒算在內，必須借助會計師的專業；再說，也許二哥有用個人名義向銀行信貸，就這樣不明不白的繼承了，最後可能還要賠錢也說不定。」

歆歆忖度著，要查資料，寧可自己經手，誰知道你的報表有沒有動過手腳！

倆夫婦見歆歆說得頭頭是道，又貪小便宜，有人願意白做工替你辦事，有何不可。

「要多久時間才能拿到這些資料？」見這妮子有兩下功夫，知道的也不少，墨脩問道。

「每個人情形不同，要看遺產龐不龐大。我會打聽一下再跟墨樊說，請他跟你們聯絡。」

「不會超過兩個月吧，繼承有時間限制，而且，所有的繼承人都得在場簽署同意書呢。」沁瑤開口道。

「你我兄弟兩個說好不就好了？」墨樊一臉困惑。

「怎麼會只有我們兩個，你忘了你姪子了，善維已經是成人，當然算他一份。」

「是啊，二叔生前最疼的就是善維，不但讓善維進他的公司上班，還親口答應會照顧他。墨慫就只有這麼個姪子，還好有這一個姪子，不然告別式要靠誰替他送終？遺產當然算他一份。」沁瑤此時又補充道。

歆歆再也聽不下去，嘲諷道：「大嫂，就我所知，法律是沒有保障姪子的，除非二哥有立遺囑。你手上有他的遺囑嗎？」

這個賤女人，根本還沒嫁進門，意見怎麼這麼多，到底是憑什麼在這裡講話。

沁瑤氣得臉爆青筋，呼吸跟著急促起來：「他口頭說的不算嗎？人都死了，你是要我去哪裡拿遺囑，難道我得拜託他晚上去給你托夢？」

「大嫂，你先不要生氣，我不過是把我知道的法律知識告訴你而已嘛。」

「叫得這麼親熱，誰是你大嫂，都還沒進門呢。」

「進不進門不是重點，如果要把姪子算在內來分財產的話，那我得告訴你一聲，不好意思，二哥不是只有你兒子一個姪子而已喔。」

「你說什麼？」沁瑤不可置信的問道，不自覺的提高音量。

「我懷孕了。」

墨脩一聽，當場激動不已，啐道：

「你沒過門，孩子也還沒生出來，一個外人在這裡囂張個什麼勁，就算有了，孩子是不是我們墨樊的還不知道呢。」

這時，墨樊再也忍不住責怪道：

「大哥，你怎麼可以這樣侮辱我的未婚妻！」

「未婚妻？墨樊，你瘋了不成，在葬禮上介紹你的未婚妻，你這是要我們家辦喜事還是喪事？請問你什麼時候訂的婚，何時宴的客？我是你大哥，這事我怎麼不知道。」

「我要結婚是我自己的事，我幾歲了，訂婚結婚需要你的同意？二哥的告別式，你有跟我商量嗎？連頭七都沒幫他辦，你這算是什麼哥哥！」

墨脩握緊拳頭，氣得臉紅勃子粗。

「我是他哥哥，幫他辦告別式有什麼不對，還得跟你商量？現在什麼狀況，你要造反嗎？」

歆歆霎霎眼睛，不屑地看著面紅耳赤的尹墨脩，在旁警告道：

「你不會是要動手吧。」

「你給我閉嘴！」被這麼一火上加油，墨脩更是怒火中燒。

墨樊看著怒髮衝冠的哥哥，心裡面著實感慨這樣的兄弟關係。

「我不會跟你動手，但是我告訴你，要贏得別人的尊重不是靠輩分，你也得讓人家尊重得起。」

「好，好小子，真的為了這個女人要把關係搞僵也沒關係。懷孕了是吧？哼，人生就難保有個萬一，有本事把小孩生下來再說，我就睜著眼看小孩能不能安全出世！」墨脩氣得口沒遮攔，什麼話都說出口。

墨樊瞪著他的哥哥許久，所謂哀莫大於心死，最後撂下了句：「歆歆，我們走。」

他們走了之後，墨脩依然忿忿不平，兀自坐在沙發上生悶氣。

不一會兒，他走到吧臺取下一隻高腳杯，又從後面櫃上拿下一瓶開了罐的白蘭地，用力地往杯裡倒，豪飲一口。

墨樊竟然敢這樣跟我說話，為了那個賤女人罔顧親情。哼，要是沒有墨愆的遺產，那個女人會跟你在一起？

他越想越火，沒有控制放下杯子的力道，發出「摳」的聲響，咒罵道：

「真是個婊子，還沒進門就破壞我們兄弟之間的關係，怪只怪我那個傻弟弟。」

沁瑤坐在沙發上，放下英式骨瓷咖啡杯，她也有滿腔怒火等著發洩，不過，她一向務實，經這麼一鬧，事情反而棘手，不但得擔心怎麼分財產，還得重新調查墨徳的財務狀況。

「老公，先別生氣，現在有很多事得重新計畫，總不能靠那賤貨幫我們調查遺產，我看，得委託一家靠得住的律師事務所來處理。不如，打個電話給老楊，了解一下公司的狀況，再怎麼說我們是公司的股東，他總不好推拒。」

墨脩的理智慢慢回籠，那個向來溫文爾雅的君子形象再度上身，僅淡淡的表示：「不能什麼都靠老楊，等善維一會兒回來了，問問他的意見。」

3

沁瑤啜了一口的英式瓷杯，就放在白色大理石的方桌上，桌上一只仿明朝景德鎮的花瓶內插了一束孔雀羽毛。眾多孔雀羽毛的瞳孔裡，藏著兩名遊魂，他們是從窗外穿進來的，完整的參與剛才上演的那一幕。

「靠，想不到你這麼有錢，有大筆遺產可分。」瞿暟一臉興奮。

「大哥這家人真是貪心，連姪子也要算進來一份。唉，沒想到我這麼早就死了，越想越不甘心。」

「這未婚妻真有一套；你大嫂也真敢講。如果你哥真的揍了你弟，一定更精彩，你們這家人真的很妙耶。」瞿暟揶揄道。

「你現在也要來亂是不是！」面對瞿00的嘲諷，怎麼聽都不是滋味。

「幹嘛那麼生氣，反正你人都死了，錢既然帶不走，不如叫你弟多燒點紙錢來用比較實在。」靈光乍現，想起正事，「你弟燒給你的錢拿到了吧？」

「收到了啦，當了鬼還這麼愛錢，你又不是我大嫂。」墨愆忍不住給瞿00一記白眼。

「拿錢好辦事呀。對了，你哥連頭七都沒幫你辦，你弟跟你哥又為錢反目，你們三兄弟感情很不好吧。」

「有沒有看到旁邊的那個賤女人？」

瞿00點點頭。

「你不是很會看人，可以看出她的個性，應該知道她的過去吧？」

「我又不是神，千萬別太崇拜我，只不過往她頭頂上看去，可以看出她的元靈而已。她的靈很濁，當然不會太清高，個性倒真的看得出來，就是貪嘛，這是人的本性，沒什麼了不起。」

「這個女人是沒惹到你，你才能說得這麼簡單。看看我大哥的元神，問他幾件事就了解了。」

「你是說——」瞿00這才會過意來。

「我大哥生性怯懦，剛好娶了個這樣的太太，所有跟錢有關的事她都要干涉，還很自豪自己的能力。我的後事是我大嫂處理的，力求省錢省麻煩，法會做七是她說不用辦的。」

「真的？你哥真是……連你的後事都由著你大嫂處理，實在太誇張！」瞿00突然想起什麼，喃喃自語，「搞不好剛剛他是怕了你弟，不敢跟他開幹，怕打輸……」

話沒說完便自顧自的笑了起來，他盯著墨愆看了幾秒，訕笑道：「我還真他媽的同情你耶。」

面帶慍色，墨愆搖頭喟嘆，「我現在是什麼都做不了，不然一定給她好看。」

聞言，瞿暟不懷好意地用手肘頂他，單手指著自己，擠眉弄眼的說：

「你忘了這會兒還有我呢。」

第六章　七魄

1

交了瞿暟這個朋友真是三生有幸。

時間緊迫，哪有功夫去玩整人遊戲，年輕人到底是年輕人，想法新穎，極富創意，重點是省時又有效率，讓他由衷地欽佩。

由墨脩家出來的時候，墨愆滿懷不快，甚至氣悶自己的力有未逮，連一點小小的報復都做不了時，這一頭，瞿暟卻是興沖沖地思考該如何好好的修理這對夫妻。由他上揚的嘴角和如炬的目光可以判斷他的心情有多好，整個人像活了起來，急欲小試身手的模樣。

他們在別墅外頭徘徊了一會兒。半山腰的樹木茂密，陰氣尤盛，要多少「鬼力」都不是問題。

瞿暟飄向前和幾名鬼魂低聲交談著，聽不見內容說些什麼，接著他們都對墨愆投以同情的目光，可見瞿暟的說服力有多強。不久，他帶著笑容滿足的歸來。

「陰間的兄弟比世間的人更加有情有義。」只見他一臉自豪，繼續自我吹捧，「這種事交給我就對了，我這個人就是太有正義感，這麼早死真他媽的可惜。」

墨愆心想，看他在這個世界混得挺好，搞不好他天生就是當鬼的料，雖然這樣想，並不敢講出來，只好拚命忍住笑，轉移話題道：

「你是怎麼辦到的？」他其實挺好奇的。

「三千世界各有它運作的規律，但法律仍不外乎人情，更何況，鬼不都是人變的？」瞿暟得意的笑笑，「你這個人，不是我說你，年紀一大把了，怎麼什麼人情事故都不懂，枉費你活了那麼久。人是奇妙的生物，人性有弱點，還有黑暗面，相反地，也有道德標準和同情心，只是我們的同情心不會濫用在活人身上。」

「瞿暟教授，說教說了這麼久，還是沒有告訴我你剛剛到底跟他們說了什麼？」

「簡單，把你哥他們可惡的事蹟加油添醋概括描述一下，這些冤魂個個摩拳擦掌有氣無處發，像這種熱心公益、造福社會的事，就算不給錢也有人搶著去辦。在這裡，這種事情可以算是我們茶餘飯後的最大消遣，加上他們都是地縛靈，每天晚上輪班去照顧你大哥一家，不用我們耗在這裡，事情辦得又快又好，包君滿意。」

看來，短時間內尹墨脩全家會不得安寧，總算替他出了口怨氣。

墨徑感謝的看著瞿暟，正要開口時，卻被他搶白：

「不用太感激，你的心情我懂。」說話的同時，瞿暟一隻手安慰似的按在墨徑的肩膀上。這種噁心的感性頓時把墨徑沒說出口的感謝掃得蕩然無存。

被瞿暟硬拉著飄走，他們漸漸遠離墨脩夫婦住的別墅區，兩人站在路旁微亮的電線桿下，看著車道上來往的車輛。

墨愆身心俱疲，忍不住開口問：

「我們到底要去哪兒？」

「去試試運氣。」瞿暟隨便的應了一句。

不一會兒，兩人搭上一輛灰色轎車，車子內一男一女，後座正好空出來。鬼魂們最喜歡搭這樣的便車，不但寬敞舒適，而且情侶間的肉麻對話和親密動作是他們模仿取笑的題材，運氣好的話，還可以看到活春宮秀。

他們喜歡在一旁搞破壞，逮到機會便好好的嚇嚇他們，然後看著這些色大膽小之徒連滾帶爬的離去，有一種說不出來的爽快。

車內情侶選在這時上山用餐，準備大啖美食，他們的目的地與瞿暟想去的地方一致。搭這種免錢的直達車是再聰明不過的選擇，比自己去強多了。

終於到達一家餐廳，映入眼簾的是一個古老的三合院，位置偏僻，很有幾分思古幽情，店家刻意保存建築的紅磚碧瓦，門口兩側貼著門聯，招牌上寫著「懷鄉小廚」。

室內的布置古色古香，從窗外看進去，牆壁上掛著五〇年代的電影海報，傢具以木桌板凳為主，桌上放著一個小小的瓦斯爐，以備客人點火鍋或沏茶時煮開水用。家常的臺式菜餚，昏黃的燈泡，加上古早的臺語歌當背景音樂，淳樸的氣氛吸引不少人前來用餐，喝茶聊天。

墨愆發現瞿暟小心翼翼地躲避著什麼，來到這裡又不進去，好奇道：

「你到底要做什麼？」

「噓……小聲點，沒看到門口站了兩尊門神？」

一會兒，墨衍終於搞清楚瞿暟到底在等什麼，原來，他在選人。

不知又枯等多久，兩人本來想放棄離開，突然來了一群人，在他們下車的同時，眼尖的瞿暟看上一名穿黑色 POLO 衫的年輕男子，男子和一群朋友上山聊天看夜景，但他的八字輕，身體比較差，磁場頻率偏低，容易被鬼魂依附。

他們飄向前去，輕附在這名男子背上，終於順利隨同男子進入餐廳。

「哇，好久沒有好好吃一頓。」墨衍看著菜單，發出一聲驚呼。

「這種好康不是天天有，要看運氣。說到運氣，你真他媽的運氣好，有我當你的朋友，帶你吃香喝辣。」

「在我生前，這種小餐廳根本不看在眼裡，天天請你吃香喝辣也不成問題。」只是今非昔比，墨衍不免嘆了一口氣。

「好啦，知道你凱，有錢！不過，時勢比人強，當了孤魂野鬼，難得有這種讚的可以吃，就要感謝上蒼，不要浪費。」

這名男子今晚出奇的餓，莫名奇妙地點了很多道他不愛吃的菜，他不知道的是，同一個身體裡有另外兩個人跟他一同進餐。

「你為什麼不怕人們身上帶的陽氣？」墨衍好奇的問。

「你不知道世間有卡陰這回事？」瞿暟驚呼。

「知道，可是我當鬼之後才知道得避著他們，有時不小心穿過他們，被陽氣燒到就像被火燒到一樣難過。」

「這是為什麼我們只能從背後依附嘛。人的胸前有八卦，所以你要避開，而且人們的元神會反抗，為了防止你上身，元神會以頭暈噁心等不適來警告他們的身體去求救。」

「可是這傢伙怎麼沒有動靜？」

「他的靈知道自己容易被盯上，所以非常害怕，我剛剛再三跟他保證只吃一頓飯就走，他就同意了。」

「現在呢？」

「吃飽喝足了當然得去辦正事，沒有那麼多時間浪費。」

「你知道上哪兒去找？」墨愆興奮地問道。

「算你運氣好。你哥住家附近的好兄弟真夠意思，指引我們一條明路，待會就去找當地的鬼王探探消息。」

2

隨著原班人馬下山，半途他們便下車離開。

沿著產業道路往樹林飄去，穿過一片山壁，還有一叢叢枝葉茂盛的雜草堆之後，他們來到一片亂葬崗。

沒有公墓的整齊劃一，更沒有路燈的光明，一眼望去，漫天荒草幾乎蓋過墓碑，經年累月的日曬雨淋，幾經天災侵襲之後，大部分的墳墓被夷為平地，東倒西歪、前後錯位、左右摻雜的混在一起，根本無從認起。許多墓碑年久失修，早已坍塌破裂，有些甚至平躺在地，部分碑身更深陷在泥淖裡，幾乎成了鋪路磚。

他們在很多棵樹下發現若干骨灰罈，墨愆一眼就認出那是老祖母時代用來浸泡醬菜的甕，連個碑都沒有，隨意的曝露在外任憑風吹雨打。這就是所謂的亂葬崗，悽慘到令人不忍卒睹。

隨著兩人越靠越近，墨愆心中的戰慄逐步擴大，他默默的挨著瞿暟前進，不敢放眼往周圍望去，他們的到來已經吸引許多陰魂的注意。

這片人煙罕至的亂葬崗上，不只生人迴避，鬼亦不會輕易造訪。鬼魂和動物相同，有強烈的地域性。這些靈魂生前不只受盡欺凌，貧困交加，身後蕭條，都是些苦命人，從他們靈體所發出的熠熠綠光就可以知道怨氣有多重。

「請、請問武雄大哥在、在嗎？」瞿暟硬著頭皮開口，話音發顫。

名字叫做武雄，由這種日據時代的名字來判斷，這位鬼王已經死了許久。

「找我們大哥作啥？」一名操著閩南口音的怨靈出聲。

「我叫瞿暟，是火木兄介紹我來的。」這時就得和介紹人攀攀關係。

「喔，火木仔叫你來的，你在哪裡遇到他？」聽到認識的人的名字，怨靈顯得親切不少。

「在山崖邊的電線柱遇到的，跟他開槓。他人真好。」瞿暟這時才敢放鬆。

怨靈這時點頭同意道：「他人真正不錯。對了，找我們大哥啥事？」

「為了我兄弟啦，聽說雄哥見多識廣，想請教雄哥有沒有辦法幫助他。」

怨靈瞥了墨愆一眼，一臉厭惡地說：「好啦，跟我來。」

兩人由叢林草堆向內逼近，一會兒，看到一名身形壯碩的魂體，他的靈體是正常魂魄的兩倍，看得出這位雄哥的力量很大。

怨靈通報道：「雄哥，你有客人。」

雄哥懶懶的回道：「誰會來這兒找我？」

「他叫瞿晻，是火木仔介紹伊來的。」

雄哥不語，眼光靜靜的瞥向瞿晻和墨愆兩人，像是在等他們說明來意。

機靈的瞿晻在這時開口，先灌迷湯：

「雄哥，我叫瞿晻，是火木仔的好朋友。那天跟火木仔開講時，說到咱做鬼的真可憐，很多事情沒人做主，不知該怎麼辦。火木仔一聽，馬上給我建議，說大哥您啥都知，對自己人很講義氣，大家都很尊敬您，有什麼事情不懂可以來這兒問您的意見。」

「我看你是沒啥困難呀，而且，恁爸不是天天閒閒在這沒事做，只是幫忙別人！」

聽起來雄哥不太願意幫忙陌生人，瞿晻趕緊又說：

「雄哥，若不是走投無路，我們絕對不敢來打擾，因為這事實在是太困難，除了你，沒人有能力解決。我們千辛萬苦找到這兒，至少你聽聽這事情你是否有辦法處理，若真的不行，我們絕不會強人所難。」然後，重點來了，「雄哥若能夠給我們建議，我們會重重給您答謝。」

瞿暟在這時向墨愆使了個眼色，叫他把錢亮出來。

雄哥一看到錢，心想，眼前這小子倒是挺懂人情事故，面子裡子都有了，白花花的銀子就擺在眼前，不拿白不拿，不妨聽聽他的困難是什麼。

「你說說看。」

見雄哥態度轉變，瞿暟趕緊開口：

「是這樣的，我這個兄弟叫做尹墨愆，講起來他真歹命，無妻無子，沒兒子送終，他的兄嫂連做頭七都省了，卻一直肖想他的財產，出殯不久就遇到惡霸出手打人，魂飛魄散，現在連鬼都做不了。」

瞿暟說得有點心虛，這個時候，絕不能把墨愆阻礙他人投胎的惡行托出，又擔心雄哥細問。

雄哥目光筆直地投在墨愆身上，認真審視，久久才開口說：

「照你這種嫌貧愛富的個性，今天若不是有你這個好兄弟義氣相挺，替你說項，給我再多錢，恁爸也不願幫你。現在了解你也有今天，需要我們這種窮人來幫忙。」

墨愆窘得擡不起頭，祈求的說：「希望雄哥可以給我一次機會。」

雄哥微微嘆氣，「好吧，看在你學到教訓的分上，我就給你些方向，至於辦不辦得到，則要看你的造化。」

兩人點頭。

他看著墨愆，一臉嚴肅。「照你現在魂體剝離的狀態，需有高人協助才能合歸一體，沒有神明的幫助，一切都是空談。」若真如此，這個忙無謂幫與不幫。

「我們有去找土地公幫忙，祂借給我們一個葫蘆。」瞿皚回道。

「嗯，土地公願意幫忙的話，事情較有勝算。那兩魂現在何處？」

「已經收在這個葫蘆裡。」

「還有多少時間？」雄哥又問道。

「大約四十天左右。」墨愆擔心的回答。

沉悶的空氣在四周流轉，沒有人開口說話。

雄哥沉著一張臉，好像在思考該如何解釋這一切，一副不容他人打擾的肅然。瞿皚和墨愆則是屏氣凝神，專注的等待下文。

不久，雄哥低沉的聲音在空中緩緩響起。

「我現在跟你們解釋，注意聽好：人有三魂七魄；三魂是主魂、生魂、覺魂，三魂之中，生、覺二魂主管你的善良和邪惡，主魂是你的性格，所以一個人的性格好壞常被生、覺二魂影響；至於七魄，乃是主宰你的情欲。所幸你們已經把這兩魂找到，若是失去了其中一魂，怎麼都無法補救。死去的人，主魂會隨著業障決定升天或下地獄，生、覺二魂則是一名流連在墓地，另一名附在神主牌供後人祭拜，七魄則隨著肉體死亡而消失。簡單說，鬼沒有七魄。等到靈魂受審完畢，分發完成，重新投胎人間時，原來的生覺二魂會消失，新的生覺二魂和主靈會合，重新投入輪迴；七魄則屬陽世間的產物，隨著肉身產生感官，主宰人的七情六欲。而我們這些孤魂野鬼因為太執著於人世，無法離去，因此在陽世間漂流，七情六欲並沒有真正散去，他們存在主魂的記憶裡，在腦海裡不停重播，就像夢境般無法控制。」

墨愆聽得一頭霧水。

「土地公說要我們去找魂魄，卻沒有說要去哪裡找。我們已經收集到了生覺二魂，如果鬼魂沒有七魄，我們的任務應該已經達成了不是？」

「你的靈魂嚴重受損，需要修補。我剛說了：『我們這些孤魂野鬼因為太執著於人世，七情六欲並沒有真正散去』，你們得依據七魄的屬性，去收集主魂失去的能量，然後才能施法將你的魂魄聚攏，協助你的元神癒合。所以，七魄是你的線索，在你生前，他們主宰著你的喜、怒、哀、懼、愛、惡、欲，依照不同的屬性，失散的魂魄最有可能會在你生前發生過難忘的人事物周圍流連，所以你得去回溯你的一生，根據你的直覺去可能的地方找。這樣，聽清楚了沒有？」

兩人點頭。

鬼王這時又開口道：「我只能幫到這裡。」

尹墨愆和瞿曖互看一眼，留下重金，然後對鬼王恭敬的鞠躬答謝後，兩人連袂離去。

第七章　祕室

1

該去的地方都找遍了，就是沒有任何進展。

兩人回到墨慜十二樓的住家，露出一臉疲態及懊喪。

過去幾天，墨慜領著瞿暟前往各個他生前最常待的地方，包括辦公室、工廠、住家，甚至他的招待所，希望能在最接近自己的地方找到答案。

然而，奇蹟沒有出現。

他們就像無頭蒼蠅一樣四處亂竄，毫無頭緒，隨著時間一丁一點的消逝，除了精疲力盡之外，更恐怖的是那股絕望，在墨慜蒼白僵直的臉上顯露無遺。

墨慜的家位在信義區松德路上。

豪華的社區大門用花崗石堆砌出巴洛克式的氣派，建築物外觀極富設計感，精雕細琢，富麗堂皇，五棟白色建築物的外圍採用古堡的護城河設計，給人固若金湯的安全感。

光是在這種上億的豪宅出入，虛榮便可獲得極大的滿足，遑論那些身家顯赫的住戶都是非富即貴的人種。

進入建棟停車場之後，有名珠光寶氣的婦人站在前方，等電梯的同時，不忘對著鏡子擦脂抹粉。女人在補口紅時的臉是最恐怖的，像個活靈活現的鬼——兩個真的鬼就站在她的身後，一同望著電梯邊框的金屬鏡面，不約而同作如是想。

貴婦家住六樓，進入電梯後，卻莫名其妙的按到並排的十二樓按鍵。發現自己按錯樓層，她神色惶恐地絮叨幾句，十二樓的住戶尹墨愆過世不久，整棟樓都知道這個消息，無意中按到往生者的樓層讓她有點毛骨悚然。伸手又按了一次正確的樓層，所幸低樓層先到，她這才釋懷許多。

兩人相視而笑，十二樓正是他們要去的地方，一切並非偶然，不過是他們借她之手按下電梯鍵。

瞿暟想起他第一次進入墨愆住家的時候，這樣豪華氣派的住宅讓他心生異樣之感。想像自己擠身富豪之列，身處這樣豪奢的環境令人迷戀，莫名的優越感就像吸毒般會讓人上癮。

原來，驕傲是一種最真實的人性，每個人骨子裡都有，在這個人世間隨機發生，尹墨愆只是正好擁有這樣的環境才顯露出這部分醜惡的人性。在多次進出這樣千萬金打造的寓所，而且不只一處，人是會習慣的。此刻，瞿暟居然能稍稍諒解墨愆那股令人討厭的自命不凡。

到了十二樓，兩人飄到墨愆家便穿牆而入。

經過長時間的靜默，瞿暟仔細地把墨愆的住家又看了一遍，一方面想著以後可能沒機會。

墨愆的家呈現黑白簡約的基調，雖然華貴奢侈，在瞿暟的眼裡，這個由名設計師親自監工的頂級室內裝潢，被他嫌棄到一文不值。

想不到擁有這樣華麗的建築外觀，室內的裝潢卻活像個鬼屋。

非黑即白的色調陰森詭譎，兩旁採光極佳的窗戶，以白紗做為裡襯，莫名其妙就偏要使用黑色窗簾妝點，正如現在這樣透著微弱月光的夜晚，黑裡滲白的簾幕給人無限想像，若在白天開窗透著陽光時，一陣微風輕吹，黑白夾雜的長簾在空中飄然搖曳，活像枝大型招魂幡，彷彿家裡正在辦喪事。

怪不得尹墨愆會英年早逝，瞿today將之歸咎於「風水」，這是整座屋子最令他詬病的地方。不過，人既然死了，又擁有這樣一個適合死後落腳的住處，實在不能不佩服主人翁的未雨綢繆。此時，所有的批評指教，在瞿today的嘴角化為一抹欠揍的笑容。

瞿today坐在L形的白色沙發上，雙手向兩旁一攤，嘴裡吹著口哨。

視線往四周橫掃，他想，屋子裡一定有某些線索，能幫助墨愆憶起人生中重要卻短暫的片段，那些讓你做出改變一生的關鍵時刻，事後總是被輕易忘記。

頭頂是造型板砌出的幾何線條，層層疊疊的，圓木橫樑上是一排三扣的照明燈，風格簡潔。一座黑色鋼琴豪氣的矗立一旁，和黑色的石英磚陰森地連成一氣，只有客廳中央舖上的白色羊毛毯，為冷調設計增添了幾分溫暖。

粉牆上掛著幾幅油畫，看來都不名貴，並非出自名家之手，也非名畫之仿。看來尹墨愆的品味與莫內、畢卡索或梵谷等大師完全絕緣。

傢具以白色為主，只有一道牆是例外。原本隔間的一道牆，竟和地板使用相同的黑色石磚，牆上用金箔鑲出一尾蟠龍盤踞的樣式。瞿豈這才看懂，原來名家要展示的是這面石牆的圖騰，雖然乍看之下是黑魆魆的一片。

穿過石牆，來到墨愆的臥室，除了寢具燈飾，臥室內有一間很大的更衣室。西裝服飾、領帶，物品各歸各位，整齊得沒有人味。

瞿豈很驚訝的發現，偌大的空間裡只有兩個大房間，一間是主臥室，另一間是書房。顯然，住在這裡的主人，自我意識強烈到根本沒有容納他人的空間，換句話說，就是沒有結婚生子的打算，更沒有留客夜宿的可能。

書房裡則呈現完全不同的氣象。

兩面與天花板同高的書櫃，塞滿各式類型的書，左牆上掛著一個陶瓷製的泥娃娃臉，大小約略一個足球的橫切面，眼神看來有點邪惡。

一個上下兩層的紅木櫃就在椅子後方，下層是一疊商業周刊，上層是咖啡機，一組六個的咖啡杯少了一個，使用過的奶精、糖包隨手一扔，咖啡壺裡殘餘一些早已冰冷酸苦的咖啡。

桌上散亂的擺著幾個卷宗，一本厚厚的企劃書，只翻了幾頁就被擱在電腦螢幕旁。桌上除了文具用品，還有一個塞滿煙屁股的煙灰缸，一杯酸澀的咖啡正礙眼的擺在一個相框前，一個大型月曆上面記錄了墨愆忙碌的行程。由這凌亂的畫面可以看出尹墨愆是一個標準的工作狂，除了錢之外他一無所有。

瞿豈下意識的嘆了口氣，忽然明白為何所有墨愆能想到搜索魂魄的地方，總與工作脫離不了關係。

格局既然是名家的設計，確實有一些令人驚豔的地方，例如，浴室。這大概是屋子裡瞿暟唯一喜歡的設計。

浴室約略一個主臥室大，裡面的設備好到令人讚歎。

淋浴間右邊設了一個黑石磚的日式溫泉池，具備按摩浴缸功能，澡缸旁擺滿一堆白色的小石頭，不遠處的牆面上架了一臺多功能電漿電視。入口左側隱藏一扇衣櫃拉門，毛巾、沐浴乳、精油、刮鬍刀、古龍水等用品無一不全。一盆白色的蝴蝶蘭，正散發著淡淡的馨香。只有牆角一桶待洗的衣物，和披散在地上的浴巾，可以證明這個房子確有人住。

要說墨愆完全不懂享受，又好像不是那麼一回事。

2

整間屋子逛了一遍，他還是不明白線索在哪裡，回到書房，靜不下來的瞿暟在一邊飄來盪去，頗惹人厭煩。

「你家的人呢？」

這不是廢話！

「多謝關心，你不都知道了？」墨愆翻了個白眼，煩躁的表示。

瞿暟彎身研究那個被咖啡杯擋住一部分的相框，沒搭腔。

照片裡的墨慜西裝筆挺，就坐在這間書房的董事長椅上，目光炯炯的直視前方，英姿煥發。

察覺自己適才說話的語氣不佳，墨慜示好的加以解釋：

「我父母都死了很多年。我家就三兄弟，長大後大家各自生活，之前去過他們的家，什麼都沒發現。」

「這樣瞎找不是辦法，還是一個一個來。專心的想，你有沒有什麼熟人可以找？」旁觀者清，瞿暟的意見很中肯。

墨慜正在認真思考的同時，桌上的電腦已悄然啟動，只見瞿暟飄浮在桌子的另一邊，對著電腦鍵盤抖動十指，這個動作吸引他的注意。

「你做什麼？」

「等一下你就知道了。」瞿暟伸手阻止墨慜往下說，頭連擡都沒擡一下。

他緩步飄到瞿暟身旁，吃驚的看著電腦螢幕。

瞿暟正在表列一張問卷，專屬於他。

內容如下：

尹墨慜一生之愛恨情仇清單

愛：最愛的人：

喜樂：最喜歡的東西：

最喜歡的去處：

最快樂的人生經驗：
欲：最想得到的東西：
惡：最討厭的人：
最討厭的事：
最討厭的東西：
怒：最生氣的經驗：
哀：最傷心的往事：
人生最低潮的時刻：
懼：最害怕面對的人：
最擔心發生的事：
最害怕的東西：
備註：（必填）所有發生過關係的女人名單：
（若有男人或3P過，請一併列出）

看到這邊，尹墨愆不免露出嫌惡的臉。「最後這什麼玩意兒，備註還必填吶！你是不是存心在弄我？」

「我這麼用心想幫你理出頭緒，」瞿晗頓了會兒，一副好心沒好報的抱怨著，「不要？那就算了。」一邊說，一邊作勢要刪除螢幕上的表格。

「欸，你幹什麼？」墨愆緊張地叫喊，一隻手不自覺的在半空中上下比劃。見瞿豈不好懷意的笑了，知道這愛惡作劇的傢伙其實在開自己玩笑，只好無奈的自嘲道：「好吧，我填就是。時勢比人強，誰教我現在是虎落平陽被犬欺。」

他乖乖坐在董事長皮椅上，對著電腦螢幕，神情認真的閱讀問卷上的問題。每一個問題的困難度都非常高，有些問題大到不能以文字簡述，因為過去數十年的人生當中，發生的重大事件不止一件，對不同年齡的尹墨愆來講，件件都是意義重大，不同的人生巨變最終帶領他走向不同的道路。

問題太大，卻沒有標準答案，他決定略過所有事件，選擇先填具體且較易回答的問題，例如：人、東西，以及地方。

只見他在第一個問題旁的空格上填上「從缺」二字，接著，在長時間靜謐的黑暗中，只能聽見鍵盤上發出輕微的敲打聲。

隨著時間流逝，墨愆停止作答，坐困愁城般地陷入長考，周遭的空氣像換了時空似的窒悶，瀰漫著恍如隔世般的茫然。

驀然，大門口那頭輕聲傳來門鎖喀拉的扭轉聲，在一片滯窒緊繃的靜默中如雷貫耳。兩人同時擡起了頭，警覺地朝對方瞥了一眼。

「有人來了。」墨愆率先打破沉默。

大門咻咿一聲緩緩被打開，客廳的燈光旋即亮了起來。

門口站著一個矮胖的婦人，她留著一頭短髮，短短的圓臉露出懼怕的神色，雙腳困難的站在原地，肩膀不住地向上縮了縮，顫抖著身子，周圍環繞的空氣傳來陣陣寒意，讓她的腳步更加蹣跚，如履薄冰。好不容易勉強地踏進屋裡，她雙手合十，嘴裡唸唸有詞：

「尹先生，希望你一路好走。我是受人之託來你的屋子裡拿一些重要的文件，你的助理林先生說公司要用到啦。你如果在這間屋子裡，千萬不要現身來嚇我吶，拜託也不要跟著我，我東西拿了馬上走。」

說完之後，她迅速地來到書房，眼光往桌面橫掃一遍，眼神卻刻意避看墨愆的相片，搖頭晃腦的審視周圍，像是要求證什麼。她走近擺著商業雜誌的櫃架，只見她的兩隻手臂環抱在木櫃的兩端，用力的搖晃了幾下。當然什麼事都沒有發生。遲疑了一會兒，她轉身面向左邊牆上的陶瓷娃娃，仔細端詳好一陣子，終於鼓起勇氣，伸出手指往泥娃娃的臉上一陣亂按，按到娃娃嘴裡設的暗鍵，剛才難以撼動的書櫃以圓軸為軌的向後滑動，半掩的入口後，藏著另一個房間。

印象中，她看過這組書櫃被移動後的樣子，只是當時並不清楚該如何打開這間房，也沒有進入這個空間的必要。沒有猶豫太久，她隨即進入這間祕室。

兩名鬼魂頓時啞口無言，各自驚訝於不同的事實，回神之後即尾隨她進入這間祕室。

這裡空間明亮，約莫四坪大小，顯然不同於原始的房屋設計，旁邊接連的浴室分掉一部分原屬這裡的空間，最裡頭的牆面嵌了個大型書櫃。順著滑軌拉開一片華麗的木製櫃門，裡頭一層一層，每一層的架上擺放著不同厚度的牛皮紙袋，一眼望去一片黃澄澄的，高度不一的文件檔案依照日期的標示以及案名的英文字母，由下而上的被歸檔，書櫃的最底層還設有一個保險箱。

錯愕的婦人看不懂一長串 ABC 所代表的意義，無助的呆站在一旁。

不久，她拿出行動電話，撥了一組號碼，屏息等待著電話那端的回應，全然忘了不久之前她不敢隻身踏進屋裡的躊躇，以及心裡湧生的那股恐懼。

「這個女人是誰？在找什麼？什麼時候生出這間保險室？」

瞿暟一股腦兒地說出心中的疑惑，墨愆卻是置若罔聞，不發一語。此時他有興趣的是電話那頭的聲音，以及他們在尋找的目標。

電話彼端傳來一個低沉熟悉的男聲，電話接通之快，彷彿他已守候多時，正在等待最新的消息。

「喂，林先生，我劉太太啦。你交代我找的東西，我找不到吶。你確定尹先生把資料放在家裡？」

「怎麼可能找不到，這類型的文件董事長不會放在公司啦。」彷彿是怕劉太太疑心似的，林懷淵趕緊補了句，「這樣他在家裡辦公才方便呀。」

誰都知道尹墨愆是個工作狂。

「這邊的資料都嘛長得一樣，全部用牛皮紙袋裝著，要我怎麼找？」

「你看看上面有沒有寫什麼字，唸給我聽聽。」

「只有日期，還寫了英文字，我哪看得懂！要不然喔，你現在過來一趟，我到樓下等你，帶你上樓，你自己找啦。」為省掉這些麻煩，劉太太建議道。

林懷淵不做聲，似乎有點猶豫，他心裡其實也感到幾分戰慄。

「喂、喂，林先生？」

「我還在。這樣好了，你先幫我看看能不能找到二〇〇七年的檔案？」

「二〇〇七年喔，有、有，我看到三大包。」

「你全部帶下來，資料很緊急，明天公司需要用到。我現在到董事長家樓下跟你會合好吧？大概二十分鐘左右會到，待會兒見。」

正要掛電話的同時，只聽見劉太太急促的追問。「等一下，林先生，你說要幫我介紹的那個新工作有確定嗎？」

「這個喔，你不用擔心，楊先生人很好，我跟他已經談妥，你最快下個月就可以上班了。」

「這樣喔，謝謝你，那待會兒見嘍。」

結束這通電話，劉太太突然想起自己還身在這個像鬼屋的地方，霎時又是一陣毛骨悚然，當下抱了三袋檔案，驚慌失措之餘只想迅速離開，反正她不知道該如何恢復原狀，只好任由櫃子筆直的穿越兩個房間，一溜煙逃命似的去了。

「這個女人是誰呀？他們在找什麼？」一頭霧水的瞿豈仍是不死心的問道。

「這個女人叫劉太太，是我的管家，負責幫我打掃房子、洗衣服，處理一些雜務，已經為我工作好幾年。」

「難怪你的房子這麼乾淨，原來有專人照料。」

墨愆的目光停留在那片黃澄澄的書架上，喃喃自語的叨唸道：

「她怎麼知道我有這間祕室？」

「什麼二〇〇七年的檔案，他們到底在找什麼？」重複一樣的問題，瞿暟略顯不耐。

「我也想知道！看來我們有地方可以去了。」墨愆一邊說，一邊移動著飄忽的魂體。

第八章　特助，誰的人馬

1

一手抱著牛皮紙袋，另一手握著今天的晚報，從劉太太手中接過這三袋資料後，林懷淵神情疲憊的回到家中，把手上的資料袋放在桌上，一屁股坐進寬深又緊繃的優質牛皮沙發，擡高的兩隻腳不客氣地放在疊高的牛皮紙袋上。

攤開手上的報紙，上面寫著斗大的幾個字：

水門案又一樁？疑與抽水案有關，尹楊電子董座死因不單純

看到這聳動的標題，林懷淵知道從今晚開始，所有媒體都會抓著這個主題窮追不捨，所有和這個案件相關的參與者都將捲入這個風暴，無一倖免。

晚報才剛上架，他馬上就接到顏立委關切的電話。

顏朝章的口氣又急又怒，劈頭便不客氣的破口大罵。

「懷淵，你看到今天的晚報頭條嗎?寫的什麼東西，簡直是胡說八道!」

不知情的林懷淵一臉疑惑：「咦，哪家報社，是怎樣的報導?」

「看來你還不知道，去便利商店找就看到了。記不記得兩年前尹董標到抽水站硬體設備的案

子？唉，部長剛才急忙打電話飆了我一頓，真他媽的倒楣。現在的媒體都很嗜血，像這樣的案子胡亂報導，有多少人等著為了這樣的不實指控丟官，尤其現在時機敏感，政府正在肅貪，這個報導一出來，黨還怎麼選舉？媽的，亂寫一通還扯出了人命……」

聽著顏朝章滔滔不絕的亂罵一通，他知道一定出了大事。政府的標案一旦上了社會新聞，通常會擴大成政治事件，當下只能先了解狀況再謀解決之道。

「委員，給我一點時間了解狀況。我晚點再給您電話好嗎？」

「好，你看完報導，馬上打電話給我。」

報導的內容是這樣的：

本報據可靠消息指出，兩年前國營單位水利署抽水站的硬體標案，有關電腦設備的採購項目，意外由尹楊電子高價得標，遭人踢爆內幕不單純。

據悉，尹楊電子董事長近年來政治立場鮮明，交遊廣闊，政商關係良好，在立委顏朝章穿針引線下，黨獲得尹楊電子大筆政治獻金，尹楊也早在○二年就申請成為國科會經建發展的合作廠商，獲得大筆的研發經費，更在○七年接下抽水站電腦更新的標案，史無前例地獲得所有政務委員的支持，毫不費力的取得七億的訂單。

在順利取得標案之後，該公司單股股價曾高達九百元，遭人質疑有政府高層藉機炒作股票，非法內線交易，當時，董座尹墨愆還跳出來闢謠，表示不排除採取法律途徑討回公道。現在，又有知情人士爆料，尹墨愆利用其政商人脈取得標案委員名單，多所國立大學教授榜上有名，成為尹楊賄賂的對象，事前即相約在尹墨愆私人的招待所進行交易。盛傳尹楊手上握有證據，隨著壯年董座的英年早逝，令人質疑尹墨愆的死因不單純。此案一出，眾所譁然，重創人民對政府大力掃蕩貪瀆的信心，也考驗高層危機處理的能力。

尹墨愆過世之後，留下的龐大遺產無人繼承，公司內部的交班人選尚未確定，尹氏家族兩兄弟對於財產繼承遲遲未能達成共識，甚至傳出兄弟鬩牆，有對簿公堂的打算，種種不利於尹楊的傳聞甚囂塵上，導致公司的股價一路下滑，重創投資人的信心。

尹墨愆一路走來爭議不斷，生前即大刀闊斧的投機營利，華麗轉身後無法回歸平靜，身後的遺產爭奪戰隨即開打，豪門大戲持續上演，企業王國未來由誰掌舵尚待觀察。

細細地閱讀完手中的報紙，林懷淵立刻去電老楊，兩人緊急趕回公司商量對策。

「你說抽水站這件事情，公司內部除了你我跟尹董，還有誰知道？」

「這我就不清楚了。照理說，處理這種跟政府相關的工程，保密是最基本的功夫，萬一事情曝光，影響很大，你我都明白這個道理，尹董更不用講，哪有可能告訴別人。」

「這麼說，爆料的應該不是尹楊的人。」林懷淵揉揉泛疼的額際，「對了，部長那邊有什麼打算？」

「馬上要召開記者招待會澄清，這麼大條的事情怎麼能等。」

「報導中提到尹楊握有證據，這種事哪有什麼證據？我真的想不通。」林懷淵試探性的拋出這個議題，觀察老楊的反應。

只見老楊一臉狐疑的思考著，似乎毫無頭緒。

「我先回個電話給委員，看他怎麼說。」

電話號碼撥到一半，董事長辦公室的門突然被打開，兩人驚愕地瞪著門口，隨後林懷淵急忙地掛上電話。

尹善維大搖大擺的走進來，旋即在沙發上坐下來，態度輕蔑地開口：

「神祕兮兮的，你們在商量什麼，可不可以說來聽聽呀？」

自從墨愆死後，他的股份歸屬一直沒有明確做出處置，公司不能任由群龍無首，在緊急召開臨時股東會之後，馬上做出決議，理所當然地由另一個執行董事老楊接手董座，這件事令尹善維非常不快，大夥兒心知肚明。

目前公司的領導班子能夠居位多久尚在未定之天，在繼承案確定之後，將會產生極大的變數，為此，尹善維一反從前的恭敬有禮，表現出前所未見的倨傲，宛如自詡皇袍加身的皇太子，一副老闆架勢在公司橫行無阻。這種情形之下，一批巧言令色的小人趁勢掘起，對尹善維百般討好，妄想從中得利。

過去公司的舊有班底私下不停較勁，尹墨愆的突然辭世令許多精英心灰意冷，萌生去意。三股派系在尹楊內部拉鋸，多數人在還沒找到新的戰場之前，都在做相當程度的忍讓而已。

一陣虛與委蛇的敷衍之後，林懷淵草草結束和老楊的密商，從董事長辦公室脫身。

離開公司後，他分別打電話約老楊及顏朝章見面，地點就是墨愆位於仁愛路巷弄裡的私人招待所。目前那裡依然是最隱密的地方，適合談話，而林懷淵擁有一副鑰匙。

三人依約會面，林懷淵熟練的走向酒櫃，開了一瓶高檔的奧蘭格蘭治威士忌，拎了三個空酒杯，放在桌上，慢條斯理地斟著酒。一旁的兩人早已吞雲吐霧了起來。

顏朝章一口飲盡杯中的酒，忿忿道：

「不知是誰在背後擺道，報紙把我的名字都扯出來，暗示我在居間協調。現在要出趟門都不容易，媽的，還得先甩開一堆記者，搞得我快瘋了。」

「顏兄，我剛跟小林討論過，除了我們兩個跟尹董之外，想不出有誰知道這件事，這個消息不會是尹楊內部的人爆出來的，你說會是誰？」老楊迷惑道。

顏朝章搖頭，一臉沮喪，「現在這個消息驚動高層，案件要進入司法程序，當時標案的投票委員個個都剉咧等，等著被約談，事情越弄越大，你看怎麼辦？」

「對外有沒有什麼說法？」林懷淵好奇的問道。

「部長被迫要開記者會自清，先否認再說。一旦有事出包，一定是先公布標案流程那一套，來表示公平公正，絕對沒有黑箱作業，不然還能怎麼應付？」

林懷淵回道：「其實部長只要給他們一套說法，讓那些投標委員會的委員口徑一致，控告報社誣告，要求他們拿出證據來，沒有證據在那裡信口開河，一定把他告到倒閉。反正現在死無對證，他們要上哪兒找證據？」

顏朝章嘆了口氣：「現在問題不在人證，在物證。人都死了，就算知情人士爆料，只要沒有證據，我們都可以抵死不認；現在就是因為尹董手上握有證據，才鬧得人人自危呀！」

一陣靈光乍現，顏朝章的臉色得救似的紅潤起來：

「對了，去你們公司的檔案室找，把當年的資料調出來，看看有沒有什麼瑕疵、不合程序的地方，如果找到可疑的文件，想辦法送到我這邊來，讓我們來處理。」

「可是尹董向來防我跟防鬼一樣，公司的企劃案以及機密文件一律不放在公司，誰知道他藏在哪裡。」老楊第二次開口，直接道出心中疑慮。

林懷淵字斟句酌、不太肯定的說：

「我記得尹董老是把工作帶回家做，我想檔案可能在他家，但是我沒有他家的鑰匙，找人去開鎖又太明目張膽，這倒有點麻煩。」

老楊的嘴角難掩得意地上揚，斬釘截鐵的說：

「這不是問題。尹董孤家寡人，和他的兄弟感情不睦，他請了一個女傭，連他的兄弟都不曉得，這幾年來為他清理房子，照顧他的生活瑣碎，她一定有鑰匙。要找到她的電話不難。小林，到時你就跟她聯絡一下，請她幫忙找檔案，就說公司要用，需要的話，給她點甜頭。」

聞言，顏朝章終於放下心中的石頭，滿意一笑，「這倒不失為一個好辦法。」

他拿起威士忌注滿酒杯，然後一飲而盡。

2

林懷淵小心翼翼的把三大包文件攤平在桌上，眼睛盯著上頭註記著『2007 Pumping Station』的牛皮紙袋，解開上頭的白色套繩，拿出裡頭一大疊厚厚的文件逐一瀏覽。

若要說這裡頭有什麼文章，只會是投委名單、收賄明細，要不就是尹墨慫與高層會面的行程表和通聯紀錄，誰會在收賄之後開出收據，尤其像這種有明確對價關係，資金往來得更加小心。一般來說，為求謹慎，付款動作都以現金交付，既然是現金交易，哪裡會留下什麼證據！

翻來翻去都是合法的文件紀錄，包括新產品開發提案、時程表、廠商一覽表、成本估算表，及預估獲利能力等等。

沮喪之餘，一片光碟突地從紙堆中掉了出來。

林懷淵迫不及待地坐在電腦桌前，觀看這一片光碟。令人失望的，裡面有的只是更完整的簡報資料，包括廠商簡介和商品推廣影片，除此之外，一無所獲。

他拿起手機撥給顏朝章，想更明確的知道要尋找的證據究竟是什麼，以怎樣的形式存在，希望能理出一些頭緒。

「顏大哥，東西已經寄來了，可是產品不對。想再跟你確定一次，你要買的東西是哪一種？」

由於在電話中不便透露太多資訊，只能透過隱晦的對話溝通。

「我要找小巧的錄音器材，如果有好聽的帶子，你就順道幫我介紹介紹。這樣，了解了沒有？」

原來，要找的是錄音帶之類的東西，這下子可棘手了。

林懷淵由西裝褲的口袋中掏出一串鑰匙，這是剛從劉太太手中接過尹墨愆的住家鑰匙，他思索著是否該在今晚親自前往一趟，仔細的搜索一次。

想起自己在公司的處境。

當初進入尹楊時，多虧楊金城的幫忙，諷刺的是，也是因為楊金城的關係讓尹墨愆對他處處提防，好不容易取得尹墨愆的信任，他卻意外死亡，讓他多年的布局功虧一簣。現在，他得小心翼翼在楊金城和尹善維之間夾縫求生，謹慎的衡量得失。

對他來說，沒有什麼比尹善維成為他的頂頭上司來得更侮辱人。

當初接到通知要去面試尹墨愆的特助時，林懷淵緊張得夜不成眠，雖然他是歸國學人，擁有美國柏克萊大學電腦程式的碩士學位。

第一次見到尹墨愆的時候，他梳著油亮的西裝頭，露出高聳飽滿的天庭，一張長臉，眼尾略垂，目光鋒利，審視人的眼神常逼得人不知所措，神情一絲不苟近乎嚴厲，兩片薄唇像極了算命所謂薄倖的面相，冰冷無情。一身行頭都是名牌，宛如伸展臺上走秀的模特兒，唯一的差別是他身上濃厚的銅臭味。

墨愆對著林懷淵打量許久，問了幾個問題，主要是測試他對公司和電腦業界了解的程度。出國留學的高材生當然聰明到事前已充分做好準備，因此在整個面試的過程中，他對答如流，自認表現得可圈可點。

面試結束之後，他在走廊上遇見往董事長辦公室走來的楊金城。

楊金城以為他是來談生意的廠商代表，見他眼生，於是主動上前攀談，寒暄幾句，問了他的身家背景之後才闊步離去。沒想到這一幕全落在尹墨愆的眼裡。

剛進公司的時候，「尹楊」已經是一間規模頗大的公司，在業界雖不是龍頭，聲勢正是水漲船高，在尹墨愆的帶領下，一季又一季的創下驚人的業績，公開掛牌上市之後，股價更大大的反應投資人的信心。

尹墨愆憑藉的是精準的市場訊息，以及推陳出新的產品開發。所有的產品企劃對尹墨愆來講，都是致富的工具，為此，他對機密文件的保護、新案客戶接洽，以及申請專利權的事務，絕不假手他人，身為特助的林懷淵一樣沾不上邊。

美其名是董事長特助，做的工作卻是小弟兼司機，舉凡和董事長相關的工作，包括會議記錄、外出行程規劃、公文聯繫，乃至於跑腿打雜、私人聯誼等包羅萬象，讓他這個頂著常春藤高學歷的洋秀才感到仕途受阻，鬱鬱不得志，對「特助」這份工作越發感到厭煩。

一次會議結束後，漸漸淨空的會議室裡，只剩下收拾會議資料的他和一派悠閒的楊金城。

老楊舒適的把頭靠在會議椅上，身體斜斜的向後仰，雙腿微張，靜靜的坐在一旁，像是在等待私下和他談話的機會。過了一會兒，他終於開口邀約：

「小林，午休時間到了，要不要一起去吃個飯？」

林懷淵擡頭瞥了楊金城一眼，驀然想起「老楊」這個稱號，在尹楊，只有尹墨愆敢這樣稱呼他。和尹墨愆相處久了，林懷淵在心中早就老楊、老楊的稱呼他，只是不斷的告誡自己，千萬不要在他面前脫口而出，以免不慎冒犯本尊。

老楊長得方頭大耳，個子不高，身材圓胖，腹部突出，加上光亮的地中海禿頭，頗有中年老闆級的架勢。和尹墨愆工於心計的勢利不同，他待人客氣時掛在臉上的笑容，有種彌勒佛般歡喜的假態，讓人分辨不出他是出自真心，還是一尊笑裡藏刀的魔神？

老楊是公司的創始元老，「尹楊」之名便來自於兩人的姓氏組合。尹墨愆掛名董事長，負責產品開發，而楊金城負責工廠生產，兩人各司其職，各擁專業，稱得上是一個完美組合。

隨著公司發展得越來越大，兩人之間的權利鬥爭和利益分配的問題，便漸漸浮上檯面，雙方各自培植心腹人馬，坐擁一片江山，維持表面上的和諧，儘量做到井水不犯河水。

想必是經過一番角力，正如角頭老大們分割地盤，在不傷及個人利益的狀態下，做出適度的妥協，這點便清楚的呈現在公司的組織架構上。

尹墨愆領軍主管的部門有：產品企劃部門、研發部門、業務部門，以及財務部門。

老楊則主導以下部門：工廠、採購部門、工程部門、維修部門，以及倉庫。

「當然好。」公司的大老闆提出邀約，哪有拒絕的道理，林懷淵爽快的答應著。

走了兩條巷子，拐彎來到一家日本壽司店。

這是一家高價位的餐廳，以一般上班族薄弱的薪資及有限的午休時間來考量，鮮少人會在這個時段來享用午餐，因此，這算是一個隱密而適合談話的場所。

門口的裝潢洋溢著一陣濃濃的禪風，圓木外牆緊接著一扇墨色自動門，門口擺了株日式庭園常見的楊柳盆栽，約略一個人高。

走進店裡，耳邊傳來洞簫演奏的輕慢音樂，輕輕闔上雙眼，彷彿置身京都，身著和服的藝伎就在身旁舞倆，東瀛味十足，讓人飄然神往，心情不自覺地輕鬆起來。

店內的面積不大，擺設也很簡單，圓木製桌面嵌入三片細條黑玻璃，略帶一點時髦，墨黑玻璃與圓木相錯的壽司吧臺，和正門口的設計風格一致，閒適雅緻。位在角落的兩處小包廂遙遙相對，門口各掛上一幅日式布簾以區分內外，十分隱密。

老楊以眼神示意服務生帶位後，逕自往最裡面的包廂走去，彷彿他是這裡的常客，每次用餐都有特定的座位，進行的談話都是見不得人的祕密。

服務生端來兩杯日式煎茶以及菜單。

「兩客招牌套餐。」

老楊看都沒看就替兩人點好餐，急欲趕走身邊礙事的服務生，才能專心交談。

「小林，今天我請客。難得跟你出來吃一次飯，總得吃好一點嘛。」

「這怎麼好意思，讓您破費了。」

吃人的嘴軟，拿人的手短，真是一點不錯。有人請吃飯，客套的寒暄幾句是免不了的。

「最近產線怎麼樣？」

「很忙，二十條產線都排滿了。倒是採購部門有點壓力，你知道最近訂單接得順，沒有提前備料，交期又排得緊，廠商天天趕我們的貨，都快要交不出來，偏偏尹董就不肯提高安全庫存量，真是麻煩。」

「哦，要不要把訂單下給其他廠商，總得有 Second Source 吧？」

「就是這點在頭痛。我想把單下給力晶，但不知道力晶的劉總是哪裡得罪尹董，怎麼就是看他不順眼，一下說他們有品質問題，一下嫌他們家的設備不良，說來說去就是嫌人家公司的規模小，傳出去沒面子，偏要用他自己中意的廠商，又要求廠內採購部門降低購入成本。唉，天底下哪有這樣的道理，又要馬兒好，又要馬兒不吃草！你倒是說說，我光掛名總經理，沒有實權，怎麼辦得了事？」

「你們都是公司的創始人，有什麼話不能講，天天見面，談個話十分鐘解決了，何必心煩？」

林懷淵雖然年紀輕輕，應對進退倒是謹慎小心，是個人材。

「有些話是不好說出口的，又不是第一天認識他，他的個性我太了解了。尹楊成立以來，尹董的產品開發案讓公司年年賺錢，我當股東的，只要有錢數，不管經營理念有多衝突，總是開不了這個口。沒有什麼比拿錢來搪塞股東的嘴更有用的，你說是吧？」

「可惜我在公司人微言輕，幫不了您什麼忙。」

聽起來老楊像是有事相求，婉言拒絕為上策，何況，這話說得實在。

一旁的服務生忙著上菜，端來蘆筍佐山藥、甜蝦生魚片，以及日式鮮菇湯，和他們像是兩個世界的人，聽不懂他們的語言，更不感興趣。

把菜塞進嘴裡，老楊還想說些什麼，咕噥一陣，忙不迭的把菜吞下去，才道：

「我知道你在公司的位置很為難。認真算起來，都是我的錯。」

林懷淵手上的湯匙舀湯舀了一半，還來不及送進口中，便停下手，兩隻眼直瞪著老楊，等著他把話說清楚。

女服務生接著又端上主菜，奶油干貝燒、鹽烤鯖魚、壽司及翡翠白玉卷，滿滿的擺了一桌。

老楊吃得津津有味，他有些得意自己喚起林懷淵的危機意識，一邊賣起關子，看著他乾著急的樣子，讓這頓飯更添美味。

「先吃先吃，菜涼了不好，待會兒再跟你解釋。」

林懷淵只好忐忑地享用眼前一道道美食，等到老楊酒足飯飽之後，才能得到答案。

老楊啜了口綠茶解油膩，大手一揮，向服務生要了支牙籤。

嘴裡叼了根牙籤，老楊一派輕鬆地剔著牙，張開的兩腿來回地抖動，像個腦滿腸肥的官人，醜態百出。林懷淵想起清朝乾隆皇帝的寵臣和珅。

片刻沉默後，林懷淵回過了神，一臉謙卑。

「楊總，您剛才說的事，能不能解釋清楚一點？」

「別叫我楊總，叫楊大哥吧，啊，親切一點。」

見他點點頭，老楊繼續說道：「你剛來面試的那天，我就看出你這小夥子有前途，看著你覺得親切，就像人家說的——投緣。見了尹董，就跟他大力舉薦你，他聽了我的意見錄取你；只是，我跟他之間的狀況你都看在眼裡，不必我再多說，所以你雖然身為特助，重要的事他還是一把抓，就怕我的影響力會伸進他的地盤，防我跟防賊一樣，公司越賺錢，情況越糟糕。這間公司就是這樣，壁壘分明，人人都得選邊站。」

這麼一解釋，他頓時茅塞頓開，所有的疑心、委屈終於找到原因，自他被錄取的那一刻起，他就已捲入公司高層的鬥爭而不自知。

還沉浸在自己的世界，老楊不疾不徐的聲音瞬間將他拉回現實。

「所以我說，你現在不管做什麼，表現再好，尹墨愆也不會重用你。對他來說，你就是我擺在他身邊的奸細，未來很難有發展，除非——」

「除非什麼？」他急著想知道出路。

老楊的身子略往前傾，食指向上翹了翹，示意他靠近。

林懷淵小心的欠身向前，聽到老楊以謹慎的聲口，低道：

「尹墨愆跟我一樣，都是利欲薰心的商人，對商人來說，最值得信賴的只有錢，因為錢是不會背叛你的，只有那些能幫助商人賺錢的人才有利用價值，值得用心交往，而你唯一能做的，就是讓尹墨愆賺錢，他才會重用你、信任你，對你言聽計從。」

像是聽到什麼笑話似的，林懷淵遏不住噗嗤大笑，他覺得自己要是能讓尹墨愆賺錢，得到他的重用和信任，還不如讓自己賺大錢，又何必仰人鼻息、用盡心機來得到他的信任，看他人臉色度日？

見到老楊臉色泛青，一陣嚴肅緊繃的氣氛迅速向四周擴散，驚覺自己的失態，他趕緊收住笑意，開口解釋：

「楊大哥，您千萬不要見怪，我只是在笑我現在的地位對公司來講根本可有可無，重要的決策完全沾不上邊，更不用提要怎麼讓尹董賺錢，讓他聽我的——」

話還沒說完，老楊便不耐地插嘴道：

「憑你，當然不可能；但是——」老楊志得意滿地揚揚嘴角，輕鬆地換個姿勢，語態傲慢，「憑我的人脈和實力，還真沒什麼做不到。這幾天，我讓你認識認識一些人，累積一點你的利用價值。」

自從認識一些老楊的朋友，林懷淵對他的人脈實力可謂是肅然起敬，從立委、政務官、教授、商人到黑道，三教九流、地紳流氓跟他都有些交情，而這些人脈是老楊個人的無形資產，是尹墨愆無法涉足的領域。

3

這天，尹楊最大的客戶村上助之來訪。

墨愆交代林懷淵一同前往機場接機。驅車前往的同時，林懷淵逮到機會私下和他閒聊幾句，平時他總是太過忙碌，沒時間浪費在閒話家常上。

「尹董，以我們公司現在的狀況，一年要繳的稅應該不少吧？」

「稅是一定要繳的，能避稅的部分都跟會計師商量過了。你問這個幹嘛？」

「我有一個世伯，是我爸的至交好友，現在擔任立委。你知道選舉非常花錢，都需要企業的贊助，而政治獻金是可以抵稅的——」

未等林懷淵說完，尹墨愆已經完全了解他的意思，因而阻止道：「我不想跟政客扯上什麼關係。好好的做生意，繳該繳的稅，不必自找麻煩。」政客只會開口要錢。

「尹楊不想接政府的工程案？」

「如果有生意做，當然要接。你現在是什麼意思，這兩件事有關聯嗎？」他蹙眉瞥了林懷淵一眼，一臉不耐。

「當然有關，選舉選贏了，做立委和做官的基本上是沒什麼兩樣。依照尹楊現在的規模，有幾個熟識的官方好友是百利而無一害，我想，尹董也是這樣想的吧。」

快速的瞅了尹墨愆一眼，見他沒有任何異議才又放膽說：

「立委審核預算，政府釋出工程案件到民間來，尹董你想，他們會找哪些廠商來接標案？」

尹墨愆原本冷漠的嘴臉一下子像冰河融化般柔軟，興致勃勃地問道：

「是什麼樣的案子？你怎麼知道有這樣的案子？你的世伯是哪一位？」

「政府部門一直都有很多案子和民間進行合作，每一個案子的預算都是上億的營利，只要能順利接到一個，就算為它成立一個部門，設立生產線，怎麼算都是穩賺不賠。不過，這只是我淺薄的意見，不知道尹董怎麼想呢？」

「這個主意非常好。唉，就是苦在不認識這些大人物，不得其門而入。」尹墨愆老實道出心中想法。

想不到跟年輕小夥子這樣幾分鐘的談話，會改變他一直以來對政客的看法，他一向討厭官僚，只是沒想到有這麼一天，他可能找到一種方法和政客們共榮共存，從他們身上賺到錢，算一算是一項不錯的投資。沒有人會討厭自己的投資標的。

「我的世伯叫顏朝章，尹董您該聽過他吧。他知道我在您這兒工作，所以想跟您認識，如果您想跟他見個面，我可以安排。對了，他跟我提到前幾天他透過辦公室發了一封信給您，一直沒有收到您的回音，不知道您收到信沒有？」

「喔，我想起來了，有的，是有這封信。」

「您何不親自打個電話到他辦公室，我相信他很樂意登門拜訪。」

沒想到身邊的助理會是一塊寶，這個年輕人真是不簡單，是他看走眼了。

沒有多久，尹墨愆向老楊提出一個想法，以公司名義在臺北市購買一間房子當做招待所，不但重要客戶遠道而來時可以暫住，平常也可以用來聚會或洽談生意，隱密性高，消息不易走漏，此外，房地產可以保值。

老楊當然明白這是林懷淵對他的洗腦成功，對於這個提議，老楊仍佯裝一副吃驚的樣子，矯情的稍做掙扎，然後才約法三章，言明只有兩位出資人有使用權，各有一副鑰匙。房屋購入後，為了方便管理，林懷淵佩有一副鑰匙，負責管理日常的瑣碎雜務。

漸漸地，這間招待所變成尹墨慫談生意的重要場合，經常舉辦私人聯誼派對。老闆們對這種隱私性高、有吃有喝又有看頭的派對趨之若鶩。

在這裡吃喝玩樂的成員們，可能吃完一席高檔的菜餚美酒後，已談成數千萬的生意，仰或是針對那些有影響力、有點地位的人，施以賄賂及女色來達到自己的目的。

這些坐擁上億身家的老闆們，追求的便是賺取更多的金錢，有了錢，就會追逐權勢；而有權勢的人，便懂得如何利用權勢來增加財富。

在這些金錢遊戲中，林懷淵扮演著「皮條客」的角色，雖然名稱不好聽，但他非常能勝任這個職務。他不斷的告訴自己，成功有非常多種不同的形式，機會一旦來了，不管是哪一種，都要牢牢地抓住。英雄不怕出身低，不管你曾經做過多麼卑賤的工作，只要有一天你成功了，沒人會在乎你的過去，不容置喙的，這些都是社會存在的現實。

他看著招待所裡來回穿梭的男男女女，他們不都是在追求同樣的事物。

自從尹墨慫認識顏朝章之後，除了大力的贊助選舉，也經常參加各式政商座談會，應酬更不在話下。這個時候，尹楊已經成為政府扶植企業發展的廠商之一，獲得額外的資金補助。

今晚這個聚會是為了經濟部一個數位內容發展的招標計畫而舉辦的，墨慫千萬拜託顏立委一定要為他引見政府部門裡的事務官，先拜碼頭。

這項計畫在政府整年度的規劃中，是一項科技發展的重要政績，但對這些執行官來說，只是一項預算的消耗，他們不關心最後誰能拿到標案，只要決定權在自己手上，就能把這份工作變為一項利器，利用它來獲利。

這個消息是業界普遍知道且積極爭取的案子，尤其是廣通，對他們而言，如果能獲得這個案子，不但對公司的業績成長有極大的幫助，還能在業界占有一席之地，而不是老是處在挨打的位置上。身為對手的尹楊當然不能給對方這個重新爬起的機會，進一步威脅到自己的生存，因此，這個案子已經不是能為尹楊賺進多少利潤的問題，還牽扯到面子，對尹楊來說是勢在必得。

一群人滿滿的坐了三桌，尹墨愆、老楊各占一桌做為東道主，陪著大夥兒試試手氣，年輕美貌的女模在旁作陪。仔細一看，不難發現有許多熟面孔，可以經常在各大飯局、派對中發現這群美麗的身影，而她們又會號召她們的女性朋友一同赴會，成群結隊一直是女生最愛做的事，吃免費的高檔食材，又有認識政商名流的機會，何樂而不為。

男客們身邊總有女人陪伴，這似乎是主辦者和女客之間的默契。一手換過一手的牌局，總會傳來窸窸窣窣的耳語，討論著哪一張才是該丟棄的牌。

林懷淵沒有加入戰局，只是默默地看著派對的進行，一旁待命，也許尹墨愆或老楊會臨時需要他跑跑堂，安排一些活動。

短暫的沉默過後，傳來一陣騷動。

「哈，胡了。」

幾家歡樂幾家愁，歡欣鼓舞的激動和莫可奈何的哀怨同時被釋放，喊得震天價響。

尹墨愆雙手用力拍掌，一臉懊惱：「我就知道，剛就不應該放這張五筒，如果放八筒呢？」他故意抽出桌上另一張牌，天真地問道。

「哈……一樣的結果，」部長林雲生把桌上的牌重新排列之後，開心的大喊：「不好意思，我聽二五八筒，不管你放哪一張都是送死。」說完便開懷大笑。

「來來來，連莊三回，算一算這一局有十五檯呢。」

「今天不知怎地這麼背！部長真是好運氣，待會兒得請客，不准找藉口開溜喔。老楊，你那邊怎麼樣？」他突然向老楊丟出這話，關心的問道。

「唉，很慘，一家烤肉三家香，局長和主任委員都算準了我聽什麼牌。」

哀聲的搖頭嘆息之後，話語方歇，老楊漫不經心的挑了張牌打出去，立馬放槍。

「分紅分紅，不管啦，要不是人家的好運，局長也不會胡，您說對吧？」一道嬌滴滴的女聲陡然在空中響起，一位名不見經傳的小模嬌嗔叫喊，一面說，胸部跟著在局長的胳臂上磨蹭著。

「好好好，說得對，就給你個分紅。」話音一落，一張大嘴便用力往小模唇上印了下去，大手不安分的在她左邊乳房來回磨娑。

小模驚叫連連，接著往局長胸前用力一搥，「討厭啦，人家說的不是這個！」她一張俏臉因怒泛紅卻不好發作，啞巴虧只能往肚裡吞。

大夥兒重新洗牌，輕鬆一個按鈕，麻將桌上自動升起齊整的四道矮牆。

墨愆在此時立起身子，簡單的交代：

「懷淵來替我一回，這下子真的憋不住，得去趟廁所。」

大家笑稱他是藉由尿遁，想到廁所換上紅內褲，改改運氣，直嚷著回來後得驗明正身，以防他耍陰作弊。

林懷淵看了尹墨愆和老楊一晚上，兩人輪流輸錢，一搭一唱，演出一臉不情願，逗得贏賭的人心花怒放，錢拿得理所當然。這些賭金只是蠅頭小利，真正的交易要等散席後才方便談論。

一個月後，尹楊順利的拿下數位發展的案子。

有一次尹墨愆對他說：「多虧你把顏立委介紹給我，我們尹楊還真需要這尊財神爺呢！」

後來，所有和公司有關的案子，不論公家或私人的案子，尹墨愆都會帶著林懷淵出席，偶而遇到兩難的時候，也會參考他的意見。他知道自己在尹墨愆面前已不再是個無名小卒。

4

大約兩年多前，老楊帶著一個新面孔到林懷淵面前，介紹這位採購部門的新進員工。這是他第一次見到尹善維。

他看來高高瘦瘦，髮型梳得很時髦，一根一根的往空中揚起，有點像剛結束漫畫裡的探險才回到現實的樣子，頭老是垂得低低的，走路輕到沒有聲音，一副謙卑的神氣。不知為何，他的雙眸不時閃過一抹淩厲的桀驁，即使極力掩飾，仍能從那游移不定的眼神中看出他的心虛。

自從任職董事長特助之後，在形形色色的大人物中穿梭久了，漸漸養出他敏銳的第六感，在人際關係上，可以說他越來越懂得看人，嗅得出不同的狀況。

一個由老楊親自出面引見的新人，又和董事長同姓，這小子必然有著相當的背景，只是現在不便問明。

辦公部門的位置安排和公司的人事一樣，分得清清楚楚，只有財會單位擺在中間當成楚河漢界，用來區分不同角頭的地盤。

尹善維任職於老楊的採購單位，卻經常出現在他的辦公室，藉機找他聊天，像在試探什麼。

「楊老大，你的採購部門剛來的那個新人是不是皇親國戚？」在尹善維離去之後，他忍不住按下老楊的分機想問清楚。

「不愧是小林，這點也給你看出來了。」老楊語帶笑意，沒有往下說的意思。

「你怎麼沒事先通知我？」尹善維對開發部門展現的興趣引起他的注意，讓他備感威脅。

「怎麼，採購部門多請一個人，我得事先通知你？」

老楊圓臉一沉，只道這林懷淵吃錯藥了，敢這樣跟我說話！

「老大，你知道我不是那個意思。只是這個新人一天到晚在我跟前問東問西，話題都是繞著開發企劃的產品，跟他的採購工作一點關係都沒有。我只是在想，應該讓你知道一下他的狀況。」

「這樣啊，我知道了，我會留意的。」

老楊說完就要掛電話，另一頭的林懷淵心急的大喊，「老大，我話還沒說完……」

「我還在，有什麼話就說吧。」

頓了一會，林懷淵點出他心中的疑問，「你能不能告訴我，尹董是不是想叫他來代替我的位置？」

「原來你關心的是這個。不用擔心，他只是個尹董跟我都不想應付又推不掉的人情而已。」

老楊回想那天下午，尹墨愆突地來到他的辦公室，一臉無奈，彷彿被什麼難題困擾著，他在辦公桌前來回踱步，直到老楊開口問，他才直說。

「你那邊有沒有個缺？我哥哥一直打電話來，央求個職位給他剛當完兵回來的兒子。你知道，我又推不掉。」

尹墨愆離開沒有多久，他就接到尹墨脩本人親電，千萬拜託他務必幫這個忙。

這有什麼大不了的，身為董事長的尹墨愆要安插個職位給自己的姪子有什麼難，而他竟然連這點小事都不願意，可見他哥哥有多麼光火。

只是個職位罷了，他何不順水推舟，讓尹墨脩欠他個人情！

老楊於是答應下來，安排他進工程部門，慢慢學習產品維修部分。這一向連尹墨脩都沒有異議，倒是尹墨愆主動關切，推說小夥子在大學主修經濟，對產品維修這塊不在行，能不能進採購部門？硬是把尹善維擺在了今天的位置，他當時不疑有他。

現在，經由林懷淵的提點，他才想起，尹墨愆若真是有心，當初為何不直接安排他姪子進自己掌管的部門，反而千方百計的把尹善維硬塞給他，而且還是擺在他唯一和財務部門有關聯的採購部門，這中間是不是有什麼問題？

「小林，你幫我多注意一下尹善維的動作，以後只要他去找你，你多和他聊聊，問問他工作的情形、做得習不習慣，有沒有什麼不適應的地方之類的問題。」

林懷淵是個聰明人，他放輕音量，小心地問：

「是不是有什麼事要我探探消息的？」

「我把你放到尹墨愆的身邊，這尹善維——該不會就是他回敬我的一著棋吧！」

是呀，當時尹善維的表現倒真像是尹墨愆放在老楊身邊的棋子，由他巴結尹墨愆的態度看來，願意為尹墨愆做任何事來換取進入決策小組的機會很大，尤其是抓老楊的把柄。

現在，不容林懷淵多想了，老楊不但是他的老闆，也是他的戰友。

用力捏了把手上的鑰匙，他決定前往尹墨愆的住家仔細搜索一次，找出那捲悠關人命、撼動政壇的禍害錄音帶。

第九章　尹楊的發跡

1

多年前墨愆和老楊在同一家電子公司上班，老楊當時已貴為工廠副廠長，尹墨愆則為該公司的產品企劃人員。

剛進廣通的時候，墨愆很努力的接近公司核心人物，他仔細觀察老闆以及那群獲得重用的人，了解他們的性格、喜好、經營公司的方式及格局，適時投其所好，同時，在基層同事那裡多所著墨。他低調不多話，讓其他急於表現的同事爭得你死我活，而他總是豎耳諦聽，了解握有大權的主管們在外的評價，觀察他們的弱點，希望有一天能取而代之。

老楊個性海派，交遊廣闊，擁有相當厚實的人脈背景，這點非常符合墨愆交友的原則。對墨愆來說，朋友間「以誠互待」只會發生在學生時代，自他出社會之後，他固執的認為人和人之間的交往，都是基於利益交換的原則，就像做生意一樣，都得有市有價，因此，盡力提升自己的利用價值，能轉換為將來利用他人的籌碼，他相信人人都是這樣撥著如意算盤。

相較於公司的其他產品企劃，尹墨愆的電機背景讓他與工廠的協調溝通更為順暢，企劃產品時，通常能顧及生產組裝時會產生的技術困難，讓工廠出身的老楊對他讚不絕口，兩人的友誼在大聲抱怨及互吐苦水之間更加鞏固。

他們對公司的政策多有不滿，話題經常繞在公司的經營危機上頭，諸如：

「老闆只顧著接單，不管品質，不想想後面退回來修理 RMA 比例有多少，這根本是研發單位設計不良的問題！聽業務單位說，還要付客戶退回來的運費，這樣搞下去，難怪老闆一直喊賠錢。」

「哎呀，我上次跟老總講，應該要花錢請人設計新的產品外型，又能兼顧功能性，為了省開模費，一個舊模修到不能再修，客人才沒有興趣上門。結果呢？還不是沒有被採用！」

久而久之，尹墨愆對於原本汲汲營營欲打入的高層信心全失，和老楊之間倒培養出槍口一致對外的默契。

他一向有精算的頭腦和野心，早萌生自立門戶的打算，只是在等適當的時機。

在一次招商的展覽中，機會來臨了。

尹墨愆在同業的展示攤位上，巧遇一位中日混血的日本商人——村上助之。

村上助之的母親是一位臺灣女性，因而他能說一口流利的中文。他佇足在同業的展場上，為其工作的東園公司尋找產品。此刻，他對正在展示中的商品頻頻發問。

墨愆站在不遠方默默觀察，儘管同業在身旁滔滔不絕的講述漫天八卦，他只是有一搭沒一搭的敷衍著。

村上助之前腳一走，墨愆立刻快步趕上，遞上自己的名片，從村上的口中問出日本市場的需求，並特別打電話知會老楊，表示自己將帶一個日本客戶前來看廠。此舉當然引來業務部門的大力撻伐，認為商品企劃人員不該接觸客戶，企圖「整碗端去」，分食他們的工作；唯獨老闆和商品企劃主管樂見其成，不以為意。

參觀完工廠之後，墨愆藉口請客戶吃飯，暗地約了老楊一同前往，帶著村上助之前往一家酒店，店名叫做「月光」。墨愆在職場打滾多年，清楚的知道該如何和日本人打交道。酒店文化一直是日本人談生意的方式，由於他們平時上班一板一眼，下班後無不前往酒肆場所舒緩身心，若能在酒店裡把生意談成，忙裡偷閒，縱情聲色兼具效率，可謂一舉數得。

在月光酒店，墨愆認識了在這裡工作的女侍，名叫香織。她有一張標準的鵝蛋臉，五官如日本藝妓般淡然，蒼白的臉色幾乎可以反映任何色調的燈光，長得不特別漂亮，但她懂得自己的優勢，盤起她的那頭長髮，露出光滑細緻的肩頸，整個人帶著一股淡雅柔和的氣質，和其他濃妝豔抹、活潑多話、善於帶動氣氛的酒店女子完全不同。在這樣一個逢場作戲的場合，很輕易就會忽略她的存在。

村上助之恍神的注視她幾秒，彷彿是在為她擔憂，像她這樣的溫室女子該如何在這樣的環境中生存下去。

墨愆忙著消化眼前的這一幕，腦海裡飛快的閃過幾個念頭。在一陣觥籌交錯、東拉西扯的熱絡過後，笑聲方歇，他趁機提出一個大膽的建議：

「村上先生，你有沒有興趣跟我們合作賺錢？」畢竟這才是應酬背後的目的。

一下子被拉回現實，村上頓時一臉迷惑，好像沒有聽懂他的話，猶豫著該不該開口。

墨愆隨即表示：「根據貴公司對產品的要求，我認為德國有一臺工業電腦非常符合你們的需求，我把它的規格一直帶在身邊，」說完，從公事包中抽出一份目錄。

「這家德國公司是全歐洲最大的工業電腦公司，他們自己設計產品，自行開模，並在臺灣進行組裝，然後銷售到其他國家去。產品上市不到一年，即獲得良好的市場評價，算是一個非常成功的產品。雖然在國際上知名度大開，有一定的市占率，但是產品價格依然居高不下。」

村上的臉色漸漸柔軟，彷彿透露出興趣。

墨愆壯著膽子接著說：「你今天看到我們公司的生產設備以及測試規模，同時也拍下照片了吧？」

見村上點頭，他繼續說：「我們何不購買一臺樣品，根據這臺樣品規格複製一組？楊先生可以負責測試組裝，套上公模之後送樣，你可以說服你的公司自行做外觀設計，或是模仿德國的產品外觀，只要在顏色上做出變化，便可以成為我們自己的產品。如果能得到貴公司的長期合約，我們的公司就可以順勢成立，到時看你要成為我們的合夥人，還是每張訂單的利潤以固定成數回饋給你，任君挑選，你認為這個主意如何？」

村上的臉色陰晴不定，彷彿尚未從驚訝中回魂，拿不定主意該如何回應。

老楊此時開口推波助瀾：

「倘若計畫不能成功，村上先生並沒有損失，貴公司反而會認為您效率奇佳，在出差的短短三天之中，便造訪了臺灣的工廠，收集到這麼多寶貴的資訊，甚至能在短短的兩星期內拿到樣品，如此一來，對您在公司中的聲望只會有增無減呀。」

不一會兒，從村上助之愉悅放鬆的臉上，尹墨慜知道這個計畫成功的機率超過百分之九十。

不久，尹墨慜和老楊的「尹楊電子科技股份有限公司」正式成立。

尹楊的成立不但帶走原公司的大批人馬，雙方主要的供應廠商以及產品路線多數重疊，一度使舊東家面臨經營不善、瀕臨倒閉的困境。商場上的競爭就是如此無情，墨慜憑藉著三寸不爛之舌又搶走廣通不少客戶。

廣通老闆被逼得沒有辦法，逢人就哭訴，大罵兩人忘恩負義，不懂飲水思源，最後，運用人脈四處奔走的結果，悲情牌依然發揮它實質的作用，總算穩住了公司的營運。

憑著村上助之的照應，尹楊有了大筆訂單的後援，在業界的崛起令人不敢小覷。村上助之不但從每筆訂單的利潤中拿到百分之十的傭金，在日本公司的職位也如百尺竿頭，節節高升，漸漸地進入決策核心。

由於自己是這樣發跡，墨慜清楚知道商場上沒有永遠的朋友，現在這些和你同進退的同仁，難保哪天不會和你敵對，屆時以子之矛攻子之盾，引來無窮後患。他學會未雨綢繆，祭出高薪和分紅來招募新血，死了他們自行創業的野心，加上，所有同仁都必須簽署「禁止競業條款」，不同意簽署的人一概不予錄用。

談起這段尹楊的發展歷程，話鋒一轉，墨慜的情緒瞬間高漲，心頭火起，悔怒交加：「我唯一做錯的事就是當初不該借我哥哥的名入股。」

尹楊成立之初，墨毬和老楊各占一半的股份，兩人各自找股東代表湊足七人的法定人數。名義上股份的分配：

尹墨脩　10%，尹墨毬　30%，尹墨樊　10%

楊進財　10%（楊父），楊金城　20%，楊郭美幸　10%（楊妻），郭美雪　10%（楊妻妹）

由股份占最多的尹墨毬出任董事長一職，老楊為執行董事兼任總經理一職。

三年之後，尹楊的事業漸入佳境。尹墨毬萬萬沒有想到，他最該防的人既非廣通，也非老楊，而是自己的兄長。

2

有一天，墨毬在辦公室見到沁瑤。

她手裡拎著辦公包，笑容滿面的坐在董事長辦公室，一臉有話要說的樣子，彷彿在家裡演練很久的臺詞等不及一股腦兒的要吐出來一樣。她忍耐地等墨毬開口說第一句話。

「你怎麼來了，有什麼事嗎？」

「墨脩讓我來的，有事和你商量。抱歉沒有事先打電話，你現在有時間吧？」她臉上依然掛著甜美的微笑。

「你說。」墨毬有股不祥的預感，這個賤女人來這裡，絕對沒好事。

「是這樣的，最近有幾個朋友找上門來，要找人合夥做生意。本來呢，是有幾個案子很有潛力，但是墨脩說肥水不落外人田，若真要投資，不如資助自己的兄弟。」說話的同時，她打開攤在桌上的公事包，露出滿滿的千元大鈔。

「名義上我們既然已經入股，怎麼好意思占著名頭不出錢。」

「大哥想要入股尹楊？」

「現在生意難做，沒有本錢怎麼行，再說，墨脩既然占了一成，我們就該出這一成的錢啊，這裡是一百萬現金——」

墨愆厭煩地打斷她道：「當初講好的不是這樣，有事他為什麼不自己來找我？」

「我不一樣是自己人嗎？」

「那不一樣。公事公辦，他怎麼會連這種事都懶得處理，還得勞駕你出面！」墨愆面色鐵青，語帶奚落。

「你怎麼這麼說，誰出面不都一樣。」沁瑤的粉臉又窘又紅，勉強抑制怒氣。

「尹楊現在不缺錢，況且，這公司不是我一個人的，我得尊重我的合夥人。」

吃了多年的悶虧，墨愆知道明確拒絕為上策，千萬不要和這家人有金錢的往來，否則往後拉扯不清更加麻煩。

「如果老楊同意的話，你會考慮嗎？」

「不必考慮，我不同意。」

想不到他會斷然拒絕，這還是頭一遭。

沁瑤臭著一張臉，態勢強硬的威脅道：

「如果是這樣，我們就沒有必要當名義上的股東了。」

「很好，等我和會計師商量過後，我會請他過去辦理讓渡的事務。如果沒有別的事，我還要上班哩。」墨愆的視線轉向門口，大有送客之意。

「我就知道你是這種人，見利忘義，早跟你哥哥說了，他偏不相信。你大發利市賺了錢，從不曾提拔自己人，墨脩、墨樊做了你的兄弟，真是倒了八輩子的楣！幸好，這次他沒有親自出面，不然，我真不知道你會怎麼羞辱他——」沁瑤氣得破口大罵，不顧形象。

「罵夠了沒？這裡是我的辦公室，不是你家，撒潑請你看對象，我不是我哥，不吃你這套！」墨愆怒不可遏的吼了出來。

「好，既然這樣，大家走著瞧！」

收好錢，沁瑤掉頭就走，留下滿腔怒火的尹墨愆和辦公室外面面相覷的人們。

墨愆關上大門，暗自思量，如果今天來的是墨脩，而不是那賤女人，他或許會因手足之情一時心軟而同意。

一個月後，辦公室裡貴客光臨，墨脩和沁瑤都來了，外加個陪客，老楊。

沁瑤繃著臉在一旁沉默著，看得出她很緊張。

「上次的事是個誤會，聽到你們兩人談得不太愉快，我應該自己來的。想不到你大嫂一句氣話，你還當真，居然找了會計師來辦，真沒必要搞成這樣。」

沁瑤急忙展現她的口才，和顏悅色地對墨愆說：「是呀，大家都是一家人，我們想要資助你的生意，實在是出於一番好意——」

墨愆一臉嫌惡，開口打斷她：「既然是談生意，不相關的人請不要插嘴。」

沁瑤再動肝火，欲反脣相譏卻遭墨脩迅速制止，「墨愆說得對，我看你先回去好了。」

她氣得滿臉通紅，臨去前狠狠瞪了墨愆一眼，才不情不願的走出大門。

墨愆看著她那股氣焰以及那副貪得無厭的嘴臉，一陣噁心倏然在他的胃裡翻湧。她就是這樣，不管跟你有再大的過節，只要你還有利用價值，待風波平靜，她又會若無其事來接近你，假裝一切不曾發生，然後想方設法占你的便宜，奸計若未得逞，她不介意鬧翻、鬧大。多少年過去了，永遠是這一百零一招。

如果可以，他希望這輩子都不用再看到這個人，這是個奢求，因為母親和他們同住。

「上次的事，我是認真的，生意畢竟是生意，如果你覺得一百萬不夠，多少錢你願意出讓那些股份？」墨脩終於開口。

「我沒有考慮這件事，現在臨時要我決定有點困難。」哥哥親口要求，這人情壓力不小。

「如果是因為沁瑤，我希望你不要介意。要是真入了股，生意上的事，我絕不會讓她插手。」

「你這不是難為我嘛，公司又不是我一個人的。」

墨愆瞄了一旁始終沉默的老楊，他一派悠閒，靜靜地看著這場好戲，令墨愆感到有點窘。現在把他拉進來當擋箭牌，由他來拒絕墨脩比較妥當。

老楊看著墨愆，微笑虛應道：「只要你同意，我這兒倒是沒有什麼問題。」

「楊兄都答應了，你應該沒什麼不願意吧？」

「大哥，我們這產業你又不了解，何苦硬要把錢投進來？投資沒有保證賺錢的，這樣我壓力很大。」

「我相信自己兄弟的能力，更何況，錢投資在你的事業上，好過我拿去投資外人。媽也同意我這麼做，加上你這麼努力工作，如果賺了錢，將來我的分紅就當做給媽的生活費，沒什麼不好。」

搬出老母親，讓墨愆更難回絕，「你讓我考慮看看好不好？」他一臉為難。

墨脩走了之後，老楊盯著墨愆，神色感慨，緩緩道出內幕：

「其實這是你的家務事，我一個外人實在管不著，無論如何，還是得告訴你一聲。上次你們大吵後，你大嫂來找我，說要私下把股份賣給我，讓我持有百分之六十的股份——」

墨愆再也聽不下去，「你怎麼說？」

「我知道她是拿你的股份來賣錢，我當然沒有同意。我怎麼可能拿錢給她去買那虛報的股份。」

「真想不到她會這樣做，想錢想瘋了。」

「我也跟她說這樣做不好。她居然跟我說，如果我不肯，她可以找到別的買家，到最後股份落到陌生人手裡，她可不管。」

「她如果真的這麼做，我就告她！」墨愆氣得面紅耳赤，彷彿這件事已經發生了一樣。

「她當時就是這樣回答我，難不成你會告自己兄弟，讓你媽傷心？就算你真的這麼做，在法律上他們一樣站得住腳，因為名義上他們就是公司的股東，你能證明什麼？你找的人頭嗎？」

「我真不敢想像，這個女人比禽獸還不如！」

「說到底，我們兩個才是真的合夥人。再告訴你一件事，她說只要我幫忙順利讓他們入股，未來他們在股東會上，會大力的支持我這邊。」

尹墨愆面如槁木，不發一語。

老楊同情地望著他道：「說了這麼多，你要我怎麼做？」

此時，聽故事的瞿曖也不禁義憤填膺，插嘴道：「後來怎麼樣？」

墨愆緩緩的吁了一口氣，道：

「最後還是請會計師核算了尹楊的價值，我和老楊各讓了一點股份給他，除了他的部分之外，我和老楊維持一人一半。」

話音剛落，他突然有陣異樣的感覺，好似心中有把熊熊怒火不斷地往頭上燒竄，越擴越大，他感到怒氣升騰，整張臉泛著紅暈。

瞿暟擔心的說：「你怎麼了，怎麼全身泛紅？」

尹墨愆雙手抱頭，暴怒道：「我覺得有什麼事要發生了……」

第十章　證據

1

初夏的夜晚潮濕中帶點暖意，路燈下蚊蚋叢生，團團黑影執拗地徘徊在窗外的草叢裡，前仆後繼地往綠色紗窗飛去，鑽來鑽去的尋找一格空隙，只為奔向室內的那點光明。

房間裡晦暗不明，檯燈照著尹善維的臉，隱隱約約的映在電腦螢幕上。他坐在電腦桌前打線上遊戲，一臉的心不在焉。

桌上的手機突然傳出嗶嗶聲，他拿起手機查看。部長傳來一則簡訊，上面寫著 10:30 開視訊。

時間離現在還有十分鐘，他簡單的回傳「OK」兩個字母，便登入通話視窗，靜待對方上線。過了兩分多鐘，對方的視訊通話急劇的切入，打斷他正在進行的線上遊戲。接通另一頭，螢幕上清楚的映出林雲生猙獰的臉，劈頭便是一陣叫罵：

「搞什麼，叫你找帶子，東西呢？」

「部長，您先別生氣。我到處都找過了，公司、住家都看過，連個鬼影子也沒有，依我看它根本就不存在。」

「少跟我來這套。小老弟，你年紀輕輕，什麼不好學，偏要走偏門，拿個東西想要脅我，跟我鬥，對你有什麼好處？」

「我真的沒有，也不敢這麼做。您一定要相信我。」

「那你說，好端端的怎麼搞出人命來了？你給我解釋清楚！」

「飯可以亂吃，話可不能亂說，人命關天呀，你這樣隨意指控，我可要坐牢的。那場車禍純粹是個意外，跟我沒關係。」

「真這麼巧，我前幾天才要你去找帶子，他沒多久就出車禍死了。你要我怎麼相信不是你動的手腳？」

「我又不是向天借膽，怎麼敢殺人。情況是這樣的，我在公司一直找不到您要的那捲帶子，那天下午想去他家看看，又怕他提早下班回家，就在他的飲料裡下藥。那個藥是我從夜店買來的，會讓他昏迷一會兒，這樣我才能放心地找，誰知道他趕著出門！既然下了藥，就沒有回頭路，他就算不舒服，也只是昏昏欲睡，何況，他出門一向帶著他助理，你要懷疑我謀殺？林懷淵的嫌疑還比較大。」

「那報導呢，記者怎麼會知道這件事？這件事就只有你知道，不會是你爆的料吧？」

「真是冤枉了，現在的記者有通天的本領，給他們抓到一點小辮子就大做文章，新聞報導有多少可以相信？部長您是明白人，當然知道該怎麼對付他們。我二叔都已經死了，證據就算有，也早已隨著死人入土，您又何必這麼執著，非得要找出那捲錄音帶？事到如今，只要在媒體全面消毒，揚言要提告，在無人證、物證的情況下，媒體只能妥協。一切只要點到為止，您——是不會有事的。」尹善維依然是一副吊兒郎當的神情。

「好吧，我就姑且相信你，要是再讓我聽到任何一點和抽水站案子有關的消息，你就給我小心點。」

尹善維說得舌燦蓮花，搞得林雲生思緒紊亂，縱有再多懷疑，只得氣沖沖的掛了。

整件事情還不是要怪二叔自己，尹善維在心裡默思。

雖然二叔幫自己爭取到一個文書工作，但在老楊的部門做個小採購，要熬到何時才能出頭？

他們家雖然占股不多，總是公司的股東之一，而二叔是公司的董事長，居然安排他做這樣一個無足輕重的工作，還得向老楊的傀儡經理報告，他心裡是萬分不情願的。他經常找機會去和林懷淵說話，探探他的為人，相信看在他皇親國戚的身分，他也得對自己禮讓三分，搞不好能利益結盟呢。

只是，努力了半天，林懷淵總是不為所動，相反的，他的眼神老是盯著他打量，像在懷疑他的動機，此外，他眼神中的那抹敵意藏都藏不住，雖然他老是客氣的寒喧，問他適不適應、上不上手、是否需要幫忙之類的話語。他有預感，這位董事長特助對他將來在公司的發展上，肯定是個絆腳石。

進公司這麼久，多少能嗅出公司的氣氛，兩位合夥人各據一方，涇渭分明，他是皇親國戚的流言早已廣為人知，一如眾所周知的漢奸，人人提防。

他忖度著既然坐了這個位置，就得想辦法立功，掌握談判籌碼。

隔壁同事的分機急迫地響起，強森不在座位上。

尹善維前後顧盼，沒有人願意代接電話，彷彿大家都忙得自顧不暇，哪有閒功夫去理他人的瓦上霜。

諷刺的，這景況與前方看板上貼的標語正好相反，上頭寫著：禁止電話鈴響超過三聲。

電話不死心的響了又停、停了又響，他實在受不了噪音的干擾，只得多事的接起。

「喂，強森？」話筒那頭傳來急促的呼吸。

「他離開座位。您哪位？」

「這裡是產線，我是小伍。你請他一會兒回來撥分機#543，有急事。」說完便掛了。

尹善維在強森的電腦螢幕前貼了張紙條，告訴他這個訊息。不一會兒，強森回到座位，打了通電話到產線去，一臉厭煩地說：

「又怎麼啦？嗯，我知道那個情況。可是精密的貨還沒進來，我們兩天前才下單，你叫我怎麼催？這群策怎麼搞的，最近的貨老是瑕疵，進價一低，他品質就給我跟著下降……唉，我現在到產線看又能怎樣？一樣幫不了忙。嗯，上面的一定要跟群策買，我有什麼辦法。好啦，我一定會跟老闆講。什麼？交期延後！多久？兩星期？大哥，您別開玩笑，這是出日本東園的貨，要死啦，延遲出貨要依約賠款，誰賠得起！業務一定跳腳的。好啦，我先去找我老闆，待會兒產線見。」

一如強森預料，業務部那頭風急雨驟，不一會兒，全部人鬧到老楊那裡去。

老狐狸當場承諾會把事情解決，保證下班前一定進料，且會如期交貨，才平息這場風波。老楊就是這點厲害，是少數坐大位卻仍有能力解決事情的人物，靠的就是豐厚的人脈關係。打了幾個重要的電話之後，老楊便帶著傀儡經理和強森外出奔走去了。

尹善維則埋頭在電腦作業裡，調出一年內兩家廠商所有的進出貨資料，以及相關零組件的供應商名單來進行比對。

一個月後，他便藉著拜訪供應商的名義外出，和精密的業務約在外頭的咖啡廳見面。

「您是精密的劉先生？」

「是的，叫我小劉就可以了。」確認了對方的身分，劉子強欠身入座，「接到您的來電實在有點驚訝，以前我們都跟貴公司的強森接洽。恕我冒昧的問一句，他還在貴公司服務嗎？」

「當然。顧著說話都忘了，這是我的名片。」兩人交換名片，尹善維接著又道：「您要不要喝點什麼？」

點了一杯咖啡，劉子強再度回到座位，思忖著這次會面的目的，仍是百思不解。

「不知道尹先生有什麼指教？」

「我看我就開門見山跟您報告，你知道群策吧？」

對方點頭。

「是這樣的，我們跟這家廠商合作很久了，近來他們的品質有很嚴重的瑕疵，不知您在業界有聽說嗎？」

「群策在業界規模不小，雖然是我們的競爭廠商，品質方面，我倒沒有聽說有什麼太大的問題，何況，尹楊會嚴厲要求，這種事應該不會發生。」

小劉話答得謹慎，顯然對他頗有戒心，尹善維換個方式：

「這樣吧，我就老實跟你說，精密跟群策都是我們的主力供應商，我比對過兩家公司的報價，以尹楊的規模來講，輕而易舉就能拿到低價的採購成本，但是群策比你們的價格高了那麼一點，訂單還是下給他們，我就不懂為什麼。難道是精密的品質不如群策，或者你們根本不在乎是否能拿到尹楊的訂單？」

「我們的品質當然沒問題，雖然很想獲得貴公司的訂單，報了最低的價格，然而，尹楊的訂單要下給誰並不是我們可以決定的。我跟強森問過，他說群策的報價比我們漂亮，怎麼現在你說我們的報價比較低，這我就不懂了。」小劉皺著八字眉，表情更為困惑的說道。

「是不是你們老闆和我們高層關係不夠？」

「應該不會，他們幾個老闆經常相約去打高爾夫球，彼此走得很近才對。」

「尹楊在業界頗負盛名，我們兩位老大都很有才能，公司才能發展到今天的規模，只是，你知道，牙齒難免會咬到嘴脣，兩人的意見相左。你，應該知道我們董事長叫什麼名字吧！」

尹善維半闔著雙眼，斜斜地瞟向桌上那張自己的名片，給了個心照不宣的笑容。

「尹墨愆。喔……您是——」這才會過意來的小劉，拿起桌上那張名片，像得了塊寶似的對著它傻笑。

「小劉，如果精密想拿到尹楊的訂單，這件事得低調點，千萬不要傳出去。我想知道群策方面的消息，你如果打聽到什麼，直接打電話給我，我在尹楊會盡力幫忙你們的。」

短短十天之內，尹善維得到個驚人的消息。

他興奮地往董事長辦公室衝去，一見到尹墨愆便猴急地關上門。

「什麼事這麼急？」尹墨愆瞥了眼氣喘吁吁的尹善維，繼續手邊的工作。

「二叔，我發現一個祕密，天大的祕密，一定要跟你報告。」

「在公司，你應該稱呼我董事長，下次不要忘了。說吧，有什麼事？」墨愆凌厲的眼神筆直的射向尹善維，神情冷漠。

遭墨愆正色糾正，尹善維的熱情瞬間被澆息，囁嚅地說：「你記得上個月有一批群策進的新料有瑕疵，還差點延誤出日本的貨？」

「你是說出給東園的那批？」見尹善維點頭，他一臉不耐。「老楊不是解決了嘛，有什麼好大驚小怪。」

「你聽我說，我調出去年一整年的報價單，發現精密的價格比群策的低，但我們還是持續向群策下單，一直到去年年底的審查會議過後，公司強烈地要求成本下降，群策的報價才有所鬆動，條件是我們必須把群策的剩餘庫存全數按原價吃下，從今年度開始走新的報價，接著，在今年第一次交貨就出現問題，到現在品管至少驗出三次重大瑕疵。這很不尋常吧！」

尹善維試探性的做出結論，想看看墨愆的反應，期待這番話能引起他的注意。

沒想到他只是淡淡地回答道：「你到底知道什麼？」

尹善維有些訝異，這與他的期望相差甚遠，雖然是自家親戚，他無法猜透尹墨愆的心思。

「業界現在盛傳老楊向合作廠商拿回扣！」尹善維一句話點出重點，之後便仔細觀察他的表情。

墨愆有些吃驚，「哦？」了一聲，便沒了下文。

這個字像是示意他繼續往下說，他放大膽的陳述整個經過。

「群策前一陣子走了一個採購主管，叫做何至輝。聽說這傢伙和老闆鬧得不太愉快，被開除後就到廣通去了，現在反而成了群策的客戶，真是諷刺。為了報復群策的老闆，他把檯面下見不得人的祕辛都給抖出來，說得正義凜然，好像他就看不慣群策向來下流的生意手法，其中指名道姓，點名我們總經理拿了大筆的回扣，每張訂單收大約一成。這是業界現在流傳的大八卦，群策的老闆急得像熱鍋上的螞蟻，忙著闢謠。我想老楊應該有所耳聞，只是把消息壓下來不讓你知道而已！」

尹善維換了另一種幸災樂禍的語氣說道：

「要是照這樣算下來，去年一整個年度，老楊光是靠群策就有兩百五十萬的進帳，更別提還有其他廠商比照辦理，讓公司來當冤大頭。哇，拿回扣再加上尹楊年終分紅，一隻羊剝了好幾層皮，老楊真是名符其實的吸血蟲。」

一席話說得繪聲繪影，極具挑撥之能事，尹善維不禁發出興奮的讚歎，為自己的表現動容，他得意的瞥了墨愆一眼，暗自壓下心中那股激動，正如回報重大消息的細作在一旁等著被嘉獎，內心的澎湃不言可喻。

墨愆神情凝重，雙眼若有所思的凝視前方，不發一語。回過神後，發現尹善維還在辦公室內等著接受表揚，他有種異樣的感覺，就像一個不相干的人興沖沖地跑來告知他的妻子被人捉姦在床，卻要他感恩的重金酬謝一般。

迅速地沉澱思緒，他冷靜地問道：「這件事有多少人知道？」

「在業界已經火速傳開，你知道這種八卦蔓延得最快。」

「這件事我會處理。你在公司千萬不要告訴第二個人。如果業界有任何流言傳到你耳中，要嚴正反駁，你了解嗎？」

沒想到是這樣的結局，尹善維大失所望，他無奈的點頭，正打算離去。

臨走前，尹墨愆叫住他，拍拍他的肩膀說道：「這件事你做得很好。好好幹，公司不會虧待你的。」

過了不久，便傳出採購經理因故離職，由總經理暫代其職。

這個空缺對善維而言，幾乎是墨愆預備給他的獎賞，一步之遙，只等公告人事命令而已。沒想到高興沒多久，期待終於落空。

由老楊陪同，墨愆把新來的採購經理介紹給大家，還親自帶他巡視整個公司，顯見他和高層的關係有多友好，此舉形同尹墨愆在老楊的地盤上正式宣告，他的勢力已經入侵。

新來的採購經理叫做卓敏雄，聽說是尹墨愆的高中同學，大學主修成本會計，經歷相當豐富，他曾經在知名美商公司服務，管理過大陸及東南亞等海外工廠，是個無可挑剔的人才。

由於這個消息太過震撼，不時有人在背後輕聲討論，不少人存著觀望的態度，等兩虎相爭之後再來選邊站，總之，已經沒有人對尹善維感興趣，即使他是個皇親國戚。

對尹善維來說，這無疑是迎頭痛擊，就連這次為尹墨愆立了大功都無法從他身上得到回報，更別談未來在尹楊能得到什麼升遷的機會。

「這次你做得很好，公司不會虧待你的。」

這只是墨愆隨便搪塞他的話，經過這次事件，真要靠他的親二叔扶植他為接班人？趁早死了這條心吧！思及此，叫他心裡如何不恨？

憑他的家世背景，公司裡隨便一個高階主管的位置於他都不算過分，現在，他還要屈就這個小職位多久才能出頭，得到同事們的尊重？他一定得有所行動。

既然自己人靠不住，只好用外力來達到目的，到時就不要怪他無情。

趁著夜晚四下無人的時候，他偷偷在尹墨愆的辦公室裝竊聽器。

這天，果然讓尹善維聽到一些重要內容。

他和部長林雲生在電話中商議「投資」成本，討價還價的過程中，墨愆的態度軟中帶硬：

「部長，我們之間的合作又不是第一次，要長遠的合作下去，當然要有一些規則遵循才不會發生誤會，您說是吧？上次跟您提到的那個數字，希望您能同意，那是我們能做的最大努力；不然，我手中的『籌碼』要是真攤到檯面上，大家都不好過！」

尹善維猜想對方可能發火了。

墨慫又接著說：「已經不是第一次談這個事，上次在招待所，我已經跟您說過一次。嗯，這件事除了我沒別的人知道，如果您願意就沒問題。做生意得看有沒有利潤，尹楊如果負擔得起，我們絕對不會讓您吃虧的。」

談到最後的結果，雙方同意隔天約在招待所碰面。尹善維研判這次會面就是正式交易。

2

晦暗不明的房間裡，唯一透出的光線來自尹善維桌上那盞微弱的檯燈，蛩鳴蛙啼聲在寂靜的夜裡漸漸清晰，另一個世界的低頻在同一個房間裡無聲地起伏，瞿叡和尹墨慫隱身在樟木製的衣櫃拉門上，兩人激動的交談著。

墨慫一臉鬱悶，無奈道：「終於知道他們在找什麼了。」

瞿叡忍不住抱怨：「到底是什麼?看了這麼久，沒人給個交代。」

「那只是一局談判罷了。真沒想到這件事會牽扯這麼多人，把事情搞到這個地步。」

兩年前的某一天，墨慫接到顏朝章的來電，要他儘快安排飯局。他語帶神祕的說要給他一個驚喜。墨慫不解，除了打高爾夫球之外，他們這群政商名流每個月固定聚會一次——商機隨處可能發生，尤其是人多的地方，而聯誼會是由他主辦，訪客名單便由他擬定，不少老闆為了加入這個社群，對他巴結得很，但他對那些小公司老闆從來是懶得搭理，得看他心情好壞；而這個月的聚會才剛舉行，為何這麼快又要安排飯局？

於是，他問顏朝章，「有什麼客人要我邀請的？」

顏立委則特別交代，會帶幾個朋友一同前去，有事相談，希望不要有外人參與。

既然有要事相談，墨愆猜測一定和生意相關，沒有什麼地點比招待所更為隱密，便決定設宴在此。

他要林懷淵去訂五星級飯店的外燴，打算好好款待這些貴客。

不同於墨愆住家的簡約風格，招待所挑高設計，分為上下兩層，共計一百四十坪。一進大門，一組深紫色凹形的大型沙發直入眼簾，氣派豪華，令人印象深刻，整組家庭劇院、投影機、卡拉OK樣樣俱全。

日式禪風拉門背後即是起居室，高底的和室空間非常適合打牌，酒吧隔開餐廳和廚房，菱形交錯的酒櫃擺放著各式好酒。天花板的水晶燈和綠箔壁紙相映，金碧輝煌，還有各式民族風的精緻擺設，諸如銀製餐具、花瓶、琉璃、木雕、油畫等無不講究，卓然品味，華貴不凡。

順著樓梯向上攀登，開放式的會客空間映入眼簾，白色的傢具有別於樓下的富麗，帶來一種清新舒適的感覺，另一座吧臺隔開的隱密空間，則藏著一個大型的三溫暖室；此外，樓上設計了三間商務套房，供客人們盥洗休憩，有時貴客興頭一來，私密的空間便可派上用場。總之，舉凡娛樂設備樣樣齊全，可以想見墨愆砸下重金裝潢的用心，但是他自己卻從未在此過夜。

星期五晚上七點鐘，墨愆、老楊和林懷淵已在此大駕光臨。

餐廳的吧檯上擺滿各式精饌美食及歐式甜點。一直等到八點多鐘，顏朝章和他的友人才姍姍來遲。

顏朝章熟門熟路地領著林雲生及其他友人來到招待所，墨愆、老楊則歡迎晉接。

來者多是四十五歲以上的人，一個個方頭大耳，制式西裝頭，一副官僚嘴臉。

「久等了。哎呀，怎麼知道這會期的財政委員會開了這麼久……」顏朝章一進門便大聲抱怨，解釋他們遲到的原因。

墨愆搶著接話：「別這麼說，大家都忙，有時難免差個幾分鐘，小事一樁。」

老楊趕緊加入緩頰：「我想大夥兒都餓了，我們吃飯吧。大家請自己來，別客氣。」

顏朝章突然想起什麼似的，道：

「顧著說話都忘了。我來介紹一下，部長你們已經見過，這位科學園區管理局江局長也不是第一次見面，大家都很熟了。今天來了幾位新朋友，這位是國科會主委趙昱先生，這位呢，是國科會工程技術發展處廖處長，這位是水利署王署長。這邊的這位是尹楊董事長尹墨愆，這位是總經理楊金城，另外這個年輕人就是尹董的特助啦。」

介紹完畢之後，墨愆等人和這些政府官員一一握手寒暄，交換名片，歡迎聲不絕於耳。

顏朝章逕自走向一旁的美食，笑道：「你們慢慢聊，我不客氣了。」接著便毫無形象地狼吞虎嘛起來。

美食永遠是個好話題，尤其在第一次見面的場合。席間大家天南地北的閒聊，讚美今天的宴席。老楊趁機扮起美食專家，大力推薦幾處平價卻可媲美五星級美食的餐廳，大家邊吃邊聽，氣氛十分輕鬆。

墨愆開了兩瓶紅酒，笑道：「這酒應該餐前喝，不過，現在品品也不遲。」每人一杯，人人有獎，只有林懷淵有任務在身，涓滴不沾。

品完紅酒之後，話題便由佳餚轉到美酒。你一言我一語，墨愆細細聽著這些政府官員班門弄斧，賣弄他們對酒的知識，他則頻頻點頭陪笑。

席間，趙昱突然問起尹楊的狀況，提到尹楊近來在股價的亮眼表現，對墨愆又是恭維又是佩服。

他則忙著謙遜，道：「一家公司賺錢絕不是一個人的功勞，都是分工合作，大家各司其職的結果，生產部門占了很大功勞。」

順道捧一下他的合夥人，總不能把老楊一個人晾在那裡，而他自己出盡風頭吧。

趙昱沒有理會他的心情，繼續白目地說：

「你太客氣了，一家公司如果沒有好的創意，哪來的生意可做？現在的環境就是這樣現實，工廠產能再高，市場反應不好也是白搭，你說是吧！」

墨愆不好再辯，繼續下去只有越描越黑，只見老楊臉上青白交錯，場面霎時有些尷尬。

一陣窘迫的沉默之後，趙昱趕忙轉移話題：

「對了，尹董跟小江怎麼認識的？」

被點名的江駿浩，趕緊將剛送進嘴裡的那一口布朗尼嚥下去，忙不迭的解釋道：

「〇二年尹楊送件申請研發經費時，所有的審核委員就對他們所提出來的案子讚譽有加。我記得那個案子是耐高溫環境專用的工業電腦，申請後不久經費就撥下來了，不像另外一家公司，老是缺件後補，還要去函三催四請的，造成我們工作上的困擾——」

小江的牢騷發到一半，便遭部長林雲生硬生生的打斷，蹙眉責備道：「下班時間談什麼公事，大家都累了一天，誰要聽你工作上的廢話！」

小江一手搔著頭，傻笑道：「說得也是。呵呵呵……」

合席跟著鬨然一笑，化解這一陣尷尬。

墨慾展示自己新買的高爾夫球桿，並成功的把話題帶到這上面。只見田署長意興闌珊的坐在一旁，一臉疲倦，似乎對這個話題毫無興趣。

這位田署長是第一次見面，也是今天出席的來賓裡唯一隸屬經濟部另一個單位，會現身於此，可見接下來的案子與他脫離不了關係。

墨慾怕冷落貴客，趕緊問道：「署長平常都做些什麼消遣？」

一聽到這句話，署長整個人還魂似的又有了精神：「我喜歡爬山。」

話匣子一打開，便有如滔滔江水，綿延不絕。田署長語帶激昂的放送著他的爬山歷險記，一群人七嘴八舌的加入討論，氣氛很是熱絡。墨愆以眼神示意，要林懷淵多開兩瓶紅酒，一群人坐在凹形沙發上喝酒聊天，直到有人不勝酒力，大家才散席離去。

留下來的人都是老班底，林懷淵則忙著開車護送貴客們回家。此時在招待所上演的才是正戲。

「您說的驚喜該不會就是水利署吧？」墨愆眉開眼笑地問。

顏朝章和林雲生互看一眼，前者帶點戲謔地的開口道：「尹董的觀察力很敏銳，一猜就中。」

大夥兒笑了一會，林雲生主動向他們說明這個案子。

「政府在很多年前就規劃一整套防洪工程，剛剛沒怎麼說到話的廖處長，他們部門協助水利署設計防洪排水的電腦軟體。這是一套很大的程式，內容包括閘門管制、洪水預報、自動化水門控制、淹水預警系統及抽水站排水系統等，目標是希望能做到自動化，把天氣預報以及淹水預警系統等有效結合，依照專家所定的標準來啟動排水系統，達到有效防洪的結果。目前需要電腦硬體和其他設備連結，因此，這個工程所需要的設備會分很多次由不同的廠商來招標，有些設備考慮由日本進口。我們這星期開會決定，已經完成的程式可以先跑，兩個月後舉行說明會，之後PO上網站公告，但是真正知道的人不多。」

林雲生一頓，故意似的，吊足墨愆的胃口，沒有繼續往下說。墨愆不由得咽了口口水，臉上故做平靜，實則因期待而興奮不已。

看著墨愆的表情，林雲生滿意的露出微笑，然後以誘惑的聲口輕道：

「尹董，我們這陸續開放招標的系統，以抽水站為最大宗，雖然抽水站是地方政府的預算，但是案子還是由中央主導。你想想看，全臺灣光是抽水站的電腦全數換新，那是多大的商機。老弟，別說我都沒照顧你，案子釋出之後，我第一個就想到你，怎麼樣？夠意思吧！」

一聽到對方開口邀功，墨愆立刻巴結的陪笑：

「謝謝、謝謝。只要小弟能做到的地方，您就別客氣，儘管吩咐。」

此時，顏朝章向老楊使了一個心照不宣的眼色。

說明會舉行之後不久，一天下午，老楊來到墨愆的辦公室。

閒聊中提到政府的標案，老楊表示尹楊若要爭取抽水站的案子，就該有積極的作為，又提到顏朝章是如何在背後為尹楊出力，在別人無法察覺的細節上面多留一份心思，而這些枝微末節才是最後的致勝關鍵。

墨愆聽得一頭霧水，要他直接了當的把話說明白。

「前兩天在一個朋友的聚會中碰到他。他說，部長最近正在計畫一個行程，和水利署的案子有關，他們想組一個考察團到日本出訪，為期十天。如果我們能貼心的幫他們把這趟旅行策劃一下，讓他們開心出訪，順利的考察回國，我想這對我們尹楊得標會有很大的幫助。」

俄延半晌，墨愆仍不甚確定：

「出國考察的行程是政府內部的規劃，有一定的作業流程，又牽扯到他國的政府機構，我們要怎麼介入處理？」

老楊匿笑望著墨愆，帶著一點輕蔑的口吻道：

「這些官員攜家帶眷的，真正進行考察只有一兩天，剩下的時間你要他們做什麼？」

「帶家眷去？那他們要如何進行考察？」墨愆雖然詫異仍不死心地問道。

老楊曖昧地回以一笑。「那個部分嘛，就留給他們去傷腦筋了。」

兩人相視沉默了一會兒。

罷了，墨愆十指交扣，一臉認栽。他無奈道出：「打聽看看人數幾位，何時成行，我會讓懷淵去安排。」

老楊離去之後，墨愆獨自坐在沙發上側首尋思，一股怪異在心中湧生。

過去尹楊出資招待這些政客吃喝玩樂，或出資賄賂，或資助選舉，就是為了獲得政府的標案，仔細核算起來，他們的確從政府的案子上賺得不錯的利潤，畢竟在商言商，所採取的手段都是評估過後的決定，付出再多金錢都是兩廂情願，無話可說的；不像現在，聽老楊的口氣，這次出國「考察」，不但要尹楊全額招待，由立委來傳這一席話儼然是一種勒索，還要他們心存感激，就算全額招待整團的出國旅費——算算也得百來萬，這件案子並不保證是尹楊得標，後續不知道還得付出多少錢。

他不懂的是，難道世故的老楊會看不出這點，真的認為他們是在施恩給尹楊？而他竟捨得那些金錢，願意對他們所有的要求照單全收？墨愆不禁有些迷惘。

他突然驚覺，和官僚打交道是一條不歸路，是沒有談判籌碼的。想到這裡，一陣涼意倏然從背脊竄起，直衝四肢百骸，他的身體不由微微發顫，心裡感到一絲恐怖。

嘆口氣，抓起電話，撥了通內線給林懷淵，把事情交代一遍。他暗下決心，拿到這起工程案後該積極另拓財路，把重心由政府工程擺回出口貿易上，慢慢和政治脫鈎。

日本考察團榮譽歸國之後，招標工程很快的進行開標。

為了保密起見，依然是原班底在招待所密談。席間，林雲生把投票的委員名單交付給墨悠，千萬囑咐事成之後，得把名單銷毀。墨悠滿口答應著。林雲生和顏朝章則是滿載而歸，各帶走一只裝滿現鈔的旅行用手提袋。

在各自給了那些投票委員三、五十萬之後，尹楊一如預期的拿到抽水站電腦的標案。

3

事情並沒有如墨悠期待的就此結束。

得標幾個月後，他接到林雲生打來的另一通電話，表示晚上想和他單獨會面，有事商談。

上次招待「考察團」出國旅遊的事件，讓墨悠對做官的嘴臉有更新一層的認識，歷來的貪官污吏從沒有滿足的一天，況且，他們從來不曾單獨見面，他暗自忖度著可能發生的狀況，又不斷自我安慰，「想太多了……」，於是他帶著反覆的不安心情赴約。

墨悠從冰箱裡拿出冰過的酒杯，用琴酒和苦艾酒調出兩杯雞尾酒，把其中一杯遞給林雲生，兩人品著酒，一邊繼續談話。林雲生先是感謝墨悠的貼心安排，讓這趟考察的成績斐然，加上媒體的大肆報導，讓民眾肯定他行政團隊的能力，接著，又恭喜墨愆拿到抽水站標案。雖是廢話連篇，墨愆只能謙卑地點頭應和。

不久，林雲生便整襟作色，直入正題：

「尹董，說真格的，這個抽水站的案子是我們內定尹楊得標，要不然就這麼大的案子，我們大可以分好幾次審核，你說是吧？畢竟案子的總預算高達七億，和之前其他小案子不能相提並論。我之前不是跟你提過，有些屬於地方政府的預算——你知道我們做為政務官是必須到立法院備詢的；先不提我讓標案過關一事，光就塞地方政府的嘴巴，讓他們順利的撥出預算，我有多少壓力要揹，有多少關節需要打通，你總得體諒體諒吧！」

墨愆聞言愕然，內心無比激動，為難地吐出幾個字：

「您的意思是？」

「我的意思很簡單，我要這案子利潤的一成。假設你的利潤為百分之三十，拿計算機來算一算，我後續拿到個兩、三千萬，我想這是很合理的。」

面對林雲生的獅子大開口，墨愆霎時不知如何應對，囁嚅地說：

「您的吩咐我們都會盡力來滿足，就像之前我們招待您的出訪一樣，其實還有其他的花費是您沒有預想到的，為了拿到這個案子，我們打點了許多官員，前前後後，加上還沒付出的開發成本，案子的成本之大也不能和之前的標案相比，那些送審的資料都只是粗估的成本，再則，未來要面對的地方政府，誰知道有沒有什麼變數！」

林雲生聽到墨愆如此推託，話中質疑他的政治影響力，不禁惱羞成怒，怒叱道：

「你這話什麼意思，是說我在地方上不夠力嗎？」

墨愆趕緊解釋：「這是哪兒的話，我絕沒有這個意思。只是我們也有難處，這個數字的確讓人很難負荷。」

「誰不知道你們尹楊兩大股東都是上億身家，區區兩千萬為難得了你？」林雲生發出一聲冷笑。

墨愆此時不禁火冒三丈，仍耐住最後一絲的性子說：

「如果不要求那麼多，我們是願意給的。部長和我們合作這麼久，知道我和老楊不是不上道的人，」他的右手在此時比了個三，「三百萬，如果您能接受這個數字，我們也絕不囉嗦。」

林雲生怒視著墨愆的手，像是被這三根指頭侮辱似的，發出一聲冷哼：

「你當我是乞丐，三百萬就可以打發的？告訴你，你沒領教過政治上的手段，我可以讓你得標，便可以讓一切翻盤，不信大家走著瞧！」

面對這樣的威嚇，墨愆僅冷冷的表示：

「部長，我再說一次，我們真的很珍惜和您合作的機會，希望您能在這件事上做些讓步，不要讓我們的關係陷入僵局；要不然，單憑我們合作了這麼久，總有一些蛛絲馬跡，要是讓媒體或是您的政敵知道了，對雙方都很不利，畢竟我們才是在同一條船上的，您說對不對？」

「你在要脅我？」林雲生臉色陡變，字字凝重地道。

墨愆只是聳聳肩，語氣肅然。「我不願意這樣說。」
林雲生一臉焦躁，狺狺低吼道：「你手上到底掌握了什麼？」
墨愆仍是一派冷靜。「你知道我剛調的雞尾酒叫什麼名字嗎？」
完全不相關的話題讓林雲生怔住。
看著瞠目哆口的他，墨愆舉起手中的酒杯，皮笑肉不笑的說：
「這酒叫做馬丁尼，又稱做『蒙哥瑪利將軍』。你知道，有名的蒙哥瑪利將軍從來不打沒把握的仗。」
不等林雲生做出任何反應，墨愆換了一種口吻，一派輕鬆愜意，以慣有的生意口吻交涉：
「部長該不會認為，今天你我之間的談話內容永遠不會有別人知道吧？我在商場上打滾了這麼久，當然不會傻呼呼地任人擺布。我今天敢來，就預料到是這樣的結果。」
林雲生心慌意亂，雙眼含怒的瞪著墨愆，眼神若能殺人，他此刻早被挫骨揚灰，死無葬身之地了。
事已至此，撕破臉是在所難免，他不怕死的繼續捋虎鬚，語帶調侃：
「現在的高科技真是不得了，只要肯花錢，還真是方便。不過，這件事不急，您可以回去考慮看看，只要您願意，該給的絕不會少，我們的合作關係一樣不變，今天的事我就當它沒發生過。」
語畢，墨愆轉身要走，臨去秋波，他囂張的回頭補了一句：「離開時記得把門帶上。」接著便瀟灑離去，留下一臉錯愕的林雲生。

林雲生雙手握拳，坐立難安，他思來想去，雖然忐忑，卻沒有將這件事告訴任何人。

剎那間，一切都兜起來了。

原來他們在找的「證據」根本不存在！

那段談話內容只是墨愆急中生智捏造出來反制林雲生的勒索，想不到會惹出這麼大的風波。看著這群活人拼死命的找尋，尤其是始作俑者還被蒙在鼓裡，其擔驚受怕的樣子讓墨愆既感嘆又可笑。

這樣的情緒並沒有持續太久。

瞿瞠好不容易搞懂來龍去脈，他驚駭地問道：「你沒想過你是怎麼死的？」

墨愆瞪著眼前的親姪子，想起剛才他和林雲生之間的對話，除了惶然、訝異，他有更多的憤怒。

既然沁瑤已經領取他的死亡保險津貼，在這裡一定能夠找到備份文件。他一語不發地瞠視前方，逕自穿牆而去。

見狀，瞿瞠不由得驚慌起來，急忙的趨趕向前，穿越一道粉牆之後，即是一間寬闊書房。房內一片漆黑，只見墨愆直立桌案旁，像在找尋什麼，慌亂中文件散了一地，他瞪著手上那一紙文書，整個人呆若木雞，半晌說不出話來。

瞿曈輕柔地側身向前，瞄了眼他手持的那張文件。那是他的死亡證明書，死因那欄則清楚註明：

心因性休克致死，經急救無效。另身體有多處挫傷及輕微內出血。

墨愆並沒有心臟血管方面的疾病，怎麼可能引發心因性休克？

難道是那來路不明的迷藥？

他想起當天外出前，喝了杯飲料，急忙驅車前往一家廠商開會，在車內他草草閱讀八卦報紙，交代懷淵回程時先到信義路，之後他便感到一陣暈眩，頭腦昏沉，身體不由自主的抽搐起來——

在失去意識之前，他聽到林懷淵驚慌地回頭問道：「尹董，你怎麼了？要不要去醫院？」

再回過頭時，前方一輛車已猛然地撞了上來。

難怪他沒有在葬禮上見到林懷淵，因為他也傷得不輕。

他的親姪子為了自身的利益對他下藥，到現在還不自省，認為他的死是車禍造成的。不知該說尹善維無知或是逃避責任，他現在索性將錯就錯，墨愆的死反倒成了天上掉下來的禮物，讓他的父親名正言順的成為尹楊股份的繼承人。

墨愆勃然大怒，一股氣往腦門上衝，怒氣越發強烈，一絲一縷紅霧從四面八方逐漸凝聚，正向他靠攏，力量強大到震破了書櫃上的玻璃。

一道破裂聲如炸彈爆開般撼天震地，引起生人的注意，墨脩三人聞聲趕來。

一開燈，他們便被眼前的景象懾住，除了震裂的玻璃碎片，文件散落一地，室內就像被盜賊闖入家門翻箱倒櫃過一樣，奇異地只有一張紙飄浮在空中，從半空中緩緩墜落。三人鼓起勇氣靠近一看，那張死亡證明書竟然在他們面前動了起來，向前又滑了幾步才停止，嚇得三人大驚失色。

墨悠看到三人開燈進入，怒氣有增無減，眼前這三人都是他的親人，居然一個個在背後算計著他，其中最年輕的甚至害死了他。再也駕馭不了沖天怒氣，他甚至忘了收集七魄的任務，書房的燈光開始閃爍，他重重地把桌上物品拂落在地，此舉（物品自己掉落），更是嚇壞了三人。

瞿暟見墨悠已然失控，一旁聚攏的紅霧漸漸形成一道人形，想必這就是他走散的七魄之一，不由分說，他一把搶過他身上的葫蘆，將這道紅霧完整的納入法器中。

房間的燈光明滅不定，書房中的三人嚇得奪門而出，開車往市區直奔，當晚便待在鬧區的飯店裡，不敢回家。

收集到憤怒，墨悠尚無法收拾波瀾起伏的心神，看到三人連滾帶爬的離去，他不自覺想追向前去，卻被瞿暟伸手阻止。

「我知道你很生氣，但是現在不是時候，尋找你其他的魂魄要緊，其他的以後再說。」

墨悠一聽有理，兀自平靜心緒。

瞿暟打算先回墨悠的住所，只見墨悠若有所思，沒有離開這間房子的意思。

「怎麼?」他一頓，乍然想起什麼，「你現在覺得怎麼樣?」瞿暟興奮地問道。

墨愆的話語中依然帶著火氣:「感覺很複雜，雖然收到了怒魄，總覺得這間屋子裡有些什麼，讓我起了殺人的念頭。我們不是早就收了覺魂嗎?怎麼我現在有越來越強烈的邪惡欲念，快要控制不住。」

「你想殺誰?」

「都殺!」

「殺你大嫂和姪子，我可以理解，但是你連你哥都想殺，是為什麼?」

墨愆沉默半晌，一語不發。

他瞪視著書房裡一張沁瑤的照片，終於幽幽地說:「這個女人是我這一生最討厭的人。」

「我以為你最恨的人是職場上的對手，或是生意夥伴，想不到是她。她做了什麼讓你如此痛恨?」瞿暟一臉震驚。

「痛恨?我不知道。可以確定的是我非常討厭她，幾乎無法容忍和她同處一室。」

瞿暟頓時想到，墨愆那一張列出的表單上面，所有壞的、討厭的事，只寫上三個字——崔沁瑤。

第十一章　酒家女羅莎

1

尹墨脩在娶崔沁瑤過門之前，有過一任太太，她的名字叫做紀元玫。

元玫的家境優渥，從小嬌生慣養，由於身為獨生女，父母的呵寵養成她嬌縱跋扈的個性。她的父親是名商人，經營貿易公司，經常需要出國旅行，深知外語的重要性，她十八歲時被父親送到海外留學，完成學業之後，她順理成章地進入父親的公司打理事業，把事業經營得頗有聲色。職場得意卻情場失意，幾段失敗的戀情多半和她的性格脫離不了關係。

這樣單身過了好幾年，一直到遇到墨脩，在他展開強烈的追求攻勢下，他們開始戀愛，進而結婚。

元玫的父母非常不喜歡墨脩，他既非富家子弟，又沒有專業技能，他們怕這個窮小子要的只是他們家的財富，對女兒不會真心相待；但是，紀元玫對這段感情非常執著，愛女的紀父沒有辦法，只好同意這樁婚事。

為了證明墨脩是個人才，只是苦無機會大展身手，元玫要求父親讓他進公司學習，培訓他成材，然後接班，小倆口一同為父業打拼。拗不過女兒的要求，他同意了。

墨脩婚後將母親接來同住，想讓老人家過好日子，好對弟弟們有所交代，可惜的是，婆媳之間一直相處不睦。

首先就是價值觀大不相同，曉梅對這個媳婦花錢從不手軟有很大的意見，看她穿金戴銀，出入有司機接送，家裡有傭人伺候，此外，元玫的嬌縱個性讓她非常不滿，認為她老是對兒子呼來喚去，沒些對丈夫的尊重，她覺得一家人都被媳婦看輕，而她住在那裡更像是寄人籬下，看媳婦臉色吃飯，不僅如此，元玫的事業心太重，經常把她的強勢作風從辦公室帶回家，稍有意見不合，在她面前便爭執起來，從不給兒子留一點顏面，更不可能乖乖待在家裡，為他們尹家傳宗接代、相夫教子了。

有時唸了媳婦幾句，卻被元玫回嘴道：

「還不是靠我家的錢吃穿，你有什麼不滿意？」一句話把她的嘴堵死。

墨脩曾和元玫提議要有個孩子，元玫當下不肯，氣憤地回娘家告訴一番。元玫父母都是思想守舊的人，認為不孝有三，無後為大，既然嫁做人婦，應盡自己作為妻子的義務，替夫家傳宗接代，加上老夫婦自己沒有男丁，一直頗感遺憾，若女兒能生個孫子過姓就更好了，因此苦口婆心相勸。奈何受西方教育的元玫哪裡肯聽，依然故我。

小倆口結婚多年，日夜相處，在公事上有諸多意見不合之處，元玫的強勢作風已漸讓墨脩備感疲倦，兩人遂爭吵不斷，漸漸貌合神離。

元玫意識到事態嚴重，與丈夫一番懇談後，終於同意把公司經營權完全交由墨脩負責，自己則專心在家準備懷孕。

過了半年，元玫的肚子依然沒有動靜，這下換她緊張起來，她偷偷求醫檢查，報告一切正常，只好轉而求助中醫，調養身體。

墨脩入主公司之後，由於他缺乏遠見又無管理能力，和老董事長留下的舊班底理念不合，經常發生衝突，為了完全掌控公司，他開始培植心腹，逼走多位在公司打拼多年的精英，換上一批只會逢迎巴結的小人，在小人的逢迎拍馬之下，他滿足於「董事長」的職位，不思求新求變，力求生存，反而沉溺在物質的享受和權利的榮耀之中，他歡喜地接受廠商招待，上酒家玩樂，在劣幣驅逐良幣的狀況下，人才流失，公司的業績只靠幾位念舊的老臣努力的維繫著。

2

墨愆第一次見到崔沁瑤的時候是在月光酒店，當時她的花名稱做羅莎。

當時廣通老闆朱成慶為了招待日本客戶，在公司會議結束之後，讓墨愆和業務代表一同前往，不管談公事或是聊天，人多總是多些話題，希望能在客戶酒酣耳熱之際順勢拿下訂單，因此，墨愆偶爾也參加這類型的應酬。

為了能和客戶談上幾句，他特地去上了幾個月的日文會話。

領檯員帶位入座後，和朱成慶聊了幾句，便安排三位小姐作陪，除了沁瑤、美黛，另一位就是香織。她們向賓客寒暄幾句並做自我介紹，男士們便把名片掏出來方便她們辨識身分。

名片在這裡是一種奇妙的階梯，人人依名片職銜站在不同的高度供酒女們景仰，來到這種地方，雖然同樣花錢，得到的諂媚逢迎卻有不同，當然，實在怨不得這些陪侍的女人們，畢竟誰都不願怠慢衣食父母，如果能有所選擇，誰都要牢牢圈住那些財力較為雄厚的客人。

美黛的年齡較長，應對進退間較為沉穩，或許是早就建立專來捧場的客群，對於新的客戶便大方放手讓年輕的小姐來做，頗有大姐風範。席間說說笑笑，話題隨來客不同而變化，小姐們察言觀色，隨機應變，在帶點嬉戲的、愉悅的氣氛中，讓客人不知不覺中開瓶增加消費。美黛看客人們坐在沙發中聊得很開心，於是在香織耳邊交代幾句，便在熱烈的氣氛中轉檯離開。

席中的對話圍繞在公事上，沁瑤著急地想引導話題，時不時插話來賣弄自己的見識，可惜眾人並不買帳。一旁的香織則是像聽故事一般，靜靜地斟酒點煙，並不多話。

日本客戶的採購代表廖先生，負責規劃其來臺的行程、翻譯和導遊，他忙著回答廣通老闆的問題，談論此次日本客來臺的目的以及正在尋找的產品，又怕冷落日本嬌客，只好中日文並用的兩邊搭腔，疲於應付。即使如此，日本客仍是一臉乏味。

見狀，朱成慶示意身旁的沁瑤坐到日本客的身旁，不知是裝傻還是不解其意，她並沒有起身應付，反倒是墨慇身旁一直沉默的香織突然站起身來，移位到日本客的身邊，用她熟練的日文和客人對話起來。此舉引起大家的興趣，她的優雅吸引了眾人的目光，包括羅莎妒嫉的眼神。

話匣子一開，諳日文的業務便加入談話，翻譯廖先生也加入討論，墨慇在旁一知半解的猜測著談話內容，無法加入話題，廣通老闆則像鴨子聽雷一般，有聽沒懂，不知該做何反應。

一位男侍在沁瑤耳語幾句，她隨口應了句：「知道了。」

男侍像在期待什麼，在一旁獨自站了一會兒，竟沒人搭理，只好摸摸鼻子無趣地離去。

坐在老闆身旁的沁瑤不斷在他耳邊低聲細語，不知說了什麼，把他逗得非常開心。她的一隻手親熱的挽著朱成慶，臉斜靠在他的肩上，不住的嬌嗔勸酒，無視在座其他男客。

昏黃的燈光下，也許是座位的關係，又或者是因為她誇張的行徑，墨慫第一次把視線停在沁瑤身上。

她有一張尖長的小臉，長髮撩至耳後，露出小小的耳朵，低窄的天庭，一雙杏眉，狹小的雙眼，不算是個漂亮的女生，只有在笑起來的時候，眼睛瞇成一條線，倒有幾分討喜，身上穿著一件粉色緊身窄洋，曝露出她身材的缺點，一雙粗獷的小腿，加上前胸沒有幾兩肉，讓她看起來缺少女人味，而窄小的裙擺在她身體來回移動間數度走光，墨慫因此對她留下很深的印象。

她倏然站起，硬把朱成慶拉到檯上唱卡拉OK，墨慫這才把視線移開。

沒有多久，不遠處傳來杯盤摔落的破裂聲以及憤怒的理論聲。

所有人止住談話，立刻把目光投向發出爭吵聲的那一桌客人，墨慫等人一看全都傻住了。一名黑衣男子對著朱成慶大聲咆哮，一旁圍事的保鑣扣住他的臂膀，以防他上前對朱成慶不利，只見男子仍是不住的踢打，怒聲大吼：

「有種別走，等一下就要你好看……」

美黛正在調停，沁瑤則站在一旁，露出一副事不關己的模樣。

不一會兒，男子被請出酒店。

酒店經理領著眾人回座，不好意思的開口說：

「對不起，剛剛那桌客人喝醉了，等小姐轉檯等得不耐煩才會如此失態。等一下我請服務生送幾碟小菜過來，再開一瓶香檳，以示我們的歉意。」語畢，他轉頭厲聲對沁瑤說：「你跟我來。」

「我等一下就回來。」沁瑤向廣通老闆拋了個媚眼，這個笑容調情味十足，彷彿剛才什麼都沒發生。

現場重新奏起音樂，人聲嘈雜，墨愆一行人討論著剛才發生的事，欲向香織打聽沁瑤的事。只見她三緘其口，面有難色。

美黛開口解釋道：「有時候客人的素質參差不齊，我們不能去規範他們，只能儘量安撫。有些客人會指定小姐，有時真的忙不過來，呵呵……」乾笑兩聲之後，自己結束話題。

經過這麼一鬧，大夥兒興致已失，尤其朱成慶剛剛被放話威脅，擔心萬一黑衣男子真的撂人過來會無法收拾，便決定早點散場。

過了大概三四個月，墨愆接到一通電話，是沁瑤打來的，他十分訝異。

電話中她客氣的寒暄幾句，問墨愆何時會再光臨酒店。

墨愆以工作忙碌為由，要掛電話，沁瑤才急忙道：「老實跟您說，我是打電話來請您幫忙的。」

墨愆一怔，以為她要來借錢。

俄延之間，她的聲音欲語還休的從電話那端傳來：

「其實我是想打聽你們老闆朱先生。他最近在忙些什麼？一直都不接我電話——」

沒等她說完，墨愆不耐的出言打斷：

「不好意思，我們老闆很忙。至於他的私事，我是一點也不清楚，恐怕幫不上你的忙。」

「我到貴公司樓下等了他好幾次，他一看到我，馬上掉頭離開。我真的不知道我做錯了什麼，他這麼討厭我……」說到委屈處，便忍不住哽咽，電話裡傳來她的嗚咽聲，斷斷續續的。

「你先別哭，我看到他時，再幫你傳達好不好？我只是他的員工，最多只能做到這樣。」他又勉強的安慰一番，才掛掉電話。

當天也在場的業務聞言道：「不會是酒店的那位羅莎小姐吧？」

墨愆驚訝答道：「你怎麼知道？」

業務嘲諷道：「做生意嘛，不就是那一套，售後服務要做好，死皮賴臉裝可憐，反正就是要錢。我經常拿這套來對付我的客人。」說完兩人相視大笑。

業務斂起神色，一臉認真的說：「話說回來，這位小姐可真難纏，前幾天打電話來騷擾我，我對她可就沒你那麼客氣了。你知道她把話說得多難聽，什麼老闆對她始亂終棄，不聞不問的，現在又避不見面……」

「你有去跟老闆講嗎？」

「我神經病才跟那女人一塊瘋，沒事自己找麻煩。」

「你說得對。」墨愆突如醍醐灌頂，懊惱自己實在太天真，差點就被人利用，他思忖，職場的同仁都信不得，更何況歡場。

又過了幾天，朱成慶難得的把墨愆和業務都找去他的辦公室。

他心煩的來回踱步，墨愆和業務兩人相覷一眼，關於發生了什麼，彼此心裡都有底。

朱成慶終於開口說道：「真沒想到會遇到這種瘋女人！你們有接到她的電話嗎？」

墨愆這次刻意不開口，讓業務先說：「有啊，不只一次呢。」墨愆聞言點頭。

「她跟你們都說了什麼？」

業務尷尬回道：「就是……嗯，說老闆你對她始亂終棄，不聞不問的，還說不要把她逼急了，不然——」

想到自己為了這個賤女人在員工面前失盡顏面，朱成慶更氣惱地打斷道：「不然怎麼樣，一起死嗎？這件事你們怎麼沒告訴我！」

「我們想這只是她栓住客人的手腕，所以沒放在心上。」

「那你們有告訴她我住在哪兒嗎？」

只見兩人的頭像波浪鼓般搖個不停，雙雙否認。

抵不過好奇心的驅使，那業務不怕死的輕聲試探道：「老闆，到底發生什麼事？」

朱成慶悶了一個多月的心情，終於找到出口渲洩，他忿忿的咒罵道：

「碰到這瘋女人算我倒楣，她以為她是什麼，就是個妓女，現在居然跑到我家來鬧，尋死尋活的，要我負什麼責，養她一輩子?作夢！」

業務輕捋著下巴短短的鬍渣，一邊認真的說：

「沒想到歡場女子會如此天真，以為抓住個客人就抓住長期飯票，要是他們對每個客人都這樣，把客人嚇跑了，他們酒店以後怎麼營業？」

朱成慶一臉不屑，啐道：

「說來這個女人心機可真重，剛開始用她聽來的業界八卦來吸引我的注意，本來嘛，在歡場中難免會聽到一些熟人的名字，我就讓她去幫忙打聽一些消息。過了一陣子，她就開始要求，什麼名牌貨、珠寶都給了，跟著我吃香喝辣還不夠，嚷著不做了，要我包養她。大家逢場作戲嘛，要我花大錢金屋藏嬌?不撒泡尿自己照照，憑她也配！」

「老闆打算怎麼做？」墨愆終於開口道。

「我看我們再到那間酒店消費一次，把這件事做個徹底的解決。」

3

墨愆再聽到「羅莎」這個名字時，大約是一年後，沒想到這次居然和他大哥有關。

手錶上的時間顯示現在已近下班時分，把手頭上的工作整理歸類，他感到疲憊，沒有多餘的精力加班，更沒有那個心情，但是工作有它的急迫性，今天不加班，明天還是得加，正在掙扎之際，桌上的分機赫然響起，給他一個理直氣壯的理由下班。

電話那頭傳來元玫的聲音，這是一件不尋常的事，平常大嫂是絕少和夫家兄弟聯絡的。她說有要事相談，希望能和他及墨樊見上一面。

她的語氣顫抖，彷彿連把話說完都有些力不從心，只能簡短的回答幾個字，勉強蓋住那由鼻腔發出的悲鳴。墨愆心急的追問一切可好，而她只是要他別擔心，還特別交代這次會面的事千萬不要讓墨脩知道。

墨愆打電話到墨樊公司，可惜找不到人，只好單獨赴會。他趕到咖啡廳時，元玫早已在座位上等候。

剪了一頭短髮的她看起來無精打彩，身上的穿著很輕便，和素日裡總是光鮮亮麗的她判若兩人，眼神中盡是疲憊和絕望，面容十分憔悴。

見到墨愆，她忍住悲傷，硬是擠出個笑容。

墨愆解釋道：「臨時找不到墨樊，我只好自己先來，一會兒再打電話回家看他在不在。」

元玫只是微笑。「不用麻煩了，反正這也不算什麼了不得的大事。」

雖然不知發生什麼，他總覺得不應主動開口問，但又不知該說什麼，簡單的點餐之後，場面仍舊尷尬。

半晌，女人幽幽地嘆了口氣，終於開口：「這也許是我們這輩子最後一次在一起吃飯了。」

墨愆聞言訝異，「這話怎麼說？」

「我和你哥哥要離婚了。」

「發生什麼事？」

「看來你們都不知道。」元玫嘲諷的冷笑一聲，聽起來很苦澀。

「發生這樣的事，他當然沒臉告訴你們。你哥哥在外面養了個酒家女。起先我公司的員工告訴我時，我還一直跟他們說：『男人嘛，在外應酬難免，逢場作戲罷了。』，並沒有放在心上，但是事情卻沒有我想得這麼簡單，你哥哥經常晚歸，回來之後一直喊累，我們經常十天半個月說不上幾句話，他在家的時候都在睡覺，我還自以為體貼，要他去看看中醫調養身體。哼，現在想想，我真是一個笨蛋……」

話說到這兒，元玫的神色依然冷峻，泛紅的眼眶忍不住流下兩行淚珠，漸漸浸溼衣襟。

服務生在此時尷尬地送上兩份餐點後急忙離去。

她用紙巾拭去淚水，哽咽道：

「我當初把公司讓給他獨力經營，就是為了替他生一個孩子——和自己小叔說這些是有點難堪，你知道他可以一兩個月碰都不碰我一下嗎？原來他把所有精力都用在那個狐狸精身上了。我一直不敢相信這件事，直到那個叫『羅莎』的酒家女找上門來，要我成全他們。這真是天大的笑話！」說完，她再也忍不住放聲痛哭。

周遭投來好奇的目光，有些甚至是帶點指責的。墨愆顧不得尷尬，遞上手帕並且安慰了幾句。元玫顧著流淚，一點胃口也沒有，只是沉默。

墨愆在此時動了筷子，飛快的把飯吃完，給她一點時間冷靜。

元玫的心情終於平復了些，搖頭恨道：「想不到那種長相的酒家女也有人要！」

墨慾忽地覺得「羅莎」這個名字有點耳熟，「你剛說那個酒家女叫什麼名字？」

「那賤貨叫羅莎。怎麼，這重要嗎？」

「我只是聽著這個名字有點熟悉，以前我們老闆認識個酒家女也叫羅莎，死纏爛打的，後來費了好一番工夫才甩掉。這個羅莎該不會在六條通附近上班吧？」

「好像不是，但距離那一帶並不遠。我以前曾在你哥的皮夾裡看過她的名片，好像在新生北路一帶，在一家叫做『皇冠』的酒店上班。唉，反正那些都不重要了。」

「大哥怎麼說？」

「他起先不承認，說是酒店小姐暗戀他，說得自己身價不凡的樣子，對我左哄右騙，說他沒想到現在酒小姐留住客人的手段這樣卑劣，以後再也不會去了，我才不跟他計較。沒多久，公司的員工跟我說，公司在你哥哥的經營之下出現重大危機，有很大的資金缺口，他經常沒去上班，員工們根本不知道該找誰來處理公司的問題，眼看公司快要跳票，要我找我父親以及董事們商量如何調度。公司就快倒閉，我才驚覺整件事不對，我和你哥哥大吵一架，我不敢相信他竟然跟我說公司賠錢跟他沒關係，只能怪時運不濟，反正這家公司快要倒閉，我要的話他就還給我，他不稀罕。話說完掉頭就走，後來索性徹夜不歸，我就猜這一切一定跟那女的脫不了關係，於是我請徵信社調查，果然沒錯，那個酒家女本名叫做崔沁瑤，墨脩在市區另外買了間房子歸在她名下，現在索性搬進那個女人的家，避不見面，把我和你媽媽扔在家裡不管。我找他出來做最後的談判，看看事情該怎麼解決，他要求離婚，因為這個酒家女已經懷了他的孩子，想不到他竟然敢向我要贍養費，要拿走我現在住的房子。你想想看，他淘空公司資產，養酒家女，那個野女人還懷了他的孽種，現在要求離婚，在做了這麼多傷害我的事之後，居然有臉跟我要錢！我父親聽到這件事氣到昏倒，現在人在醫院，這簡直是欺人太甚，現在這個婚是非離不可，大家只好法院見。」

「媽媽怎麼說？」墨愆無奈問道。

「你媽媽？」元玫冷哼一聲，「能怎麼說？做母親的總是幫自己的兒子說話。她說『以和為貴』，要我多忍耐。現在這個情形不是忍耐能解決的了，總之，我已經委託律師處理。其實我現在倒沒有什麼時間傷心，公司已經搖搖欲墜，我得打起精神來處理公司的問題，不能讓我爸爸一輩子辛苦建立的事業毀在一個不成材的混蛋手裡。」

聽完整個故事，墨愆不知該做何反應，囁嚅道：「很抱歉，我真的幫不上忙。」

看著她祈求的眼神，許久，他終於明白元玫的意思。

「等一下我跟你一起回去，把我媽媽接回家住。」

「謝謝你。」元玫感激地道。

一回到家，元玫把自己關在房間裡，留下墨愆和母親獨處。

曉梅一看到他，訝異道：「你怎麼來了。」

「我是來接你的。你之前不是一直說想搬回家住？」墨愆露齒微笑。

「一定是元玫嫌我礙眼，要趕我走了對不對？」

「他們的事我都知道了。媽，怎麼發生這種事你也不告訴我們一聲？」

「跟你們說又能怎麼樣？反正現在年輕人想怎麼樣就怎麼樣，我這老太婆說什麼沒人要聽。」

「整件事畢竟是哥不對，大嫂的確受了委屈。」

「誰教她不能生。」

看著母親護子心切的樣子，墨愆居然有種悽愴的了然。

「哥把一切都告訴你了？」

曉梅輕聲呢喃：「嗯，我見過那個外遇了，皮膚白白的，笑起來甜甜的，體格壯壯的。雖然長得不漂亮，對我倒是很客氣，不像富家千金那麼嬌呢。」

知道這對婆媳本來就有嫌隙，墨愆只好出言安撫：

「這事只能讓他們自己去解決。我今天是來接你回去的，你有什麼東西要整理，我可以幫忙。」

「發生這件事之後，我一直在想什麼時候得搬走，你哥哥從那天走後就沒消沒息，就像當初一樣，」她壓下喉頭的哽咽，「昨天才給我打電話，說他安頓好了，要接我過去住，大概就這兩天吧。」

「他現在跟那個女的同居，你確定要搬去跟他住？」墨愆不可置信地問道。

曉梅莞爾道：「我也在考慮這件事，幸好我還有另外兩個兒子。」伸手摸摸墨愆右頰，「我呀，老了，沒有多少東西要搬。」

說著，母親已經起身，領著墨愆到自己房間收拾行李。

第十二章　皇冠酒店

1

華燈初上，日幕漸靄，黃昏的空氣不知怎地變了質，除了污濁，還多了幾分粉味。

剛吃過晚飯，墨愆徘徊在新生北路上，望著門上嵌著的招牌許久。那是一面銅製金屬，四方形中間印著四個小小的黑色字體：皇冠酒店。

稀稀疏疏的路人在身邊來往穿梭，沒人注意到墨愆的心事。躊躇多時，他終於決定進入這家酒店，了解一下這位把墨脩迷得暈頭轉向、不惜為她離婚的酒家女，到底有著怎樣的三頭六臂。

玄關的風格古典富麗，倚著牆的半圓紅木花臺上擺了盆高雅的秋石斛蘭，輕快的鋼琴音樂流洩著，一盞昏黃的水晶燈在一片黑漆漆的壁紙環繞下，吃力地散發光芒。

一座通往地下室的階梯映入眼廉，順著樓梯的紅地毯往下走，寬敞華麗的酒店裝潢隨即在眼前開展。一名黑衣男子面帶微笑的由櫃檯後面出來迎接，嘴上高喊：「歡迎光臨。」

「先生您好，第一次光臨本店？」男子開口道。

「我想找一位叫做羅莎的酒店小姐。」

「羅莎已經離職了。請問您找她有什麼事？」聽到這個名字，黑衣男子臉上的笑容瞬間隱去，對陌生男子的到訪有些戒備。

一聽到羅莎離職，墨愆絲毫不覺訝異，反正她都已經釣到大哥這隻金龜，當然沒有必要繼續留在這裡工作，看客人臉色。

「我姓尹，我想請教幾個跟她有關的問題可以嗎？」

此時走來另一名男子，他理著短短的五分頭，倒三角的眉形濃黑帶煞，天生一隻富貴鼻，白領襯衫加西裝背心，走起路來穩健有風，感覺是個幹部級的人物。

幹部立即露出不耐的神色。

「先生，很抱歉，我們這兒是酒店，對於酒店小姐的私事向來不干涉，更何況她已經離職。如果您不是來此消費，就請回吧，我們還要做生意。」男子拒絕得斬釘截鐵。

墨愆還沒有開口，便看到一名濃妝豔抹的女子從一扇門走出，含笑的朝他走來。

聽到有人來打探羅莎的消息，立刻引起莉娜的興趣。她用手捧了捧剛梳好的髮型，一朵大紅鮮花插在斜挽於耳後的髻上，千嬌百媚的走向前來，半開玩笑的斥喝道：「酒店開門就是做生意，從來沒聽過有酒店在趕客人的！」

聽不出口氣的虛實，無論是真生氣還是嬉鬧，已經讓剛下逐客令的酒店幹部失去顏面，只一瞬間便漲紅了臉。

莉娜換了張歡場面孔，笑容可掬的向墨愆招呼道：「您好，我叫莉娜。先生貴姓？」

墨愆報上名字，當場遞上名片。

「您剛說有事找羅莎？」莉娜故意裝傻問道。

「是的，我想請教幾個和她有關的問題。」看著莉娜興致勃勃的樣子，好像有一肚子話想說，墨愆此時更想與之交談。

幹部出言遏止：「莉娜，現在上班時間，你的時間就是酒店的時間，既然這位先生不是來消費的，這裡就沒有你的事了。」

「誰說這位先生不是來消費的？」莉娜向墨愆使了個眼色，「是吧？」

墨愆會意後馬上接話：「是，請你帶位吧。」

莉娜給男子一個示威的眼神，便挽著墨愆大搖大擺的入座。

兩人入座後，一位男侍上前招待，遞上菜單並介紹酒店的消費方式，墨愆簡單的點了啤酒和小菜拼盤後，直接點了莉娜坐檯兩個小時。

從座位上看到底有另一座樓梯，顯然是通往一樓的，這個酒店的設計為上下兩疊，樓上雅座應該是供那些貴賓級的客人使用，發生糾紛時，方便他們由後門離開。

莉娜從身上取出打火機為墨愆點煙，開口笑道：「尹先生是第一次來吧？」

墨愆點點頭。

「第一次來本店消費，居然已經有中意的小姐，真是令人驚訝。」

「我只是對這位羅莎小姐好奇，想知道她在此工作的情形而已。」

「請問您是在哪兒認識她的？」

「坦白說，我並不認識她，但是經過我一個朋友的介紹，知道她在此工作，才想過來見見她。怎知道這麼不巧，她偏偏離職了哩。」

莉娜聞言大笑出聲。

「尹先生，您就別騙我了。我看過的人不算少，要是你真的只想捧她的場，一聽到她離職，只有兩個反應，先是問她到哪家酒店去了，然後掉頭離開，但是你好像篤定她已經離職的樣子，擺明要打聽她的過去，這點倒是教人猜不透。」

墨愆看著莉娜，露出讚賞的眼神：

「你很聰明。既然如此，我就告訴你吧，我想見她是因為她是破壞別人婚姻的第三者，而那個元配是我的姐姐。我想替我姐姐看看這位羅莎小姐是個什麼樣的人物。」

莉娜冷笑一聲道：

「像這樣的假戲真做，在歡場當中並不是什麼稀有的事，你應該知道，酒店小姐和客人之間的關係，和酒店本身是沒有關聯的，我們沒有辦法向所有元配保證，他們的丈夫來此消費，不會迷上我們的小姐，更不能約束我們小姐的人身自由，只要是她們的下班時間，她們愛和誰往來，或者和誰發生關係，都是她們的自由。」

「你說的這些我懂，一切取決於男人的態度。」

「既然如此，你還有什麼問題？」

墨愆雙眼斜睨著她，接著側過臉讓自己更靠近莉娜，一派輕佻的口吻在她耳邊呢喃：

「我現在好奇的人是你。剛剛你一聽到我在打聽羅莎，你整個人馬上興奮起來，就像這事和你有關一樣。如果一切按照你說的規矩行事，你根本沒有必要理我，大可以讓門口那位先生把我趕走；但是你沒有，為什麼？」

莉娜睜著迷濛的雙眼，笑得更愉快了，「如果有人願意付錢聽酒店小姐發牢騷，又何樂而不為？」

墨愆心領神會，莞爾相對。

短短兩個小時，莉娜把所有她知道和羅莎有關的事全部告訴墨愆。原來，羅莎在這家酒店裡混得不太好，是個不受歡迎的人物。

她剛到這家酒店上班的時候，客氣又謙遜，經常請客，不論是水煎包還是剛出爐的麵包，都很受同事歡迎——對這些酒店公關而言，應酬前先墊墊胃才不傷身，羅莎的舉動顯然是很體貼的，有時她會準備解酒藥，給一些喝多不適的姐妹服用，於是，她很快和大家打成一片，人際關係算不錯。其他同事在坐檯時，會將客人介紹給她，私底下聊天時更不會對她設防，所以她知道許多酒店中的祕辛；相反的，大家對她卻一無所知。

有人問起她之前的工作情形，她總是宣稱：「這是我第一次做酒店公關。」

她的確沒為公司帶來什麼舊客戶，大家便相信她了，甚至更積極的為她介紹客戶。

「踏入這一行就是為了賺錢。」莉娜無奈道：「她好像很缺錢的樣子，非常積極的要賺錢，據她表示是因為父親早逝，母親長期臥病，為了籌醫藥費，不得已才吃這行飯。」

經過朋友介紹，她也兼做直銷，不但加入老鼠會，還拉了一兩個同事當下線，其他人在她的積極勸說之下，向她買了一堆保健品，多少幫忙她拓展財源，光是這樣還不夠，她在外面另外起了個會，以她做直銷的同事為會頭，可能是假借他人名義起會，拉了好幾個酒店小姐加入。大家為了幫她的忙，同時也是幫自己儲蓄，沒有多加考慮便加入當會腳。

一個名叫安妮的酒店小姐，向她表示近期需要用錢，決定把會標起來。過了沒幾天，她哭哭啼啼地回來告訴大家，會頭跑了，她一直聯絡卻找不到人，說她很對不起大家，造成別人的金錢損失，她有多難過，人跑了，她也沒有辦法。

之前她代會頭收的錢，進了誰的荷包，根本無從查起，誰知道這中間發生了什麼事？自會頭跑了之後，反正惡名有他人承擔，一切和她再無關係，負債也不必按月償還，先前標來的會錢就像天下掉下來的禮物，她樂於收下，至於責任道義早被她狠狠的拋諸腦後。而這幫可憐的酒店小姐們因為根本不認識起會的會頭，加上損失不算太大，只好自認倒楣。

經過這一次教訓，大家對她的觀感開始改變，不想和她有密切往來。察覺自己被孤立，她便在背後耍弄一些小手段來回報眾人。

「這次，她對安妮的客人出手了。」莉娜蹙起眉頭，提起這件事，她仍舊帶著怒氣，這在酒店是極大的忌諱。

之前為了標會的事情，安妮就對羅莎非常不諒解，尤其是在她需要用錢的時候。她的弟弟從小不愛念書，中學時輟學加入黑幫，逞兇鬥勇；然而，他畢竟是她唯一的兄弟，安妮因為自己當了酒家女，對弟弟做了一個不良示範，一直感到很愧疚。

這次弟弟酒醉傷人遭到逮捕，正等著這筆錢交保，誰知道竟然被倒會！她四處借錢已經焦頭爛額，更想不到羅莎這個女修羅故意四處宣揚，把這件事當成應酬客戶的八卦談資。

「跟你說這些是為了你好，有些女人缺錢用的時候，你根本猜不到她們會使出什麼手段，自己當心點。」羅莎趁安妮轉檯的時候對她的客人說。

不料，這話被轉檯回來的安妮當場聽到。新仇加上舊恨，她哪還顧得了客人在場，當面就賞給羅莎一巴掌。羅莎當然吞不下這口氣，兩人當下打了起來，拉拉扯扯的，把事情鬧開了。

客人見苗頭不對，急急買單走人，從此不再來店消費。後來有人私下看到這名客人和羅莎出雙入對，狀似親暱，互有往來。

「所有姐妹對她在背後暗箭傷人感到不齒。一行總有一行規，既然要吃這行飯，就得遵守這行的規矩。」

墨愆不禁好奇問道：「那你呢，她做了什麼得罪你？」

莉娜聞言一怔，神色略為緊張，欲蓋彌彰地迴避道：「她的行為已經犯眾怒，還需要一個一個得罪？」

雙方相視沉默。

過了一會兒，她則像是想到個笑話般，忍不住失笑：

「哈，我們有個小姐實在看不下去，甚至放話要找人強暴她呢。」

言談間，墨愆看到剛剛那位白衣幹部不斷探頭向內窺伺，坐立難安；反觀眼前這位莉娜小姐卻一副老神在在的樣子。

「她是被開除，還是主動離職？」墨徑再問。

「她是自己離職的。」

「發生這麼大的事，酒店經理居然沒有出面解決？」

「哼，別提了。他居然說羅莎的業績不錯，替酒店賺了不少錢，沒有理由開除她，跟錢過不去。我看呀，根本是和她上了床，才這麼替她說話！」莉娜恨得咬牙切齒。

「你們經理該不會恰巧就是剛剛趕我走的那位先生吧？」墨徑嘲諷地問道。

莉娜點頭。

「我可以冒昧請問，那位先生和你是什麼關係？」

兩人之間的互動並不尋常，若是經理要酒店小姐噤聲，小姐們哪有不從的道理，更別提像這位莉娜小姐這樣大喇喇走上前大管閒事。

這次莉娜沒有再閃躲，她大方的承認：

「尹先生，我看你也不像是會再來我們店消費的客人，我這一輩子恐怕只有一次機會和你談話，就老實跟你說了吧。他是我的男人，那個賤胚曾經勾引過他，但他跟我發誓說他是清白的。鬼才會相信……哼，敢做不敢當的孬種！不過，今天你的來訪也證實那賤貨現在黏上別人的老公，和我男朋友沒有往來，我終於可以放心了。」

昏暗的燈光下，天花板下的派對水晶球隨著鋼琴樂音輕快的旋轉，一塊塊銀色小方格閃著耀眼的光亮，另一道從莉娜眼中發出的光芒卻極其刺眼。

羅莎這顆煞星的離開，糾纏其他男人，或破壞他人的婚姻，不論情節有多嚴重，彷彿全然和她無關了。在這裡看不到「同是天涯淪落人」的憤慨和不捨；相反的，卻是「死道友不死貧道」的僥倖。墨愆想著想著竟出了神，在那一念之間，他訝異著人的自私可以殘酷到什麼程度！

第十三章　霸王媳婦

1

圓山大飯店——全臺灣最大的飯店，集高級、富麗、古典、傳奇於一身的雄偉建築。

一片片精緻的木雕嵌在四層樓高的天花板上，連綿迤邐的燈光氣派地照亮寬敞豪華的廳堂，紅色的樑柱佇立四方，與紅色的地毯相映，木雕屏風、幾盞古典的燈籠、及圓木桌上的青花瓷，在在裝綴著古老神祕的東方文明，所謂雕樑畫棟，絕代風華，可謂是實至名歸。居高臨下俯瞰腳下的臺北市區，以及基隆河畔的美景，讓人由衷的發出讚歎。

此刻，尹墨慇正坐在這間飯店用餐，同桌吃飯的有他的母親和兩個兄弟，還有一個外人，她就是傳說中的羅莎小姐。

應他大哥之邀，全家人團聚在這裡吃飯有兩個目的，一是將他的外遇崔沁瑤介紹給家人認識，再則就是宣告「她」將正式成為這個家庭的一分子。這次聚餐便是為他們即將在這裡舉行的婚宴「試吃」菜色。

墨脩笑嘻嘻的把家人一個個介紹給沁瑤。介紹到墨慇時，他僅有點頭示意，正眼都沒有瞧她一眼，神情肅穆的就像今天這一席飯是個推不掉的應酬，來得很勉強。

大家就座之後，墨脩便公布喜訊。賓客名單都已擬好，由於這是他的第二次婚姻，一切力求簡單、溫馨，只打算宴請雙方的親朋好友，人數不會超過六桌。

曉梅親切問道：「崔小姐家裡有些什麼人？」

「尹媽媽，我們很快就是一家人，不用這麼見外，叫我沁瑤就可以了。」見到曉梅點頭，她繼續說：「我父親很早就過世，媽媽又改嫁，只有我和哥哥住在一起。不過，我結婚那天他們都會來參加。」

話語方歇，服務生開始上菜，剛好銜接上她說話的空檔。

第一道菜是龍蝦沙拉。

她一手親熱的挽著曉梅，另一隻手提起筷子，熱心的把菜夾到曉梅的盤子裡，堆滿笑容的巴結著，兩眼瞇成彎彎的一條線。

墨愆記得這個笑容，雖然她身著一襲白色洋裝，高雅的盤起一頭長髮，看起來比印象中在酒店裡來得莊重，但那款諂媚討好的嘴臉，卻脫不掉酒店習氣，在她而言，或許是習慣成自然，看在墨愆的眼裡，尤其是這種家庭聚會的場合，他只覺得低俗，到了難以忍耐的地步。

又上了幾道菜，墨愆冷眼看著這對準新人的互動，他突然開口對沁瑤說：

「崔小姐，我們是不是在哪兒見過？」

氣氛凝固約十秒鐘，沁瑤才支吾其詞：「怎麼可能，你一定是認錯人了！」勉強擠出個笑容，她的臉上布滿一片紅潮。

墨愆故做驚訝，揚聲道：「我想起來了，我在月光酒店見過你，你當時的花名叫做羅莎，對不對？」

沁瑤頓時目瞪口呆，不知所措。

席間所有人停住動作，把目光投向沁瑤，想聽她如何解釋。

墨脩心疼地看了身旁不安的沁瑤一眼，認為墨慫存心挑釁，不滿的對他一聲喝斥！

墨慫假裝不在意，仍是一派天真道：「我只是說出我的感覺，崔小姐真的很面熟。噢，對了，還記得我們老闆嗎？他叫做朱成慶。對對對，我想起來了，你就是那個糾纏我們老闆，打電話到我們公司來尋死尋活的那個酒小姐羅莎嘛。」

墨脩再也抑不住滿腔怒火，叱道：「墨慫，現在什麼場合，你話不要亂講，沁瑤根本沒有在月光酒店上過班。你若再出言侮辱我的未婚妻，我就對你不客氣！」

墨慫目光凌厲的睇著他的哥哥，嚴肅道：

「你和大嫂離婚不就是為了她？話說得這麼好聽，和她哥哥住在一起，不是早就同你住到新家去了。沒有在『月光酒店』上過班，那『皇冠酒店』呢，也沒有在那裡上班？不然你倒是解釋一下，你們兩個是在哪裡認識的？」

一旁的沁瑤早已眼眶含淚，羞憤難當，當下便躲到飯店的洗手間去了。

見沁瑤哭著離席，墨脩激動的站起身來，指著墨慫怒吼：「你現在是什麼意思？」

這麼火爆一喝，驚動飯店裡其他客人和服務人員，很快地，餐廳經理過來協調，請他們自制，場面十分尷尬。

僵持幾分鐘後，墨脩對墨愆丟了句：「你跟我出來。」

兩人走出餐廳，各自忍著怒氣搭電梯下樓。

對於沁瑤是酒家女的事，大家心知肚明，為了顧全她的面子不讓場面難堪，大家都儘量不去提起，偏偏墨愆不願粉飾太平，硬要去揭這個瘡疤。

一出飯店大廳，墨愆便心急的向大哥勸道：

「你對這個女人了解多少，她的家人、她的背景，最重要的是她的個性，你真的了解嗎？為了她，破壞原本好好的一個家，還有你的事業，這樣做值得嗎？」

「你對她又了解多少，你跟她相處過嗎？」

「我雖然沒有和她相處過，但是我的確見過她，我也知道她的過去和她的為人。我去皇冠打聽過了，你不要傻，她和你在一起還不是為了錢。」

「不要一竿子打翻一船人，不是所有酒店小姐都只愛錢，都是壞女人。還勞煩你到酒店去打聽，從那種地方你能聽到什麼見得了人的消息。」

「我真的不懂，你對一個酒店小姐可以這麼憐惜、這樣包容，對和你結縭多年的枕邊人卻這麼無情，不但淘空公司資產，甚至離婚了，還要平分她現在住的房子當做贍養費，一點情分都不顧，做人需要做到這麼絕情嗎？」

墨脩不屑一顧地冷哼：

「絕情？我這麼做叫絕情？你根本不懂，這些年來，我在她身邊就像隻哈巴狗，搖尾乞憐、百般討好才能得到我要的東西，做我想做的事，我現在得到的也只不過討回我應得的，這些錢是我這些年拼命忍耐，用尊嚴換來的。你告訴我一個男人的尊嚴到底值多少錢？值多少錢？我拿到的這些，足夠彌補我失去的尊嚴嗎？她根本不是我的妻子，甚至不如一個酒店小姐做得稱職，這個酒家女愛我、尊重我，最重要的是她還懷了我的孩子。」

「你怎麼能夠確定她懷的就是你的種？」墨愆忍不住回擊，希望能一語點醒他。

「我在你心中就這麼沒用，連這種事情都無法判斷？」

聞言，墨愆沉默了。

墨脩深深地吁了一口氣，看著他的兄弟，平緩地吐出這幾個字：「這是我的人生，我自己決定。」

墨愆在心裡嘆息著，是呀，他的大哥一向決定自己的人生，卻用他人的人生來陪葬！

回到家裡，墨愆便受到母親的責難，一是這麼做太不給墨脩面子，再則是怕沁瑤動了胎氣，影響她未出世寶貝孫子的健康。

墨愆後來決定撒手不管，連正式的婚宴也沒有出席。

因為這次的不愉快，沁瑤對墨愆的怨更是濃得化不開，甚至於後來成立尹揚時，墨愆為了資金曾找過墨脩借調，以及商量入股的事情，都遭到沁瑤百般阻撓。

諷刺地，墨愆居然是在元玫的幫助下成立尹揚，除了日本東園，元玫的公司順理成章地成了尹揚另一個大客戶。

再見到元玫的時候，她挺著五個月大的身孕，臉上洋溢著滿滿的幸福笑容，她的改變大到令人難以置信。

她輕描淡寫說：「我之前求神問卜吃中藥，為的就是有一個孩子，卻怎麼樣都做不到。老天現在讓我遇見一個對的人，自然而然就有了，人生真是奇妙。」

在一次商展上，元玫遇到一位世伯的兒子，他們從小就認識，由於多年沒見，認不出對方，從聊天中意外發現彼此這麼熟悉，兜了一圈，緣分還是將他們繫在一起。

她淡然一笑。「我現在日子過得很開心，婚姻對我來說已經不重要了。」

元玫主動打電話約他見面時，正是墨愻為了公司的籌備金四處奔波、焦頭爛額的時候，這次會面解決他長達數月的困擾。

一位由墨脩公司離職的員工正巧轉到元玫的公司任職，無意中聊天時提及，他曾在辦公室裡聽到老闆和老闆娘發生爭執，為了老闆的弟弟要借錢開公司，老闆娘怒火中燒，忍不住在辦公室裡破口大罵。

「我們是開公司，不是開救濟院，我們也需要資金呀。錢都被你拿去資助你弟弟，我們自己要怎麼過？」

「墨愻只要一百萬而已，對我們來說，這根本是筆小錢，我們如果投資他，未來賺了錢，等著分紅不是很好？」

沁瑤一聽火氣更大，「小錢就不是錢？難保以後你不需要這小小的一百萬來救急！投資他？萬一他翻臉不認人或賠錢怎麼辦？親兄弟明算帳，我們才不要冒這個險，吃這種悶虧。總之，我就是不同意。」

樹大分枝，成了家的墨脩拗不過氣憤的妻子，只好拒絕墨愆，僅僅同意擔任名義上的股東。

2

墨脩婚後過了大約七八個月，墨愆下班後回到家，看到母親正在整理行李，好像要出遠門。

「媽，你在做什麼？」

「你哥哥今天打電話來說你大嫂快要生了，他一個大男人對生孩子的事不懂，要我過去幫忙。我先去住個幾天，幫她坐完月子就回來。」

一個月後，曉梅還是沒有回來。

她打電話要他們兩兄弟去看看滿月的姪子，順便把她的東西整理好一起帶過去。最終還是央不過墨脩的要求，她要住下來幫他們照顧孩子。

「有沒有搞錯，才幫她坐完月子，還要幫她帶小孩，自己生的小孩不會自己帶喔！」

「自己的兒子嘛，需要媽媽的時候，我怎麼能走開呢。」

「現在是怎樣，把你當免錢的老媽子使喚，這麼有錢，不會花錢請傭人呀！」墨愆心疼母親，忍不住抱怨幾句。

「好了，別說了，傭人哪有自己的媽媽細心。你別擔心，我會好好照顧自己的。」

「好吧，如果住不慣，馬上搬回來。」

既然她都這麼說，只好隨她了。

不久，果然如墨徭所料，一次在和曉梅電話聊天中，就聽到她的抱怨。

沁瑤生了小孩從來不帶，孩子哭鬧時，她發煩地對婆婆說：「寶寶在哭了，你要不要去弄一下。」

婆媳私下聊天時，曉梅會軟性地對她說：「你嫁來那麼久都沒有下過廚，要不要找一天試試看？」

她的回答是：「我沒興趣。」

曉梅燒好飯給她吃，她得寸進尺，有時還會加以批評，諸如：這肉煮得有點老，或是，這湯有點鹹，聽得她是火冒三丈。

家裡亂成一團，曉梅看不下去的時候會幫忙整理，因此她的生活忙得不可開交。

「下廚、做家事，就算沒興趣也要學呀，不然我死了還有誰幫你做。」累了，她嘴裡不免叨唸幾句。

沁瑤不耐地回道：「花錢請人做啊！」

墨脩用前妻那裡拿到的錢另外開了家公司，酒店出身的沁瑤怕老公又上酒店玩樂，或是在職場上認識別的女人，更重要的是她得掌握金錢的流向，所以硬是鬧著要去墨脩的公司上班，把錢和老公顧好。

上班之後的第一件事，便是大力的干預人事，將會計小姐辭退，由她自己來處理帳務，再來，便是把自己的哥哥介紹到公司來工作。

沁瑤的哥哥一直夢想著賺大錢，但是學歷不高又無一技之長，在一個地方工作一陣子，覺得薪水低就離職了，換到比較高獎金的工作崗位上，又承受不了壓力，因此一直換工作，直到現在。

終於有個機會在自己妹夫公司上班，一進去的職位便是經理頭銜，所有的工作全部轉移到下屬的身上，只求坐領高薪，輕鬆度日，由於身無長才又推卸責任，自他進公司以來，員工的流動率一直很高。

墨脩礙於他是自己妻舅的身分，不好意思說什麼，只好另外成立一個部門，請專才來經營另一條產品線。

沁瑤坐守財務部門，對公司的每條支出都審核得非常仔細，老是要員工先墊款，之後不是拖延付款，就是在請款的程序上多所刁難，剋扣員工更是不遺餘力，想方設法的改變名目，讓員工永遠都領不到業績獎金，因此早就累積了民怨，加上缺乏專業，帳務公私不分，以致經常和公司同事有所爭執。

墨脩只是睜一隻眼，閉一隻眼，讓事情自己去解決。

直到有一天，終於爆發集體離職潮，員工要求沁瑤離職，否則就集體辭職，公司已經到了危急存亡的關口，墨脩只好宣布不讓沁瑤管事以平息眾怒。

沁瑤離職後依然天天去上班，雖然她不管事，她就是要盯著她的丈夫，以防別的女人趁虛而入，除此之外，沁瑤不想待在家裡帶孩子做家事，這件事情便瞞著婆婆，沒有讓她知道。後來是墨脩不小心說溜嘴，曉梅才知道的。

「以前元玫是浪費，至少家裡該花的就花，請傭人打點家務，她絕不會使喚我；現在你哥哥娶了這個女人，婚前對你客客氣氣，誰知道她的本性又懶又愛計較，臉皮厚到了極點。我對她好，幫她帶小孩、洗衣燒飯，她現在倒好，爬到我的頭上來，嫌東嫌西的，真的拿我當老媽子看待！」

墨愆聽了直嚷道：「何必吃這種苦，乾脆搬回來住。」

想不到母親的回答是：

「你哥哥真可憐，怎麼會娶到這種爛女人，家事不做、孩子不帶，每天就是盯著他，怕他搞外遇，我都不知道他怎麼受得了。唉，我要是搬回去，誰來顧我的金孫？要是給他那個會生不會養的媽帶，我看寶寶沒多久就餓死了。」

墨愆在心裡嘆息，媽媽為何從來不曾想到他？

他到底要做到什麼程度，犧牲掉多少東西，才能獲得那麼一點母愛？靜靜聽著母親在電話那頭的抱怨，墨愆不自覺地紅了眼眶。

第十四章　貪污收賄案

墨愆常常問自己，如果沒有發生那一件事，他的人生會不會完全不一樣？

1

父親尹學衡是個公務員，在海關任職，專門查緝非法走私違禁品、規避檢查、非法逃漏關稅，以及未經海關申報進出國境的貨物運輸。工作忙碌，時而需要加班，薪資雖然不高，鮮有升遷管道，由於享有較好的福利，這份工作仍然是個人人稱羨的鐵飯碗，能夠在這裡工作的同仁都通過高難度的國家考試，因而他們的骨子裡多了一份優越感，一如軍隊裡的將領一樣，有種位居人臣，出身官宦世家的味道。

就他父親那個年代，能擔任海關，懂得一些洋文，道與外人聽確實是一樁光耀門楣的美事；然而，看看實際的月薪收入，對付一個五口之家，難免有自擡身價之嫌。

母親曉梅是個國小老師，兩人因相親結合，在生下墨愆之後，為了全心照顧孩子，曉梅辭去教學工作，在家相夫教子，雖然一度想要回到教學崗位，又因懷了墨愆而作罷，僅靠學衡的死薪過活，二十多年如一日，一家省吃儉用，生活倒也過得平凡知足。

學衡有個年輕的同事叫做鄭應權，兩人共事多年，他經常到家裡喫茶聊天，和曉梅還算熟絡，總在有意無意間透露出對她的欣賞，央著她幫他做媒，成全他一個完整的家。

曉梅曾經很認真的想過適合人選，但他看著照片總是東挑西揀，沒一個中意，她漸漸缺了興致，決定別淌這趟渾水，這件事就跟著作罷。

後來，據說他娶了一門鄭媽媽看中的媳婦，可能是經不起老人家的一再叨唸，索性順了她的心意，將來若發生婆媳問題，一概與他無關，省得居中協調，徒惹心煩。

學衡除了在婚宴上看過新娘之外，私底下從不曾見過鄭應權帶她出席社交場合，婚後兩三年，他依然經常隻身到家裡做客，宛如單身。

只要有人問起他的夫人，他總是一臉嫌惡地抱怨她如何出不得廳堂，上不得檯面。由於她不善察言觀色，兩人私下的相處不甚愉快，應權把所有的罪過都歸咎於妻子，覺得這個女人像個村姑般毫無見識，只一個「笨」字可以形容，與他理想中善解人意、有幫夫運的太太相去甚遠。

家裡時常有陌生人造訪，每次光臨都帶了一箱水果禮盒，裡面裝了滿滿的鈔票。一到這個時刻，學衡總是要曉梅把孩子帶進房裡，和來人單獨在客廳議事。

墨愆的印象中，此類事件發生得很頻繁，父親總是臭臉相迎，客人的表情由剛開始的好言相勸到不耐煩，漸漸惱羞成怒，後來連水果盒都掀開了，氣憤地丟下一句：「不然，你說個數字。」最後總是搞到不歡而散。

至於為何有人送錢給他們，以及父親到底有沒有收下來？年幼的墨愆雖然好奇卻從不曾發問。

這天，一如往常，學衡在辦公室辦公。

他訝然發現一件稅則申報錯誤的案件竟然被放行，吊詭的是，經手的海關欄蓋的正是他的印章。

稅則申報錯誤關係到繳納關稅的多少，如此一來，廠商漏繳了大筆關稅，有些甚至是違禁品，必須充公沒收的，而他這個把關的人員竟然瀆職，若是上層稽核時，查出他有圖利他人的嫌疑，不但要被記過免職，更嚴重的話，他是要上吃官司的。

他拿著相關文件到運輸站查看，他的同事告訴他，貨物昨晚就清關領走了。驚慌之餘，他把這件事告訴鄭應權。

「奇怪，這個案子我印象很深刻，這家公司不是第一次申報錯誤，我不可能蓋這個章，但我想不懂怎麼會發生這件事，萬一主管查問，我都不知該怎麼回答。」

聽完他的疑慮，應權輕鬆回以一笑。

「你先別慌，我本來要告訴你這件事情，一早來忙著忙著就忘了。這家公司是副局長和他人合資的公司，科長特別交代我讓它過關，想不到中途被你攔了下來，為了儘快讓它通關，只好借了你的印章先用。」

尹學衡當場愣住，一時語塞，很快的從愣然中回神，又驚又怒，責怪道：「你、你怎麼可以盜用我的印鑑！」

鄭應權微笑拍了拍他的肩。

「你的個性我知道，我勸你最好不要管這件事，以後這家公司的審核都交由我來處理，一切和你沒關係。我們雖然只是小小的公務員，職場政治學還是得修，頂頭上司是誰、有著怎樣的性格，總得搞清楚，順著毛摸準沒錯。很無奈，但這是生存之道。」

尹學衡一聽，自知話不投機，便拂袖而去。從此，他和鄭應權之間的嫌隙越來越大，交情便越來越淡。

公務員首重廉潔，這是做為公僕最基本的要求，法律上更有詳細規範貪污舞弊的刑罰，但是，受不了金錢誘惑的大有人在，存著僥倖心理以身試法。

不到午休時間，學衡的肚子已經發出咕嚕咕嚕的抗議聲，想到昨晚曉梅燒的一桌好菜，尤其是那盤香味濃郁的醬牛肉，他肚子更餓了。放下手邊的工作，拿起桌上的茶杯，下意識想到蒸飯室去看看便當蒸好沒有，順便走動一下，活絡活絡筋骨。

經過布告欄的時候，看到兩三個同事圍在一起竊竊私語，他沒有留心他們的談話，只是擡起頭看著一張公告，薄薄一張紙上寫的內容卻有如千斤般重。

這一段文字是：

悉科員趙恩同遭檢舉有貪污舞弊情事，經查屬實，全案目前已移交司法單位究辦，然其不當行為仍重創政府形象，知法犯法，情節重大，本局依律將其記兩大過免職，即日生效。

怪不得好幾天沒有看到老趙了。

學衡愣了半晌，腦中轟隆隆的一片，無法思考，只聽到後面的同事吱吱喳喳說著：「真看不出來老趙是這種人。」

「你跟他是多熟？俗語說得好，知人知面不知心。沒看到上面寫『經查屬實』，難道會白白的冤枉了他，誰知道老趙拿了多少好處？既然要做這種違法的事，偷吃還不知道要擦嘴。」

何欽民這一番落井下石的批評並沒有引起共鳴，氣氛陡然沉重起來，場面有點尷尬。

一位和老趙比較熟的同事小王，這時忍不住開口為他說話：「我沒辦法相信老趙會做這種事。」

為了證明自己說話是有根據的，何欽民決定搬出一個更大的祕密來吸引眾人的注意。

「聽說老趙這件事還沒完喔，」

此話一出，立刻成功的吸引眾人的目光。

他得意的眼神一個個掃過周圍的幾個同事，然後一頓，故作驚訝道：「你們不知道嗎？」

大夥兒搖頭，用期盼的眼神望著他，好奇他接下來發布的消息會是什麼。

「聽說老趙這件事上了報紙頭條，據媒體報導，這件風紀案似乎不只他一個人。現在上頭有命令下來，說要徹底清查失職的同仁，以正視聽。這事就像滾雪球一般越滾越大，不知道下一個出事的會是誰。」

語畢，立刻引起一陣嘩然，氣氛霎時緊張起來。

一位個兒不高的女同事揚起她那尖細的嗓音，急著追問更多細節，道：「你怎麼知道這個消息？」

何欽民不發一語，只是靜靜瞪著學衡。大夥兒跟隨他的目光，好奇地往學衡所在的位置望去，彷彿這件事與他脫離不了干係。

學衡四下張望，面對這一雙雙質疑的眼光，他突然有種被冤枉的感覺，反射性的防衛道：「你們看著我做什麼？我什麼都不知道。」

何欽民終於在這時開口說：

「你怎麼可能不知道，大家都知道你跟鄭應權的好交情，這件事就是由他的嘴裡說出來的，他怎麼會沒告訴你？」

的確，以學衡和應權之間的情誼，他不應該會瞞著他的，即使是在他們漸行漸遠的今天，發生這麼大的事，他起碼會念在過去的情分上，知會他一聲——如果他確實是知情的。

「我真的不知道。等等，你說這件事是他親口告訴你的？」實在是太驚訝，學衡想再次確認何欽民是否真由應權口中得知這件事。

打乒乓球似的，所有人的目光再次有志一同地聚焦，這次落在何欽民的身上。

像犯人被質詢般，他有些失措地供出：

「他是沒有親口對我說啦。哎呀，大家都知道，自從這一兩年我們的頂頭上司換人，他跟上層的關係就越走越近。我昨天經過副局長辦公室時，不小心聽到他們的談話，說是媒體手中掌握了可靠消息，這件事還會在報紙鬧上個幾天；原本呢，老趙這個事爆發時，他們打算隨便找個理由將他調職，息事寧人，想不到被媒體知道了，搞到現在調查局主動介入調查。消息一旦公諸於世，事情就沒那麼容易解決，更何況，媒體得到的消息說，不只老趙一個人有違紀問題，還有其他漏網之魚，這麼一來，局長承受的壓力更大，誰知道接下來會怎麼樣。」

這個事件嚴重抨擊同仁們的工作士氣，一整天辦公室裡都充斥著這種抑鬱不明的氛圍。

下班之後，學衡立刻去買了一份剛出版的晚報，並把這件事告訴曉梅。

晚報的內容與何欽民敘述的大同小異，報導的記者雖然想要抨擊政府的貪腐，但在這個一黨獨大的年代，所謂的新聞自由依然是政治下的禁臠，其報導的內容是字斟句酌，所有的關注都指向出事的分局，看他們後續如何處理。

曉梅擔憂地說：「老趙出事，不知道他太太怎麼樣了，你覺得我們是不是應該打個電話去關心，或是去他家看看有沒有什麼幫得上忙的？」

此言一出，立刻遭學衡制止。

「別說了，現在時機敏感，我們主動去關心，要是被監聽監看到，搞不好誤會我跟老趙是一夥的，都在貪污，拿人好處。別忘了現在還在調查中，明哲保身，離這些是非越遠越好。」

曉梅聽了，覺得不無道理，只能對老趙的太太寄予同情。

「早知如此，何必當初？」學衡一臉的不以為然，在他心中，似乎已經宣判老趙的清白。

隔天，他們便在門上加裝鎖鏈，以防任何不速之客到訪，引起不必要的麻煩。

無奈，人生永遠不如想像中簡單。

2

墨愆記得事情發生的那一天晚上，當時他還在大學就讀。

他和室友外出用餐，一回到校舍，有同學向墨愆說：「舍監在找你，好像有急事。」墨愆和同行的室友相互瞟了對方一眼，心道，會有什麼急事？

到了宿舍辦公室，一名矮個兒禿頭的中年男子走過來，氣急敗壞道：「你到哪兒去了？我找了你好幾次。」

看墨愆一臉的莫名其妙，他這才露出不安的神情，「你家出事了，你媽媽打了好幾次電話來，要你趕快回家。」正待追問，舍監卻把一隻手搭在他的肩上，面帶同情，「好像是你爸爸。詳情我不太清楚。」

第一件事就是找電話亭。

一條人龍滿滿地擠在宿舍的走道上，後面排隊的人無奈的等待著，耐心盡失地瞪著前面正在使用電話的人，不時發出不耐的嘖嘖聲。他擡頭望向牆上的鐘，指針清楚地指向八點鐘，這個時候就算打了電話又如何？於是他頭也不回地往火車站狂奔。

心急如焚地回到桃園，只有弟弟守在家裡，而他似乎在等著他回來。

「發生什麼事了？」

「爸出事了，媽要我在家等你回來。」

「出了什麼事？他們人呢？」

「不知怎麼的，爸被調查局帶走了，媽和哥到警備總部去了解狀況，詳細情形我也不知道。」

兩兄弟坐立難安的等待著。

終於，曉梅帶著墨脩回來，兩人面如槁木，半天說不出一句話。在墨愆頻頻的追問下，曉梅再也忍不住心中的無助，痛哭失聲。

墨脩開口解釋道：

「他們說爸涉嫌貪瀆，人證物證俱在，情況對他很不利。檢察官已經下令收押，我們去了那麼久，連人都沒有見到。」

「怎麼可能，爸工作了這麼久，沒聽過有跟誰拿錢呀。」墨愆懷疑地說。

「爸該不會真的有跟人家收錢吧？」就讀高中的墨樊一臉懷疑。

聽到墨樊這麼說，曉梅立即斂起悲容，一肚子的冤屈再也忍無可忍，嚴厲地教訓道：

「你爸爸是什麼樣的人，難道你不知道？他在海關工作二十幾年，一向最討厭那些貪污、怠忽職守的公務員，如果真的拿了人家的好處，我們家早就發達了，搬新家、開新車，你們個個都送到國外去念書，不會淪落到今天發生這種事，還要煩惱沒有錢請律師來打官司！」

在曉梅的喝斥下，所有人噤若寒蟬，沒有人敢再出半點聲音。

過了好一會兒，她才想起他們今天連晚飯都沒來得及吃。三個孩子無辜的面容讓她感到心疼，情況再悲慘，日子總是得過，帶著這樣哀慟的心情，她勉強打起精神，到廚房下了幾碗麵。

想到丈夫在牢裡不知道怎麼樣了，盈眶的熱淚再次無聲地、煎熬地落在那鍋滾燙而無味的湯麵裡。

事情發生得突然，一家人商議著該怎麼辦，一個婦人加上三個尚未涉世的孩子實在很難想出辦法，加上這件事情非比尋常，並非他們能力所及，焦慮加上絕望，簡直要把這家人逼上絕路。

曉梅徹夜無眠，擔心著丈夫的安危，一雙明亮的眼睛因為哭泣，腫得像兩顆核桃一樣，漫漫長夜，除了哭泣之外，她不知道還能做些什麼。

關於父親犯罪的詳情，墨愆是從隔天的早報上得知。

斗大的標題寫著：

高層震怒！調查局高效率　再揪出收賄海關公僕

不久前才爆出海關人員趙恩同收賄，震驚整個社會，行政院長對外簡單發表聲明，對於政府團隊中有這種害群之馬表示驚訝及憤怒，已下令相關單位徹查，必會給社會一個交代，還政府廉潔的形象。言猶在耳，調查局已經掌握另一名科員尹學衡的犯罪情報，並快速將人緝捕到案。

對於辦理此案的高效率，調查員王守敬在接受採訪時表示：「對於尹學衡的這起收賄案，檢調單位信心滿滿。本案有祕密證人檢舉，已經跟監嫌犯一陣子，待時機成熟，將之一舉成擒；雖然犯案人宣稱清白，堅持不肯認罪，但由於本案人證、物證確鑿，在詰問結束後，將會儘速移送地院辦理。」

嫌犯尹學衡在海關桃園支局服務二十多年，和妻子育有三子，生活過得極為平實。記者實地採訪他的同事，他們對尹學衡的收賄案大都表示震驚，其中一名女職員用她尖細的高音說道：『一定是弄錯了，大家都知道他做人最正直了。』遲遲不敢相信他會犯下這種案件。

令人驚訝的是，不久前海關科員趙恩同才因收賄案移送法院審理，卻沒有因此遏止惡質公務員的收賄行徑，公務員貪污的惡習行之有年，顯然嫌犯仍心存僥倖，抗拒不了金錢的誘惑，才與賄賂人林建興約在其住家鄰近公園收款，趁下班時間街道人聲鼎沸，以為可掩人耳目；不過，精打的算盤隨著調查員的出現而落空，在兩人交易拉扯時，將之逮捕，視同現行犯處置，嫌犯隨後被押往警備總部。他的妻子接到消息後趕來，大聲為她的先生喊冤，幾度崩潰痛哭，幾乎昏厥在警備總部。

尹學衡遭到逮捕之後，其服務單位明快做出懲處，除了被記過免職之外，其工作多年的退休金因此化為烏有，現在全案移送法辦，恐怕他將要面對的是多年的牢獄之災，真是得不償失。

閱讀完整篇報導後，墨巹開始了解案情對他的父親有多麼不利。

他儘速返家，連早餐都忘了買，幾乎是用跑百米的速度，急著把這篇報導告訴他的家人，共同找出因應對策。

回到家中，墨脩和弟弟墨樊還在睡夢中，他將床上的兩人搖醒，激動道：

「爸的事上報了，你們兩個快點起來看。」

事發突然，全家都處於焦慮的狀態，沒有人一夜好眠，一大早當墨巹叫醒他的兩個兄弟時，他們還是一臉睡眼惺忪的。墨巹其實是肚子餓醒的，外出買早點，沒想到沒買到早點，先看到這份報紙。

「媽媽還在睡？」墨愆急於告訴曉梅這個消息，看到主臥室的房門關著，以為她在睡夢中，便壓低了聲音。

「可能吧。」聽到父親上報，墨脩立刻清醒不少，他一把搶過報紙，細細地閱讀起來，只隨意的敷衍一句。

旁邊的墨樊喃喃自語，嘴裡不知嘟噥什麼，一轉頭又沉沉地進入夢鄉。

「我去看看媽起床沒？」墨愆丟下這一句，逕自往父母房間走去。

他輕聲敲門，沒有人回應。

打開門，房裡空無一人，床鋪整齊完好，好像沒使用過的樣子。

「媽不在。不知到哪兒去了？」牆上的鐘指著八點半，墨愆疑惑道。

墨脩叫醒身旁的弟弟，三個人來到客廳，看到桌上留了字條和一張千元大鈔，上頭字跡工整地寫著：

媽去找鄭叔想辦法，晚一點回來。桌上留了錢給你們吃飯。

墨脩要墨樊去買早餐，囑咐他買三套豆漿油條，他便出門去了，家裡只剩墨脩和墨愆兩人。

墨愆此時在大學就讀，只差不到一年就能畢業；墨脩從軍中退伍一段時間，處於失業狀態。

他大學主修政治，身無一技之長，面試了幾個工作都不理想，而面試的職務需求只要求專科相關科系畢——在那個年代的面試官眼中，大專生要比大學生好用多了，比起大學生要求的基本薪資，便宜又不用培訓，能獲得同樣品質的勞力，當然能省則省。顯然他的學歷對他的求職絲毫沒有幫助，雖然他曾想過當國會助理，但是，沒有厚實的家庭背景，要進入政治圈實在太難了。

兩兄弟討論著未來，他們都知道家裡現在急需用錢，母親無業，長期靠父親一手扛起家計，支持家裡的生活以及三兄弟的教育費，加上房貸，家裡能有多少存款？現在父親這棵大樹倒了，他們要面對的最大問題就是錢。

「我看我大學還是不要念了。」墨愆幾乎是忍痛說出這個建議。

「那怎麼行？爸知道會不高興的。爸堅持我們家的孩子都要念完大學，你怎麼能放棄學業呢！」

墨脩從小不愛念書，聯考落榜，學衡花大錢讓他去補習，無論如何，就是要他念大學。學衡自己身為公務人員，也是經由國家考試才獲得這份工作，深信只有讀書才有出路。墨脩以前經常跟母親抱怨，認為爸爸逼著他念書，只是為了保全自己的面子，說什麼是為他好！現在他的處境艱難，找工作碰壁，更加證明「百無一用是書生」，心裡雖然這樣想，但是他依然懂他的父親。

「爸自顧不暇，我們哪有辦法考慮到他的感覺。現在除了生活，還要請律師，不知道何時才能把他救出來，如果我不去工作，家裡還要負擔我的學費，我們哪來的錢浪費？」

「媽不在，我們不知道家裡的狀況有多糟。話說回來，搞不好爸以前真有收過那麼一兩回，以前家裡不是常有人送錢來嗎？」墨脩回想道，不禁有點懷疑。

「你這話不要亂講，幸好媽不在，不然你又要挨罵了，忘了昨天墨樊才被媽兇了一頓！而且我相信爸是清白的，他這次真的是無妄之災，平白飛來的橫禍。你想想爸的個性，怎麼可能會收這種錢，我們只要請到個好律師，我相信司法會還爸一個公道的。」

雖然心中沒多大把握，墨慾知道，現在家裡最不需要的就是絕望。

「不知道請律師要花多少錢？」墨脩偏著頭喃喃道，像是對著空氣發問，又怕答案遠超過他們所能承受，有種無路可逃的無奈。

墨樊買早點回來，聽見哥哥們的討論，也想為家裡盡一己之力，馬上嚷著：「我也可以去打工賺錢。」

聞言，墨脩立刻惡狠狠的瞪了墨慾一眼，惱火道：

「都是你，說什麼不要念書，讓墨樊跟著胡鬧，別以為爸出事，你們就可以找藉口不讀書。」

聽到大哥對自己的誤解，墨慾心中正感委屈，想開口解釋，不料被墨脩伸手阻止。

「總之，錢的事，我和媽會想辦法，你們兩個給我安分的念書。」

這番話聽似瀟灑氣魄，其實胸口滿載著沉重，他突然領悟到承諾很簡單，但伴隨而來的責任強加於身，如一葉扁舟漂流在汪洋中，他屏息看著前方的強風驟雨，還來不及懼怕，一波狂濤已排山倒海而來，幾乎要將他淹沒。人被拱著說出承諾時，往往代表準備自我犧牲，他卻不想做慷慨赴義的英雄，他恨這種被迫的感覺！

第十五章　史上最貴律師

1

等待是最難熬的，一夜未眠的曉梅仔細思量誰才能協助他們脫離目前的困境，「鄭應權」則是第一個映入她腦海的名字。

按捺著如坐針氈的心情，好不容易挨到一般人正常的作息時間，她隨便換了件輕便的衣服，顧不了梳洗打扮，留了張字條和錢給她的孩子們，交代去處後，便直奔他的住家。

這個時候，絕不能坐以待斃，即使她不確定此舉會不會對情況有所改善。

曉梅站在一棟四層樓高的棕色公寓前，看著前方的綠色門牌，低頭比對手上那張字條上潦草的地址，確定是這裡沒錯。她深深的吸了口氣，隨即上前按電鈴。

對講機那頭傳來陌生女子的聲線，沒好氣的「喂」了一聲。

想必這位就是鄭太太了。聽著欠佳的口氣，她不禁想，這樣一個兇悍的婆娘，難怪她的丈夫老在人前抱怨。嘆了口氣，再轉念一想，假日的一大清早，誰會歡迎突如其來的打擾？

對方已然應聲，她當然得說些什麼。

「請問應權在家嗎？」

陌生女人找上門，叫自己的丈夫叫得這麼親熱，恁是誰都受不了。

玉枝當場火冒三丈，理論道：「你是誰？找我老公什麼事？」下意識的宣誓主權，女人都這樣。

「玉枝嗎？你好，我叫鄧曉梅，是尹學衡的太太，我先生和你先生是同事。你還記得我們嗎？我們有去吃你們的喜酒。」

對講機那頭遠遠傳來男人的聲音，不耐煩地吼道：「誰啊？一大早你跟誰在講話？」

短短的幾分鐘，隱約聽到兩人在爭執，內容不甚清楚，像是話筒被人摀住，聲音被蓋掉大半。曉梅猜想，女人現在正用嚴厲的表情噓聲要她先生閉嘴，由她來主導這段談話。

「喔，有什麼事嗎？」

叫得出自己名字的人，算是半個認識的人，玉枝的口氣和緩了些。

「很抱歉一早就來拜訪，連電話都沒打就倉促趕來，我知道這樣很不禮貌，實在是有要緊的事找應權幫忙。請問他在家嗎？」

話說到這個分際，對方連應一聲都省了，直接對她的男人說道：「喂，找你的。」掛了話筒，然後那道鏽了一角的紅色鐵門應聲開啟。

拾級而上，來到鄭家門口。

鄭應權客氣地要她在門外稍候，想必是整理服裝儀容，稍微收拾環境。

終於，鄭家這道大門再度開啟，鄭應權精神奕奕，笑容可掬地連喊兩聲「請進。」

玉枝則不情不願地對她說聲「請坐」，在桌上擺了一壺茶和兩個茶杯，便回房去了。

曉梅脫鞋入內，在沙發上坐下來。應權急忙奉茶。

新沏的茶還沒浸出味，熱騰騰的白開水中透出一抹淡淡的綠，曉梅接過杯子啜了一口，果然平淡無味，混著喉間的苦澀一併吞下肚。

應權笑咪咪的開了口：

「嫂子，難得來這兒一趟，是什麼風把你給吹來了？」

曉梅訝異地看著他臉上的笑容，在發生這些事情之後，他居然笑得出來。明知道她的來意，為何還要問，難道是等她開口求他？她暗暗思忖著，有些不悅。

腦中突然掠過那起印鑑盜用事件，雖然心裡對這個人的人格大打折扣，但人總要親眼所見才願意相信，況且她與丈夫其他同事並不熟識，只能找他幫忙。

相信這麼多年的交情，他不會見死不救才對。

想起正事，她垮著一張臉，客套的說：「無事不登三寶殿，真是不好意思，你也知道學衡的事，我一個女人家真不知道該怎麼辦……」

說著說著，淚水在眼眶內打轉，話哽在喉嚨出不來。

見她紅了眼眶，他貼心地遞上一盒面紙，情不自禁地把一隻手搭在她肩上，安慰道：

「這件事鬧得很大，處理起來很棘手，當場被捕是人證物證俱在，想要翻盤並不容易。你聽說老趙的事了吧？」

見曉梅點頭，他繼續道：

「我想這件事是繼老趙事件後，上層被逼著給大眾一個交代，為了宣示政府肅貪的決心，才這麼敲鑼打鼓的讓媒體登在頭條。依我看，嫂子你還是放寬心，等過了這陣風頭，沒人記得這件事，就算法官要判，刑罰也不會太重的。」

她簡直不敢相信自己的耳朵，這話聽來，是任由她的丈夫自生自滅了！

不自覺將他的手撥掉，話語中隱含怒氣：「我們難道什麼都不做，任由他去坐牢？」她要再確定一下他話中之意。

他感性回應：「當然不是什麼都不做，只是昨天才發生這件事，你整個人就這麼憔悴，我看著心疼吶！嫂子，你還有三個孩子，雖說他們都長大了，畢竟還沒出社會工作，萬一你就這麼垮了，誰來撐這個家？」

一提到她的孩子，為母則強，她必須振作起來，瞬間忘了他方才提到心疼她的話，苦笑道：「我沒這麼嬌貴。現在重點是我們能做什麼？」

這句話很有意思，一聽便明白她在要求，語氣雖然客套嬌柔，但她憑什麼開口要他幫忙卻又如此理所當然？目不轉睛的凝視著她，他心裡正納悶，同時卻聽見自己的聲音溫柔的在空中響起。

「我有朋友認識一個很有名的律師，可以介紹給你，但是不便宜，打官司很花錢的。」

「這我知道。」

他的眼角餘光掃到半啟房門裡正兇狠瞪著他的妻子，還有那因好奇頻頻探出頭的女兒。小女孩被大人的交談聲吵醒，此刻揉著惺忪的雙眼，而妻子的雙手正牢牢地護著她的臂膀，這一大一小的女人們像幅圖像，陰魂不散的現身，提醒他她們才是他的責任。

他全身不自在的咳了兩聲，正襟危坐道：

「嫂子，別怪我有話直說，尹兄這個案子要勝訴的機會很低，你要做好心理準備，最後的判決結果也許無法令人滿意。」

曉梅堅定道：「我相信他的為人，他是冤枉的，你和他多年交情，還不清楚嗎？」

他默默的凝睇著她的臉，對她的決心了然於胸。

他走到書桌旁，找出一本陳舊的電話薄，翻過幾頁泛黃起皺的紙張，右手食指在本子上緩緩搜尋著。半晌，撥了他的第一通電話。

2

曉梅坐在公車上，往律師事務所的方向駛去。

應權透過朋友的關係，介紹一位律師給尹家。他叫安仲平，大名赫赫，在法律界是位人物，能言善道之外，累積的人脈大有來頭，因此受聘擔任多家公司的法律顧問，專門幫上流社會及公眾人物打官司，收費肯定是一流的貴。

第一次見到這位安律師，她對他的印象就壞到極點。安仲平有一雙濃眉大眼，一只寬闊的懸膽鼻，五官俱大，腦滿腸肥，一副世儈的嘴臉，並不怎麼友善，要說他是學法的，就是少了一點正氣，舉手投足間倒像個勢利的生意人。

好說歹說，他終於同意會面。

在這個極短的會議中，他幾乎沒有正眼瞧曉梅一眼，即使在應權把她介紹給他的時候，他的眼光只是斜睨著門口，連虛應一聲都沒有。

應權開始解釋這個案子，話說不到幾句，安仲平便給了個凌厲的神色，煩躁地插嘴道：

「這個案子鬧到上報，又被當場人贓俱獲，根本沒有勝算，何必浪費大家的時間。」

案子尚未移送到法院，律師就不戰而敗，宣判罪名成立，光這一點，曉梅就無法苟同。

「我先生是冤枉的，我最清楚他了，一定是被別人陷害的。」她急到眼淚都飆出來，卻絲毫沒有憾動這位律師。

安仲平依然沒有看她，逕自傲慢地對應權說：

「根本沒有人願意接這個案子，要不是吳家的小開給我打了電話，我才不會自找麻煩來接這個燙手山芋哩。」

「這麼說，您是願意接這個案子嘍，感謝，感謝，感謝。」鄭應權陪著笑臉。

什麼都沒做，就要嫌犯家屬感激涕零，責任撇得一乾二淨，而且事先埋下伏筆，日後萬一罪行確立，一概和他無關。即使對律師這樣惡劣的行徑感到不恥，知道自己處在弱勢的一方，她仍逼著自己開口道謝，只希望他的聲名值得她花在他身上的每一分每一毫。

聘請一個這般消極的律師，曉梅心裡實在忐忑。

她曾和應權提及另覓人選，得到的回答是：

「找不到比他更好的律師了，而且是在人情拜託之下人家才願意接呢。」

最終她被說服，順了他的意思。

上次去了應權家一趟，不知是不是他太太不高興地鬧了一回，還是怎麼的，他說不方便在家裡談事情，以後都約在外面吧。

嘴裡雖然說約在外面，但是他到尹家來的次數卻日漸頻繁。

安律師從來不曾主動打電話和曉梅商議案情，欺侮她不諳法律條文，不屑和她交談，每回有什麼消息需要傳達，都是由應權代為告知，曉梅對此十分光火又無可奈何，像這樣約她到事務所相見還是第一次。

應權經常光臨尹家，尹家三兄弟已經習慣看他出入家裡。他積極透過關係幫墨脩找到工作，雖說薪資不高，對於尹家現在的處境來說，是一個非常實質的幫助。

曉梅在小學擔任代課老師，收入不穩，所以她另外找了份正式的工作，當起幼稚園老師，如此一來，她可以晚上再兼一份工作，希望能讓在學的兩個兒子好好念書，尤其墨慜只差一年就大學畢業，怎麼辛苦也要讓他完成學業。正這麼想著時，她的臉上閃過一抹詭異的微笑，連她自己都不確定那是怎樣的一種表情。

公車上人來人往，曉梅沒有注意到車外的風景，直到坐過了站，才驚覺錯過下車時機，一看手錶，已到約定的時間。她緊張的擠向前去，要司機放她下車，好心的司機開了車門，所幸只錯過兩站，她一下車便拔腿狂奔。

到了律師事務所，安律師的助理語焉不詳地對她說：「他們已經開始了。」便開門請她進入會客室。

門一打開，應權已經在裡面，兩人似乎已對話許久。

他笑咪咪地向她打個招呼，安律師見狀收住了口，朝她的方向看了一眼，第一次對她點頭示意，然後繼續話題道：

「當事人情緒很低落，我從他的嘴裡沒有聽到任何有用的資訊，這樣官司很難打，他如果不是裝傻，就是根本不知道事情的嚴重性。」

應權瞅了曉梅一眼，迅速把視線拉回安仲平身上，心不在焉的問道：「依你看，有沒有什麼比較好的策略是可以幫助他的？」

安仲平露出不解的神情。

「剛剛我告訴你的就是最好的方法，此外，完全沒有勝算。這樣吧，這件事就由你去和當事人家屬討論一下，問她是否同意這麼做，我們再來決定後續怎麼處理。」

兩人一來一往，幾乎把事情敲定了，曉梅仍是一頭霧水。看律師住了口，彷彿會議已經結束，曉梅急忙追問：「我何時可以見到我先生？」

安仲平瞅了她一眼，煩躁地表示：

「涉嫌貪瀆是重大刑案，他目前被羈押禁見，不准和外界有書信往來，更別談接見了，你有什麼話要對他說，可以由我轉達。」

曉梅則一臉哀戚，道：

「請你跟他說，家裡的大小事務我會處理，請他不要擔心，而且我們相信他的清白，更不會放棄他，請他好好保重自己。」

律師敷衍地點點頭，隨後開門走出會客室，留下應權和曉梅兩人。

兩人一踏出會客室，安仲平的助理便上前喊住曉梅：「尹太太，麻煩你先支付這期的費用。」說話的同時遞上帳單和事先開好的收據。

曉梅接過來看，帳單金額相當於他們三個月的生活費，深深的嘆了一口氣，明白為何今天會接到律師事務所的來電，原來是要她來結帳的。

見狀，應權有點擔心的說：「曉梅，你身上帶的錢夠不夠？」現在他已不再叫她嫂子，只是她並沒有察覺這背後的涵義。

曉梅點頭，打開皮包數數鈔票，幾乎把身上所有的錢都掏出來，交給助理點收。

她無奈道：「我來之前就想到今天可能要先付一部分的律師費，只是沒想到會這麼多。」

此言一出，正在點收的助理擡頭瞥了她一眼，臉上寫滿「敢請律師還嫌貴」的輕蔑，她經手過這麼多客戶，沒一個這樣寒酸的。

步出事務所後，曉梅的心情十分低落。

應權見她有些憂鬱，便提議道：「我們去吃點東西。」

聽到這話，曉梅立刻回神，一臉緊張：

「我身上的錢都給了律師，這會兒恐怕上不了館子。」

「我們之間什麼交情，不必擔心誰付帳，況且，有好些事得和你商量。」不待她有任何反應，應權硬是拉著她往前走。

想到剛剛應權和律師的談話，曉梅知道一定和學衡的事有關，她忙停下腳步問道：

「學衡在裡面過得怎麼樣？律師怎麼說？」

「我等會兒再好好的跟你說，現在我肚子餓了。」他對她溫柔一笑。

他們快步走向他的車子，他體貼的為她打開車門。

他把車開到一間五星級飯店前，看到曉梅吃驚的表情，他警覺地向她解釋：「這裡停車比較方便。」接著便把車開入地下室。

兩人來到位在十一樓的粵式餐廳，服務生領著他們靠窗入坐，兩人手上各接過一份菜單。

「兩位要喝什麼茶？」服務生開口問道。

應權不語，直直望著曉梅，等她開口，她會意後隨口點了普洱，服務生便自去了。

眼前來往穿梭著一臺臺載著精緻美食的推車，走走停停，他們知道哪一桌來了新客人，訓練有素地紛紛往這邊停靠，積極一點的，甚至還會吆喝來爭取生意。

「蠔油芥藍，有沒有人要蠔油芥藍？」

餐廳裡人聲嘈雜，熙熙攘攘的，很熱鬧。

應權順手抓了幾盤點心，燒賣、腸粉、水晶餃、蘿蔔糕、起司焗白菜等，全是來者不拒，雖然都是點心，分量足以填飽肚子。

曉梅看他一道一道的拿，忍不住阻止道：「我們吃不完，不用點這麼多。」他方才停止點更多菜。

吃廣東飲茶的好處就是快，不用等，食物已經在桌上了。不一會兒，應權把最後一口杏仁豆腐送進口裡，輕鬆的換了個姿勢，一隻腳翹在另一隻腿上，腳跟上下搖晃，左手手指輕敲桌面，不時發出的的聲，他的右手忙拿起茶杯啜了一口，好整以暇地盯著還在進食的曉梅，等待她用餐完畢。

「你還沒到的時候，律師跟我解釋了案子的進展。」

她看著他沒作聲，等著他往下說。

「律師閱卷之後，認為檢方的證據力很強，證人的口供對學衡非常不利，還具體指出幾次碰面的時間點和收賄金額的細節。律師和學衡談過，他認為學衡沒有吐實，問他什麼都推說不知道，對案情一點幫助都沒有。原則上安律師是建議具狀認罪，向法官表示懺悔，希望能從輕發落，進監服個幾年刑，在獄中表現良好的話，還可提前假釋，出來之後可以重新開始；但是學衡斷然拒絕，他堅稱他是無辜的，應該無罪釋放，要他認罪是絕不可能，因此，在訴訟策略上，目前兩個人還沒有達成共識。」

「我從來沒有聽過學衡拿過誰的錢，如果有，那麼大的一筆錢，我一定會知道的，所以我相信他的清白。」

「有沒有可能藏在外面你不知道的人身上?」

「你是說他外面有女人?」曉梅挑高了眉，不可置信的問道。

「我不知道，畢竟我只是他的同事。他最近有沒有什麼怪異的舉動，和平常的表現不同?」

「沒有哇，我們的日子過得很規律，兩個人相處起來也沒有什麼異狀，要說他有女人，我真不敢相信。倒是你回想一下，他在工作時間有沒有什麼不尋常的事發生?」

「平日工作忙，我沒有怎麼注意他。也許是我多想了，我只是希望找出一些線索來解釋整件事情。唉，這一切都太不合邏輯了。」

「除了認罪，還有別的方法嗎?」曉梅突然問道。

聞言，應權面色凝重，不發一語。

「我剛聽到律師說，有一個方法要你和家屬討論，他說那是唯一的方法。」

他搖頭，無奈地說:「你不會同意的。」

「到底是什麼?只要對案情有幫助，我都會盡力去做。」

「就算你願意，能力上也有很大的困難。」

「你是指錢的事?」

應權點頭。

「這個律師之所以這樣有名，就是因為他在法界的人脈很廣，影響力大。法官也是人，也有人情壓力和包袱。他在當律師之前就是從法官退休下來的，除了專業之外，他非常清楚法界的運作，像他背景這麼雄厚的律師很少，這就是為什麼有錢人不吝花大錢請他來打官司的原因。說起來很不好聽，法律就是保障懂法律的人和有錢人，這是不爭的現實，自古皆然。」

「你、要我賄賂法官？」曉梅刻意把聲音低了低。

「有錢判生，無錢判死，你應該清楚遊戲規則。當然，你不用現在回答我。」

「需要多少？」她蹙起眉頭痛苦的問道。

「有許多關節要打通，大約一百萬左右。」

聽到這個天文數字，她倒抽一口氣。那個年代這個數字可以買一間房子。

「我知道這已經超過你能負荷的範圍，如果真的太為難，我們不必考慮這條路。」

這下換曉梅低頭不語，她只感到胃裡一陣一陣的痙攣如浪花拍岸，不停地翻滾，幽遠而漫無止盡。雖然排斥這個提議，只要這位安律師能讓她先生平安獲釋，傾家蕩產她都願意。

第十六章 好心、驢肝肺

1

決定聽從律師的建議，曉梅開始奔波籌錢的日子。

她把住了多年的房子拿到銀行二貸，加上銀行的積蓄、變賣的股票，以及預支的薪水才湊足半數，剩下的數字，她只能靠親朋好友的協助來達成。人情冷暖，她沒有自信憑她到底能借到多少錢。

曉梅自小家境清寒，家中有兩個姐妹一個弟弟，父親身無所長，靠著打零工和母親千辛萬苦的養大幾個兄弟姐妹。由於生活清苦，兄弟姐妹都能體諒父母的辛勞，手足之間懂得互相照應，感情很好。

父親過世後，母親精神上大受打擊，晚年又為糖尿病所苦，數次進出手術室，求生意志很薄弱，去世時年僅五十八歲。

姐姐是做生意的，夫妻兩人開了間牛肉麵館，收入剛好可以維持生活；弟弟在賣床墊的店家做學徒，薪水不高；唯一的妹妹在當車掌小姐，結婚生子之後就沒有工作，孩子年紀尚小又剛買了房子，經濟也很節据。

母親生病期間，兄弟姐妹分攤龐大的醫藥費已大傷元氣，這次學衡出事，知道曉梅需要錢，娘家兄弟姐妹們依然很夠義氣的七拼八湊，籌足十萬元給她送來，一句話也沒有多問，讓她心裡既感激又不安。

親戚全都找了一圈，才會想到麻煩朋友。

人有大難時，才能分辨誰是你的朋友，有時給予幫助的貴人卻是你怎麼都意想不到的。知道她的環境困難，昔日教職的小學同事們為她起了個會，金額不多，但心意令人感動。

許多朋友非常關心事情的後續發展，尤其這件事鬧上了報。有些友人對待她的態度不若以往，一聽到是要來借錢，躲得不見人影。

學衡的父親尹顯德是公務人員，在縣政府地政局工作。他曾為國民黨在大陸打過仗，隨著國民黨來臺定居，結婚生子，一家人住在臺南。穩定的公職，加上一家省吃儉用，攢了積蓄，便買了這兩層樓的矮厝。顯德是公職出身，認為只有讀書才有出路，這個觀念後來也深植在學衡心中。

學衡在家中排行老二，有一個哥哥和一個妹妹。

大哥學平從小不愛讀書，而學衡總是名列前茅，兩兄弟之間的感情談不上不睦，而是一種奇妙的競爭關係，雖然雙方不說破，父母對學衡的疼愛卻是有目共睹，學平內心的失落感不言而喻，妒嫉又缺乏自信的他築起一層自我保護的高牆，無法和唯一的弟弟親近。

學平的妻子名喚欣怡，個子不高，一副孩子相，不愛笑，不知是不是因為自卑，她總給人一股鬱悶的陰沉感，就像前線埋著的地雷，不知道什麼時候踩到引信，得罪了她，一下子就往心裡去了。

兩夫妻討論著，兄弟遲早要分家，唯一的妹妹嫁出去，就和娘家無關，唯一會來爭家產的便是這個從小爹娘疼愛的弟弟，而父母最大的財產就是名下的這一棟樓，先占先贏，婚後就理所當然的住下來。

父母希望家裡熱鬧，孩子成家了都住在一起最好。

當兵回來後，學衡便努力的求得公職，順利考取海關，總算確定服務地點，由於工作地點太遠，不可能通勤，結婚後在當地定居，租屋度日。不必和公婆住在一起，曉梅樂得輕鬆，她在小學教書，有一份收入，所以她完全沒有爭產的想法。

倒是學衡的父母，常常把遺囑掛在嘴上，老在學平夫妻面前叨唸：「我們百年以後，你們兄弟兩一人分得一層樓，以示公平。」

可想而知學平倆夫妻聽著有多刺耳。

至於女兒學瑩，明白告知就是這麼一份嫁妝，無權入主祖厝。

由於在異地工作，學衡無法和父母同住，日子一久，學平夫婦便動起房子的腦筋來了。他對父親說，為了生活決定自己做生意，開一家水電行，替人修水電兼賣生活家電，兩夫妻一起打拼，希望能借自家一樓開店，省成本又能就近照顧小孩，反正弟弟短期之內不會回來，等到事業根基穩定之後，再另覓地點。

為了兒子的前途，顯德只好同意。學衡知道了雖然不開心，父親既然同意，他也無話可說。

水電行開張之後，幾年下來，收入很不錯。

學瑩則是在鎮上開了間服飾店，跑單幫，經常來往日本帶貨，長年下來累積一些主顧，生活不成問題。不料，她的丈夫安邦搞上隔壁銀樓的老闆娘，每每趁她出國的時候暗通款曲，身邊傳言不斷，猛然驚覺這起外遇事件時，她已身懷六甲。

2

簡單收拾細軟準備遠行，帶著錢和一只行李，學瑩在火車站打電話給遠在桃園的二哥學衡。

她和大嫂素來不合，這次家裡出了這麼大的事，可以想見兄嫂那副嫌惡的嘴臉，她又愛面子，回娘家除了讓父母擔心之外，沒有任何幫助。如果投奔到二哥那裡去，一是離家裡較遠，安邦沒那麼快找到她，二是學衡夫妻倆都是明理人，要訴委屈還有人能說說話。

到了桃園火車站，學衡已經等在那裡。

「發生什麼事了？」

聽到親情的關懷，顧不得還在街上，學瑩忍不住淚流滿面，抽抽噎噎的，話都說不清楚。學衡最後終於聽懂，她半夜來投奔的理由是抓到丈夫偷腥。

到家時已近午夜，孩子們都睡了。

見學瑩眼睛哭得紅腫，一個人大老遠的來訪，曉梅忍不住問了同一個問題。

「折騰了一天，有什麼事明天再說。」學衡突然打斷，曉梅便諒解的住了口。

當晚，曉梅已從學衡那裡了解情況。

過了兩天，趁兩人獨處的時候，問明事情的經過。

「他出手打我，連我懷孕還為了外面的女人打我。如果這個孩子沒被打掉，那就是命，註定要來到世上受苦的。」她越講越傷心，淚如雨下。

為了讓自己能合理的留在這裡，贏得家人的全面支持和關注，她把事情描寫得嚴重許多。

曉梅聽到安邦為了外面的女人出手打老婆，完全沒有顧慮她身懷六甲，一時義憤填膺，身為女人她感同身受，如果事情發生在她身上，她絕對不會給這個打老婆的男人第二次機會。

「你有什麼打算，要原諒他嗎？」

「原諒？這種男人憑什麼獲得原諒？我永遠不會忘記他跟那女人在床上親熱的那一幕，我死也不會原諒他。」

「如果過兩天他來求你回去呢？」

「他就算跪在地上求我回去，我也不會跟他走。事情既然走到這個地步，這個婚是離定了。」這話說得斬釘截鐵，沒有退路。

「如果離婚的話，孩子怎麼辦？」

「都要離婚了，我要這個孩子幹嘛！」

「我贊成，男人打老婆有一就有二，這種男人不要也罷。話說回來，他還不是靠你，才有那麼一家店舖維生，你的經濟能力強過他，自己生活沒問題。」

不捨學瑩的遭遇，再三確認過她的意願後，曉梅好心的替她打聽有名的婦產科醫生。

過了十天忐忑不安的日子，安邦始終沒有打探她的消息，學瑩心裡又氣又急。好面子的她，在兄嫂面前瀟灑自若，甚至還和醫院訂下打胎的時間，她心裡後悔不已，又不知如何開口向曉梅說她改變心意了。

想到丈夫過去十天和寡婦雙飛雙宿，對她不聞不問，他們都還沒離婚哩，她實在嚥不下這口氣！還有，店鋪的生意不知道怎麼樣了……

各式各樣的理由讓她甘心當婚姻的禁臠，她根本不想離婚。

她背著學衡夫婦打電話回娘家，隨便編了藉口，說她北上來看一個朋友，順道在學衡家住幾天，怕安邦找不到她，特別囑咐她的兄嫂，如果丈夫有打電話去找她，務必告訴他她的去處，方便聯絡。結果安邦根本沒有來過電話。

過了幾天，還是學衡先開口：「安邦做出這麼對不起你的事，你離開家這麼久，他居然連問一聲都沒有，真是欺人太甚，如果我們再不出面，他還當你娘家的人全死光了，沒人給你撐腰。」

聽到二哥這麼說，學瑩終於給自己找到個下臺階，她堅持該自己回去解決問題，既然要離婚，當然得雙方當事人坐下來談。

曉梅非常不放心，轉頭向學衡提議道：「我看請個幾天假，我們陪學瑩回去好了，要是一言不合，有我們在場，安邦總不好再動手打人吧。」

「你們兩個陪我回去，那小孩怎麼辦？這不是辦法。」不等學衡回答，學瑩立刻找藉口拒絕。

「可以麻煩我大姐照顧幾天。」

「已經麻煩你們那麼久，現在還要麻煩到你姐姐，不好啦，我自己可以處理。」

「這件事太傷神，我怕你的身體受不了。再說，萬一他又打你怎麼辦？」

「不會啦，他不會這麼做的。」

「你怎麼知道？曾經動手一次，難保不會有第二次。」學衡瞪大一雙眼，驚詫道。

「要不然讓你哥哥陪你去，我留在家，這樣就沒有問題了。」

曉梅提出這個兩全其美的建議，讓學瑩無法拒絕。當天她沒有再說什麼，第二天便收拾好東西，留下一張紙條就走了。

從此學瑩沒有再和曉梅說過一句話。

人家兩夫妻床頭吵床尾和，聽說舉家遷到另一個鎮。

經過這次事件，安邦向所有親戚大罵曉梅。

學衡畢竟是學瑩的親哥哥，而曉梅只不過是嫁進門的外人，加上她太熱心幫忙，所有的錯都指到她身上。夫妻攤牌時所有不好聽的話都變成她說的，略過外遇事件不提，只說曉梅有多麼瞧不起人，說他是個吃軟飯的，還慫恿他太太離婚、把小孩拿掉，看看她的心腸有多狠。

炮火對準曉梅，讓她非常錯愕和不值，真是好心被當成驢肝肺，冤啊。

經過這次教訓，學衡和曉梅的熱心被一把澆息，自己的親手足尚且如此，遑論他人，從此他們抱著自掃門前雪的想法，身為公務員的學衡更學會明哲保身，不去沾惹別人的麻煩。

回想這些前塵往事，曉梅很清楚自己是沒有辦法從丈夫的兄弟姐妹手邊借到錢，更別提那些叔伯堂兄弟，血緣關係又淡了好幾層。

這麼多年過去，學衡的母親已經辭世，父親因為年邁，心智逐漸退化，時而清楚時而健忘。老年人的生活簡單規律，在自家附近的公園曬曬太陽已經是莫大的滿足，只要還能感覺到溫暖陽光，聞到陣陣微風中芬芳的草香，他們便覺得自己還活著。

學衡這次官司纏身，在親戚間已是人盡皆知，為了不讓長輩擔心，大家約好在顯德面前隻字不提，卻沒有人對曉梅伸出援手。大哥學平還再三囑咐她，千萬不要驚動老人家。要不是真被逼急了，她不會甘冒不韙，枯坐在這個公園等待公公的出現，向他尋求幫助。

不久，曉梅總算等到顯德，那佝僂的身軀出現在不遠處的涼亭裡，她快步向前，輕輕喊了聲「爸」。

見他一臉疑惑，她花了將近五分鐘向他解釋她是誰。

「喔，曉梅呀，你們好久沒回來。大家都好嗎？」顯德露出愉悅的笑容。

怕被學平夫婦看見，曉梅只得掌握有限的時間，把事情簡單的解釋一遍，略過重大情節不提，只說現在正設法籌錢，相信不久後司法會還學衡清白，並且還清所借的款項。

無論如何輕描淡寫，訴訟畢竟是一件大事。

顯德皺起眉頭，兩道粗眉高懸，布滿皺紋的臉上寫著擔憂，語重心長地問道：「還差多少？」

「看您手頭上多寬裕，越多越好。」
「學平和學瑩知道這件事嗎？」
「知道。」
「這麼大的事，他們居然沒告訴我。」顯德忿忿地道。
「別怪他們，他們是怕爸擔心。是我不孝，硬著頭皮來找爸幫忙的。」
「學衡是我兒子，出了這麼大的事，說什麼幫忙！你現在跟我來。」話說完便抓起曉梅的手。
「要去哪兒？」
「回家去，我拿存摺和印章給你。」
曉梅猛然嚇了一跳，急忙推卻道：
「大哥囑咐我千萬不要讓您知道，我若現在跟你回去拿錢，大哥待會兒不知要怎麼罵我呢！」
「自己的弟弟出事，我們做為他的父親和兄長幫忙他是應該的，他有什麼不高興？」
「其實大哥私下已經幫了不少忙，我不希望他因為這件事心裡不舒服，相信學衡也不願意兄弟之間因此產生芥蒂。爸，你如果真心想幫忙我們，這件事請不要讓其他人知道，以免他們多心。」這才說服了顯德。
加上公公的存款，距離律師的要求還差二十萬。

第十七章　哪裡來的二十萬

1

這天晚上，應權從律師那裡帶來好消息，極力爭取後，學衡已解除禁見，雖然還在牢裡，已經可以會見家人。

這是出事以來，曉梅第一次露出笑容。這麼好的氣氛下，一切似乎都有轉機，雖然距離該湊足的錢還差了一點，如果應權能說服律師通融，讓他接受她辛苦籌來的錢就好了。

「我已經湊到八十萬，我知道不夠，但這不是筆小數目，希望律師能做審慎的評估，善用這筆錢。你能幫我跟他談談嗎？」

「我會盡力。」他點頭答應後離去。

隔天下午，曉梅強忍迫不及待的心情，等幼稚園的小朋友都放學回家後，她火速前往警總看守所探望學衡。看著身穿犯人服的丈夫神情憔悴的從門後走入，雖極力忍住在眼眶打轉的淚水，還是徒勞無功，擦乾眼淚，她急切地向學衡揮手，露出一個不捨的笑容。

兩人中間隔著一層厚玻璃，彷彿相隔千山萬水，她一手印在玻璃上，一手拿起桌上話筒，聽著那久違又熟悉的聲音。

「裡面的伙食如何？住得還可以吧？」

「還熬得住。本來以為進來了會遇見老趙，結果沒有，我想他在判決後就移到其他監獄去了。」

「他們有沒有對你逼供？」

「我不是政治犯，政府不會花那麼多心思來處理這種案件。現在就等開庭，他們只想儘早把我定罪，然後移監服刑。」

學衡掩不住落寞的神情，嘴角垮了下來。

「你要好好照顧自己，千萬別胡思亂想。外面的事多虧應權幫忙，墨脩已經找到一份工作，家裡一切都好。和律師商量過後，找到一個方法來解決你的官司，我想你很快就能出來了。」

「哪有什麼方法，律師一再要我認罪，你知道我，沒做過的事要我怎麼認？」

「肯花大錢請有門道的律師就能改變審判結果，這個律師在法界背景很雄厚，執業之前還是個法官退休下來的，總之是號人物，應權是這樣跟我說的，我想我們應該相信他的判斷。」

「到底是個什麼方法？」

「只要我們把錢準備好，一切就交給他去打點。」

「你是說——」

瞪大雙眼，學衡不敢相信他的妻子在一瞬間有這麼大的轉變，連賄賂法官這種違法亂紀的事都甘冒不韙，這麼做不但危險至極，還違反他們做人的原則，反轉他一貫的信仰，那社會的善良風俗哪裡去了？

他自問潔身自愛，到頭來居然得靠這種小人步數遠離這莫須有的牢獄之災！

他下意識的抗拒道：「千萬別這麼做，這是玩火，我們憑什麼要相信那個素昧平生的律師？我是清白的，什麼都沒做，他們能對我怎麼樣？你要是這麼做了，反而坐實我的罪名，法官一定認為我貪污，非要靠這種方式來逃避刑責，我真是跳到黃河也洗不清了。再說，我們哪來的錢來打通關節？」

「錢的事我會想辦法。現在所有證據都對你不利，就算你不認罪，有什麼不同？能影響審判結果嗎？我不能看你白白受這種冤枉，既然這是律師的建議，我們就該相信專業。你相信我，我會盡一切的力量把你救出來，只要你人沒事，留得青山在，不怕沒柴燒，我們可以從頭再來過。」

她盡力安撫他，希望他對接下來進行的官司抱持樂觀的態度。

獄警上前打斷兩人的談話。「4768，時間到了。」

掛上話筒之前，曉梅在另一頭不捨的喊道：「你相信我，我會把你救出來的，」她最後的那句「我會再來看你」還沒來得及傳遞到對方耳裡，便隱隱消散在空氣之中。

學衡早已掛上話筒，步履蹣跚地走進那一道滿布荊棘的門裡。

到了開庭的日子，法庭上安仲平的態度消極之至，除了認罪之外，沒有其他答辯，因此，判決結果很快出爐，學衡被判有期徒刑六年七個月，全案可上訴。消息一出，震驚尹家，曉梅飛快地打電話給應權，要求律師解釋清楚。

兩人相約在安仲平的律師事務所。

曉梅臭著一張臉，等著興師問罪。錢也給了，雖然沒有湊足他開的價，如果這些人不滿意這略少的金額，就不應該收錢，既然收了錢，就該把事情辦好，否則就把錢吐出來。

安仲平進門見到曉梅和應權，他心裡就有數了。

助理焦急地對安仲平解釋道：「早跟他們說您外出了，他們就是不信，又不肯走，偏要等到您。」

曉梅氣急敗壞的說：「這判決是怎麼一回事？和你當初承諾的完全不同——」

為了不讓她繼續說下去，安仲平把他們請入自己的辦公室。

「真正在法界有影響力的法官怎麼可能還待在地院，我們的重點是二審。你放心吧，等到收到正式的判決書之後，我們會提起上訴。這個初審的法官還太嫩，不懂人情世故。」

聞言，曉梅有些猶豫地問：「上訴的結果真的會有所不同嗎？」口氣明顯柔軟許多。

安仲平點頭。

「當然需要提出一些新的證據來反轉這個結果，證人要是翻供，情況就會逆轉；況且，這個案子鬧上新聞，當然得先定罪，讓媒體大肆報導，過一陣子，大眾忘了這個案子，後續沒有人關注這件事時，情況會容易許多，總之，這件事我會處理。不過，你得把錢準備好。」

「八十萬不夠嗎？這已經是我的極限了。」

「拜託人高擡貴手的事，還有討價還價的餘地？尹太太，你別太天真了。而且，這件事得儘快，要是躭擱了時間，後果可找不到人來負責。」這是他第一次正面和曉梅對話。

他露出一臉倦容，煩躁地說：「今天到此結束，等錢湊足了，再打電話通知我的祕書。」

兩人一同步出律師事務所。

少了來時的怒氣，取而代之的是沉重的壓力，雖然事情還有轉圜的餘地，此刻曉梅也不免愁容滿面。

「我還能到哪裡去想辦法？親朋好友都借過了。」她一臉懊喪，欲哭無淚。

「也許我們這群同事可以想想辦法，畢竟在一起工作這麼久了，大家都清楚學衡的為人，不會不聞不問的。」應權突然這麼說。

曉梅揉了下酸楚發紅的眼眶，感激的望著他，不敢作聲，只怕一出聲便止不住悲從中來。目前最重要的事就是去安撫身在牢籠的丈夫。

2

一星期之後，一個星期四的下午，應權打了一通電話來，把家裡的人問候一遍，確定只有曉梅一個人在家，他才神祕兮兮的透露一會兒要來，有事相談。

曉梅的心裡七上八下，隱隱覺得有一件大事要發生，不知是福是禍，讓她坐立難安。

終於等到應權來了，才進門，他笑容滿面的對她說：「今天有個驚喜，你猜是什麼？」

「我怎麼知道？」

曉梅露出一抹淡淡的微笑，心裡期待著，不會就是那二十萬吧！

他從公事包裡拿出一個牛皮紙袋，懸在曉梅眼前，嘴角憋著笑，欣賞著她的反應。

曉梅一把接過來，迫不及待打開來看，果真是如假包換的現金，她當下欣喜若狂，把那一袋現金捧在懷裡。那一刻的笑容摻雜著感動的淚光，美得眩惑，應權不自覺的吞了口口水，再也管不住胸口的那股悸動，忘情的擁她入懷。

她一愣，臉上的表情隨即轉化，假裝什麼也沒發生，掙脫他的懷抱，自言自語的說道：

「你看看我，客人來了居然忘了要倒茶。呵呵……」乾笑兩聲，有些不知所措，雖是極力掩飾驚惶，她那加速的心跳聲大到兩個人都聽得見。

尷尬的走到廚房，預備沏茶待客，他竟跟了上來。倉皇中只覺得該說些什麼，以對話拉開兩人的距離，把一切脫序行為拉回正軌。

「茶馬上就來，你先到客廳坐。」

應權沒有搭腔，像個小嘍囉一般跟著她，她端著茶往客廳走，他尾隨在後。兩人坐定，曉梅沒有為他倒茶，生怕他又有什麼舉動。

「錢怎麼來的？」

「你不用擔心，儘管收下就是。」

「話不能這麼說，再怎麼需要錢，總得知道錢是哪兒來的，日後好還人家的人情。」

「早跟你說我們這些同事會幫忙的。」

「這裡有多少？」她需要二十萬，不見得這裡就是這個數字。

「你要不要點一點？」他使壞的笑了。

被他這麼一笑，她有些難為情，只好假裝良善，擔憂的說：「可是，光靠你們這些同事，怎麼湊得足這麼大的數字？」

「你就別管了，現在最要緊的是打贏官司。」又一次，他忘情的握住她的手。

她緊張的站起身來，只道了聲謝，藉由「把錢放好」這個正當理由，離他遠遠的，未經思索便往臥室走去。

不知從何時開始，他已經跟在她的後面。她沒料到他竟然大膽的跟了進來。進到臥房，倒像是她把他領進房門似的。

他霍然一把抱住她，一隻手箝制住她的後腦，讓她不能逃脫，他的脣熱情地印在她的脣瓣上。她瞪大一雙眼，不敢相信這個事實，頓時手足無措。他的舌頭撬開她的朱脣，恣意的在她的檀口裡翻攪，而他的剛硬猛烈地壓在她的下腹，明目張膽的索求他的需要。

她用力推開他的箝制，手上的一袋現金被拋了出來，白花花的千元大鈔如雪花般落在地上。

她嚇白一張臉，直喊著：「不要這樣……」，天真的以為可以說服他。

腦海中尚無法消化這突如其來的獸行，他可是她最信賴的一個朋友！

他直直地欺上身來，含情脈脈地對她說：「曉梅，我愛你好久好久了，愛得好苦，你知不知道？」

她隱隱知道應權是喜歡她的，也許這是出事後，她直覺找他幫忙的原因。看著他泛著血絲的雙眼，像隻困獸般痛苦，她竟莫名的心軟。

「我們不能這樣，你我各有家庭，想想你的妻小，他們怎麼辦？」

這個時候，曉梅想要用溫情來感化他，希望用良知來喚醒眼前這個企圖占有她的男人。無奈，男人接收到的訊息是兩人情投意合，只是礙於雙方都有道德上的束縛，不能這麼做而已。

聽到她這麼說，他反而被鼓勵了，這一次他說什麼都不願放手。

像是捕捉獵物一般將她逼到牆角，他緊緊壓住她的身軀，一對薄唇附在她的耳朵旁，說服她也說服自己，喃喃地絮唸道：

「我愛你，我真的好愛你，你就不能同情我這一次，順了我，給我……」他的一雙手忙亂的解開她的羅衫。

無論她怎麼用力，都無法將他推開，恐懼之中眼淚掉了下來，她大聲喊叫：

「你放開我，放開我！」

此時的反抗哭喊，在這頭飢餓的野獸面前都算不了什麼。她身上的襯衫被強力拉扯，上頭的幾顆鈕扣早已不知去向，裡頭的胸衣凌亂的敞開，他渴望的親吻她的頸脖，一路滑到她的胸前，用味蕾品嚐這個他垂涎已久的女人。

被這種噁心的溼滑感刺激著，她一把抓住他的頭髮，用力的摑了他一個耳光，希望能打醒他。

突如其來的疼痛讓應權冷靜下來，用他不曾有過的冷血口吻說道：

「我喜歡你才願意幫你，如果這次你順從我，我就給你這二十萬去救你的丈夫，不必還！想想看，現在這個狀況對你而言，你有其他的選擇嗎？」

曉梅望著攤在地上那一袋現金，悲哀的想著，如果順從他的要求，那她的尊嚴呢？她和妓女有什麼兩樣！撇開尊嚴，她的確需要這一筆錢來救命。有那麼幾秒鐘的時間，她甚至想著，眼前這個男人口口聲聲說愛她，從家裡出事後一路扶持，為她奔波，她問自己心裡是討厭他的嗎？

她只知道自己不能和這個男人撕破臉，她的確需要這筆錢，需要他出面和律師斡旋。在這種極端掙扎的拉据中，她沒了反應。

對他而言，徬徨也是同意的一種，於是他的慾望又重新點燃，只不過，眼前的這一具軀體暫時沒有主人。

不一會兒，一聲巨響劃破寂靜，半掩的房門被猛力推開，門口傳來墨脩憤怒的質問。

「你們在做什麼！」

他想不到送完貨路過家門進來休息，竟會撞見這樁醜事。

室內的兩人衣衫凌亂的站在原地。

應權很快的從驚詫中回神，好不容易到手的肥肉卻半路殺出個程咬金，令他相當扼腕。這種時刻說什麼都是多餘，衣著也不必整了，走為上策。

墨脩的怒火讓曉梅回過神來，她低頭望著自己身上的衣著，羞憤得擡不起頭來，又深怕遭受誤會，連忙上前拉住兒子的手，解釋道：

「我沒有對不起你爸爸，你千萬不要誤會，是你鄭叔欺負人，你一定要相信媽。」說著，淚水已經在眼眶裡打轉。

墨脩迅速的環視整個房間，除了地上散落的現金外，床鋪乾淨整齊。但是，誰規定上床這檔子事一定要在床上做？周圍的檯燈及裝飾物完好無傷，看不出有打鬥的痕跡，剛剛母親根本沒有反抗，如果不是出於自願，哪個女人會隨便把男人帶進臥房？從兩人衣衫不整的程度看來，反倒進行得相當激烈，是他硬闖進來壞了他們的好事。

確定這個想法後，他的怒氣不減反增，甩開曉梅的手，退開幾步，拾起落在袋子外面的一堆現鈔，雙手不住的顫抖問道：

「這就是你用皮肉賺來的錢？」

「不是的，我沒有。」

「沒有？沒有怎麼會把男人帶進臥房來？這是你和爸的房間呀！」他目眥盡裂地對她吼叫著，臉上的表情比陰間審案的閻羅王還要猙獰。

剎那之間，曉梅感覺臉頰被熱辣辣地削過，眼前的現金飛舞成一片，她的心被這筆錢碎成一塊一塊的，她哭得肝腸寸斷，嗚咽得厲害，連話都迸不出一句。

墨脩幾近心死的嘲諷道：

「賺錢要是這麼容易，我們又何必在外拼死拼活？哼，之前你說借來的錢，也是這樣向鄭叔湊來的吧！」

忿忿地說完最後這句話，他轉頭離開，不管曉梅怎麼懇求都挽留不了他。重重地關上那扇大門，門後只留下一個傷心欲絕的母親。

3

「後來我們就沒有見過我大哥，直到他要結婚，娶那個富家小姐。那已經又過了七年。」墨愆說道，尋常的口氣裡不帶任何情緒，彷彿他的生命中這個人存在與否根本無甚差別。

「他就這麼一走了之？」瞿ﾠ有些不信，「那你父親的官司後來怎麼樣？」

墨脩走後，曉梅找遍他可能會去的地方，結果下落不明。曉梅擔心得甚至到派出所報案，由於墨脩是成年人，又是自發性的離開，這宗失蹤案當然無法成立。

所有方法都已用罄，筋疲力盡的她回到家中，極度沮喪。她把自己關在臥室裡，借酒澆愁，不知道有多久時間，她痴傻地望著地上那袋現金又哭又笑，任憑墨燓在房外擔心的勸慰，一概相應不理。

人在痛苦時，不論多少酒精下肚，絲毫無法麻痺那椎心泣血之感。在兒子負氣離家後，她更不能要這筆錢，起碼不能是這個男人的錢，雖然她已經付出了慘烈的代價。

拾起地上的現金，她想著，得先搞清楚錢到底從哪裡來的。

辦公室裡人聲鼎沸，櫃檯前排了長長一條人龍，座位後的服務員們忙得團團轉。忽然聽見旁邊小個兒的女同事揚起她尖細的女聲，道：

「尹太太，你怎麼來啦？我看到新聞了，你還好吧？」

「謝謝你們的關心，借錢幫忙我們，我們全家都很感激。」曉梅露出淡淡的苦笑。

女同事疑惑道：「借錢？幫什麼忙？」

曉梅拿出一個牛皮紙袋在眼前晃了晃，「你不知道這二十萬的事嗎？」正說著，心涼了半截。

「什麼二十萬？」女同事挑起細眉，依然是丈二金剛摸不著頭緒。

對於錢的來源，她已了然於心，僅冷冷說道：

「沒關係。我是來找應權的，他在嗎？」

「他和科長在副局長辦公室開會。」女同事的眉梢往副局長辦公室的方向擡了擡。

「沒關係，我可以等。」

「那你要不要到裡面坐一下？我得回座位把手上的案子處理一下。」

兩人暫別，她逕自往副局長的辦公室走去。

副局長辦公室門扉緊閉，門內不時傳來幾個男人輕鬆的交談聲。曉梅坐在門外的一排座椅上，暗自苦惱待會兒要跟應權說什麼。

嵌著菱形霧面玻璃的木門後，模糊地閃過兩個男人的身影，而檔案櫃和辦公桌之間坐了個男人，想必那位就是他們口中的副局長。

曉梅突然想起丈夫那起印鑑被盜用的事件，就是為這位副局長私人開辦的公司護航。公器私用一向是學衡最痛恨的事，他們現在又關起門來，同一班爪牙，到底是在商討什麼利益輸送的醜事？

禁不住好奇的驅使，她躡手躡足走近，貼在牆面上附耳偷聽。

「好在高層對風紀案已經不追究了，等這一陣子風聲過了，再通知他們恢復正常進貨。」辦公桌後的男人下令囑咐著，然後一頓，嘆了口氣繼續說，「說真格的，老趙怎麼會這麼大意，這種事處理不好，很容易被人家告密的。」

「要不是老趙差點供出我來，根本不必設計後面的這一連串事件。」另一個男人不滿的抱怨道。

「最糟的是上了新聞，若不是被擺上臺面，上頭也不會逼這麼緊。他們要一個名字，我們就給一個，反正他們不過是做做樣子，有個答案好交代罷了，過一陣子，誰還會記得這些？只是倒楣了尹學衡來揹這個黑鍋。」

聽到這裡，曉梅的心一緊，不自覺用力捏皺了手上那一包紙袋，發出輕微的聲響，所幸並沒有引起注意。

「讓他來揹這個罪名，總好過科長你的名字被抖出來。」男人接著說道。

她認出那是應權的聲音，心下愕然，原來他才是那一丘之貉，對此事件是完全知情的。她強迫自己冷靜的聽下去。

「還好老趙不知道我有你在背後使力，要不然這事情恐怕沒這麼容易收拾，一個不小心，不單是你我，恐怕連副局長的位置都不保，那才叫冤枉。」

「多虧了尹學衡的壯烈犧牲，讓這件事儘快落幕，生活才能回歸正常。不過，提到他的個性，說好聽是正直有原則，說得難聽點就是死腦筋，不懂變通。頭腦要是不靈活點，怎麼在社會上生存，你們說對吧！」副局長此話一出，引來一陣鬨堂大笑。

曉梅訝異得下巴都合不攏，這個內幕實在是太令人震驚。她急著離開，雙腳卻不由自主的發軟顫抖，一路跌跌撞撞的衝出門去。

看著手上這袋現金，她心中百感交集。

她的丈夫是這樣被上司設計而啷噹入獄，最可恨的是，這個誣陷她丈夫的男人曾是他的好友，在他們一家面前扮好人，讓全家人感激涕零，原來他才是背後捅他們一刀的操盤手；而她竟錯把仇人當恩人，差點屈服在他的淫威之下，險些失身，現在回想起來更讓她羞恥得無地自容。

就算黑道老大要小弟頂替入獄也得先為他安家，而這個得了便宜又賣乖的雙面人，竟趁火打劫，要脅她為錢賣身，害她的家庭支離破碎，此時她的心裡滿滿的只有恨。

第十八章　自縊

1

入夜時分，天空的灰暗漫無邊際。

今晚的空氣有些特別，除了寒冷潮濕之外，還嗅得出一絲不穩定，有種山雨欲來風滿樓的況味，彷彿是中年內分泌失調的婦女快要發脾氣的前兆。

畫布般的天空聚攏層層烏雲，在一片灰濛濛的色調中更顯陰暗，像身上的瘀青，慢慢擴散，在空中連成一氣，看著看著竟隱約感到疼痛。墨樊煩躁的坐在書桌前，準備明天的期末考，也許是空氣中的不尋常，不知怎地，他有些心煩意亂。

靜靜望著窗外的天空發呆，遠方的空中有一股暗黑力量，如果是在海上，那就是一個漩渦，臺灣如果有龍捲風，應該就是這樣的吧。倏然間，一道閃電劃過天際，如一幅國畫中豪氣干雲的筆觸，雷霆萬鈞之勢震懾得人目不轉睛，卻遲遲等不到預期該來的雷亟，這種等待是一種恐懼，一種極刑。

風暴終於來臨，雷聲打下來，幾乎是同時，電話也響了起來，窗外淅瀝瀝的下起雨來，一時間噪聲盈耳。

墨樊不清楚門外母親正與誰交談著，那靡靡之音在細細的解釋什麼，如泣如訴，一如窗外的雨聲，時大時小。過了一會兒，曉梅似乎失去耐性，為自己抗辯著，不自覺對電話那端吼了起來，氣急敗壞。

他好奇的走出去一探究竟，畢竟能讓母親失控的事不多。紙終究包不住火，果然是大伯學平打來的電話，質問落難的兄弟一家為何騙走父親的畢生積蓄。

「這筆錢我們一定會還。」曉梅皺著眉解釋著，「話不是這麼說，大哥，要不是走投無路，我也不會向公公求救。」彷彿這話已說了千百回，令她感到厭煩。

「爸爸身體健康，說什麼棺材本。大哥你說話別這麼口無遮攔，他是你爸爸呀，住在你家，人沒死，耳朵也聽得清楚，你別這麼咒他。」

電話那頭毫不示弱，依然是理論的聲口，激得曉梅火氣直往上冒，不等對方說完便打斷道：

「講得難聽點，你親弟弟被關在牢裡，你是怎麼做人家哥哥？你們兄妹有為他四處奔波，出過一點力嗎？就別提出錢的事了，你到牢裡看過他一次沒有？出事後，第一次打電話到家裡卻是興師問罪的來替你爸要債。他是心甘情願的幫自己的兒子，說什麼騙！我們就算欠錢，欠的是你爸，不是你。」

末了對方又說了句什麼，曉梅一氣之下把電話掛了。她把自己關在房裡，餘恨難消，在房裡踱來踱去，心情久久無法平復。

一切都是為了錢！

她感慨地望著梳妝臺上的二十萬現金，感覺自己的力量正一點一滴的消逝，經過這麼多事，她累了，不知道還能撐多久。

看穿應權的真面目，這二十萬就算拿來救冤獄的丈夫也不為過，當然不可能還給他。知道事情的真相已經兩天，曉梅一直陷在天人交戰的愁苦中，不知該不該把事實告訴身在牢籠的丈夫。想想他會怎麼說？除了憑添煩惱，他又能怎麼樣？

然而，律師那邊可靠嗎？

她四處奔波籌錢，終於湊足這個天文數字，花了那麼多力氣，要是放棄，就什麼都沒有了，除了放手一搏，她有別的選擇？

就當那錢是白包，捐給你們家辦喪事！想起學平電話中最後那句，她氣到七竅生煙。用力甩甩頭，她告訴自己得賭一把，儘管這一次是豪賭。

2

再一次從宿舍接到家裡的電話，墨慤直接走到教務處去辦理休學，他神色漠然，心中異常平靜，他知道他再也不可能回到學校來了。

手續完畢後，他回房簡單的收拾行李，沒有通知任何朋友。

小小的書桌前貼著他和女友的合照。照片中的女孩五官秀麗，留著一頭清湯掛麵的直髮，臉上的笑容純潔無瑕，不曾歷經劫難。呆看一會兒，他把心愛的照片連同社團演出，以及死黨的照片一一取下，夾進課本裡，裝入紙箱中郵遞回家。為了替家中省錢，許多教科書是向學長姐要來的，有些則是低價買入，即使再也用不到了，他仍捨不得丟棄。

大學生涯是他一生中最美好的時光，沒想到就這麼結束了。

一通電話徹底擊潰曉梅的意志，學平隨口的一句詛咒成真，讓她家破人亡。

電話那端的弟弟無頭蒼蠅的訴說家中近況，獄中的父親一早被發現陳屍在牢裡，用床單上吊自殺，目前已通知家屬儘快認屍領回，準備後事。

獄方把這起自縊事件解讀為畏罪自殺，使得父親的清白石沉大海，沒有水落石出的一天。

拖著沉重的步伐回到家，家中的愁雲慘霧凍得人寒凜凜的，迎接他的是一個驚慌失措的弟弟和一個情緒崩潰的母親。

墨樊對他咧齒一笑，表示歡迎。那張孩子般的笑臉十分蒼白，眼眶泛淚，淚光化作天上的星辰，遙遠無聲的看著，對什麼都無能為力。

乍見久違的兄長，他心中淌過一股暖流，即使家道中落，分崩離析，二哥就像懸崖峭壁那頭的樹藤一般，只要緊緊抓牢，便能絕處逢生，又有了希望。

那個笑容深深地嵌入墨愆的心裡，在那一刻，他發誓要當這個家的救世主，無論千辛萬苦他都會擔下來。

心疼的拍拍墨樊的肩膀，說了句：「辛苦你了。」

一頭擁著弟弟，另一頭是母親，三人終於忍不住抱頭痛哭。

「從此生活中就只有母子三人相依為命了。」墨愆揉了揉酸楚的雙眼，感嘆的說。「不過，利用那被詛咒的二十萬元，我們為我父親辦了個隆重而簡單的喪禮。」

「你哥呢，連你爸死了都不知道？」瞿暟好奇問道。

墨愆搖頭。「下落不明。」

「畏罪自殺這麼大的消息怎麼可能沒刊在報上？」瞿暟不解，「看到新聞也知道趕緊回家來處理後事。」

「如果沒有欠這麼一大筆債的話，他也許會。你以為他是怎麼離家的，母親被外人欺負豈有憤而離家的道理？他寧可相信他想要相信的，也不聽從母親的解釋，難道不是為了逃避生活的壓力！換做是我，一定報警處理，就算告不倒那個畜牲，當場揍他一頓我還辦得到。」

曉梅當然無法到監獄去認屍，光想到學衡死了就令她痛不欲生，因此當天只有墨愆墨燓兩兄弟前往看守所去領回他們可憐父親的大體。

那是墨愆第一次進到監獄內部，那座灰色的城堡由鋼鐵鍛造，固若金湯。他一輩子都不願意再看見這個地方。

走過一個蜿蜒的長廊，通過一道又一道的柵門，密不透風的空氣令人窒息，那是絕望的氣味。他的父親寧可拋棄親愛的一家人，選擇在這灰色的牢籠裡結束他的生命，為什麼？

跟著獄警來到臨時充當太平間的診療室，打開門，獄警即停下腳步，守在門外，彷彿對死亡仍有些忌諱。

「你們可以進去認屍了。」他對家屬說。

一具屍體冰冷的躺在床上，上頭蓋著一條白色床單。墨慫鼓起勇氣掀開白布。

父親的死相有些嚇人，雙眼睜得大大的，眼白布滿血絲，眼球略往上吊，舌頭毫無血色的吐露在外，下巴因用力過度無法合攏，那是一張驚恐的臉，瞠目結舌、扭曲拉長的臉。

頸部的勒痕和僵硬的身體，說明死亡在死者身上造成的巨大痛苦，一張泛紫的臉布滿皺紋。

他從來不知道父親已經這麼衰老，或是一夕白髮？灰色的囚服、僵硬的身體，和紫色的屍身竟然如此和諧。

他從沒想過死亡是紫色的，直到這一刻。

闔上父親的雙眼，知道他死不瞑目，聽見自己心上有個地方破碎了，傳來陣陣的心痛。

獄警終於出聲：「確定死者是你父親尹學衡？」

兩兄弟點點頭，淚水早已在臉上縱橫，無聲痛哭。

獄方返還父親入監時的物品，桌上擺著父親被逮捕時穿的衣褲、手錶、皮夾，還有那個吃完沒洗的便當盒。在填寫完表格及簽收所有父親的物品之後，獄警在兩兄弟面前攤開了一張張的相片，那是案發現場，父親吊死的場景。

「這是死者被發現時的地點，有頭部的特寫，以及不同角度拍攝的人物場景。出示這些照片是為了還原現場，讓家屬知道我們在處理的過程中，除了法醫勘驗死因之外，沒有對屍體做出任何不當的處置。照片上有拍攝的日期，從屍體被發現的時間來回溯，法醫研判死者已經斷氣三至四個小時，因此死亡時間應該是當天凌晨三到四點。」

照片中父親的死狀和蓋上白布的臉相差無幾，只是經由照片見證父親的死法，那種驚嚇還是能震得人魂不附體。

繞著父親頸脖的白色床單，在昏暗不見天日的水泥牆裡十分搶眼，沒人在乎它是否褪色泛黃，就像世間所有的事物，都會褪色、死去，終將成為歷史。那雙因為痙攣而幾乎呈垂直的腳踝令人印象深刻，雙腳懸空，如同古代窮人懸樑自盡的場景一般，很不真實。他尚未回神發現這些照片是他和弟弟的現實，對他父親或死亡本身來說，卻已經是過去式了。

「這是你父親的死亡證明書。沒有問題的話，可以先將大體運到殯儀館停放，再來處理後事。」

墨愆慶幸母親沒有同來認屍，這一切對她來說實在是太殘酷，太沉重了。

父親的死亡已是定局，接下來的停柩服喪事宜只是該做未做的事罷了，那麼，官司呢？倖存下來的人還是得生活，得收拾殘局。

那一切母親四處奔波所做的努力呢？

全部家當交給律師去張羅訴訟，人犯一死，這一切已經不需要了；而這個律師究竟花了多少力氣在父親的官司上，除了通知他們來認屍之外？

——墨愆很想知道。

「我可以看一下我父親的探監紀錄嗎?」他突然說。

3

同一個地方,再次造訪時身分已大不相同,墨愆不知該怎麼稱呼自己,諷刺的是他已不再需要登記身分來進出這座鐵籠。

輕飄飄的穿過會面室的玻璃,瞿暟就浮在一張白色的四方桌上。

「你不會知道我發現了什麼!」頓了一會兒,墨愆蒼白的臉露出兇殘的神色,「我父親自殺的那個晚上,你猜誰來探過他?」

知道此事非比尋常,瞿暟默不作聲,心中猜測不是那個陷人入罪的鄭應權,就是安仲平那個惡律師。

墨愆搖搖頭,彷彿知道他的想法。

「是我那個離家出走的好哥哥。他到底對我爸說了什麼,讓他萬念俱灰?甚至狠心拋妻棄子,走上自殺一途!」

他摸著桌上一具冰冷的話筒,痛心道:「就是在這裡,他對他說了不該說的話。他的胡言亂語毀了我們的生活,你知道我有多恨他嗎?不是他,我爸不會死,我們的人生不會徹底改變,不會家破人亡……」說到最後忍不住激動起來,忿忿難平。

他雙手懊惱的抱著頭,痛苦的說:

「他是我哥哥呀，我不能恨他，媽要我們別去恨他……」他的臉上早已掛滿了淚，哭得像個委屈的孩子。

瞿皚看他如此悲慟，不禁為他掬一把同情之淚。

帶著滿腔的恨，他鼓起勇氣前往父親自縊身亡的牢房。悄然經過長長的走道，兩邊是一間間厚重鐵門的牢房，空氣中鐵鏽味和人味雜沓。尋到房舍編號 207，曾經關著尹學衡的牢房現在空蕩蕩的，灰塵飛揚，沒人入住。他們在這蕭索的四面牆裡飄來蕩去，四米平方的小空間，床和馬桶各占一方，空間雖然狹小，容納二名鬼魂並非難事。

「你知道嗎？這間牢房死過兩個人。」像是想起什麼，墨愆突然說。

也許是這個原因，他們不再讓其他人犯住進來。

「怎麼，除了你爸，還有別人？」

「不是別人，就是鄭應權。冥冥之中自有定數，已經安排好了，同一條罪名、同一間牢房、同一款死法，就像我爸要他住進來體驗他受的苦。」

「他也自殺？」瞿皚好奇問道。

「那倒沒有，不過相差無幾。他住進來時，我還來探望過他一次。」

墨愆記得當時曾對他親愛的鄭叔說道：

「你住在這裡不會感到孤獨，我爸每天晚上都會來陪你，好朋友在一起敘敘舊，說說話，相互為伴。你知道他們是怎麼形容這間牢房的？獄中都傳說，每天晚上，每到凌晨三點，窗戶都會自動打開，先是聽見有人在哭，不久，會聽見床移動的聲音，因為我可憐的爸爸是在那個時間吊死的，你可能有機會親眼看見。」

鄭應權嚇得要求更換牢房，不過沒有人理會，因為這故事是墨愆虛構用來嚇唬他的。

過了不久，不知是心理因素，還是父親真的前來索命，他的死狀和父親如出一轍，只不過頸部沒有勒痕。他死於心臟病發作——有可能是被自己嚇死的，連法醫也覺得不可思議，兩人死亡的臉部表情竟然相同。

這個消息嚇壞了受刑人，為了消弭眾人的不安，他們決定封了這間牢房。

墨愆站在小方間的橫樑下，望著父親懸樑的位置許久，試想他自縊時是帶著怎樣的心情。

沒人注意到房舍的窗戶何時打開，風呼嘯過鐵窗不停發出咻咻聲，吹進來的冷空氣有些陰慘，像是父親聽到親情的召喚特來相會似的。

驀然間回頭一看，那條床單已經掛好。白色圓圈後出現學衡的臉，那張泛紫死亡的臉孔在那頭輕輕低語，帶著滿腔的恨，重複著簡短的話語。

「來、來，來吧，來、來吧！」

語調之慢，那是鬼魂引導絕望生人自殺的勸誘，舌頭說話似的向前勾了勾，上吊的眼珠在此刻向上翻成白盲。空氣越來越稀薄，這一刻像是定住了，沒有天堂地獄，沒有時間，是一種無盡的永恆，一種迷失。

墨愆喊了聲「爸」。對方沒有回應。

他彷彿看到自己死後的臉，那張泛紫、死白的臉緩慢的在那端對他自己說：「來、來，來吧！」

不自覺的飄向前去，進到那個死亡圈套，他那張慘白的臉，和他父親那張死不瞑目的臉合而為一，他不能自主的全身顫抖，雙腿在空中抽搐著，心中的恨隨著父親的死亡再死一次。

瞿暟當然沒有看見這一切。一陣飄忽的紫氣化成一張兇惡的臉重疊在墨愆的臉上，令人混身戰慄，連他也忘了要收魂一事。

此時墨愆身上的葫蘆塞子自動彈開，將紫氣收了進來，周遭才恢復平靜。

過了一會兒，像是一種提點，瞿暟技巧性的提及其他的人。

「我的確恨他們。」

「那為什麼只有鄭應權有這個下場？」

「他們？」墨愆冷笑了聲，口氣冷酷無情。

「你以為我會這麼簡單就算了？」他大搖其頭，「我事業成功之後，第一個想到的就是對付他們。我花了大錢請徵信社調查那位副局長的公司所涉入的逃稅事宜，以及他們長期接受廠商賄賂等證據。我在政府單位認識不少人，要這些內部資料的影本有什麼難。沒有一家公司禁得起查稅、扣押，沒多久，全都傾家蕩產給我吃牢飯去！這些人這麼多年來瀆職，涉貪收賄、接受招待，早該得到報應，所有藏錢的帳戶，我查得是一清二楚，證據全都匿名送到檢察官那裡去，錢都收歸國庫了，讓他們連律師都請不起。」

他想起之前部長林雲生勒索他的嘴臉，恨恨的說：「這些官僚，全都該死！」

聞言，瞿豈無情的批評道：「你生前不也靠賄賂政府官員來獲得好處，你和他們又有什麼不同？」

「也許。」墨愆幾乎是鄙夷的回道，勉強忍受自己和這些人相提並論，「最起碼我沒借刀殺人，我做的事自己承擔。」

這是實話，和他相關的整起賄賂官員事件中，墨愆自己是唯一的受害人。

人都死了，爭辯這些又有什麼意義，瞿豈轉移話題道：

「律師呢，錢還給你們了嗎？」

墨愆搖頭。

「當然沒有。他說關節都打通了，犯人自己要自殺，不是他們的錯。錢都撒出去，牽涉太廣，連他都不知道誰有拿錢。」

瞿豈感嘆道：「司法體系腐敗到這種程度，老百姓要何以為繼？」

「別擔心，他也沒得到什麼好下場。」墨愆難得露出輕鬆的口氣道。

司法醜聞案在這幾年不斷延燒，法官收賄、檢警吃案，時有所聞，許多有錢人的案子都和他有關。檢方大規模搜索安仲平的住家和辦公室，查到帳簿行程表等不利他的證據。他消息快，為了避風頭，逃到寮國去了，到現在還是通緝犯。聽說在那裡吃了不少苦頭，後來客死異鄉。

想不到風光了一輩子，匆匆忙忙這麼一走，就再也回不來了。墨愆暗自尋思著，報應不是不報，時候未到，就算神通廣大如安仲平，夜路走多了，總會碰到鬼，再有影響力的人脈會老，也會凋零，你以為這些人和你患難共扶持，一旦出事，誰還和你套交情？人人卸責，罪名全都安到你頭上。友情是全天下最虛無縹緲的東西，短短一分鐘之內就能化為烏有。

人都逃不過命運的輪盤，世道高低起伏，十年風水輪流轉。

兩人仍身在牢房，墨愆的思緒突然間被狠狠的抽了回來，他隱隱感到家園被人入侵，就像墓園遭盜，死者難以安息一樣。

腦海中浮現模糊的景象，有人在召喚他，閱覽他的生平。

「該走了。」他不安的對瞿暟說道。

第十九章　她的名字，李煙蘿

1

來到尹墨愆位於信義區的豪宅，林懷淵小心翼翼的不讓自己被人發現進入死者的住處，那探頭探腦的模樣更顯得鬼祟。

他思忖著，既然錄音的地點是在招待所，招待所中應該能找到錄音器材，但他已翻找過一次，沒有發現可疑的線索，另一個可能藏匿這種東西的地方則是董事長辦公室，目前已然成為老楊的辦公場所，要是真有什麼機密，老楊早就找到了，又何必勞師動眾。

戴上一副黑色手套，戰戰兢兢的打開大門，他一股作氣的走到書房。

根據劉太太的說法，這麼多年來整理尹墨愆的家，他使用最多的地方就是這間書房，而且資料確實是在這裡找到的。把書房鉅細靡遺搜索過一遍才是正經事。

他的視線落在一個大得不像話的書案上。

桌上的幾個卷宗都是進行中的案子，沒有什麼特別，唯一一個引起他興趣的東西是個大型月曆，上面詳實的記載尹墨愆平日的行程、見過的人物等等。他大手一捲，不假思索的把東西塞進身上斜揹的黑色包包裡。

尹墨愆的照片直立的擺在桌上，照片中的他就坐在身後的這張董事長椅上，精悍有神的目光正盯著他瞧，真實到就像與本人四目相接一般，令人戰慄，林懷淵的背脊發涼，身體不聽話的顫抖起來。

一只紅木櫃詭異的形成一條窄巷，不尋常的擺設吸引他的注意，定睛一看，裡頭藏著一個房間。林懷淵蹲下身，撫摸地上輕微擦出的軸線，猜出這原是間祕室，若不是請劉太太來過一趟，他自己是永遠不可能發現這個空間。

小房間的牆面上抵著個大型書櫃，一片黃澄澄的牛皮紙袋整齊的擺在架上，劉太太就是在這裡找到二〇〇七年的檔案。書架的最底層有個保險箱，旁邊是一個中型的瓦楞紙箱。林懷淵心中一喜，想必那捲帶子或是錄音筆之類的東西就藏在這個保險箱裡。

他正懊惱不知該如何開啟保險箱，突然靈機一動，先整個帶走再說，只要東西在裡面，就算打不開，大夥兒也能安心了。

左推右移的搬動保險箱，不經意用力一掰，保險箱的門逕自彈開，令人驚詫的是箱子竟然沒上鎖。

他喜出望外的查看裡面的東西，一大疊白花花的千元大鈔，兩本空白支票及尹墨愆的印鑑都在裡頭，卻沒有錄音帶或錄音筆的蹤跡。

林懷淵略顯失望，沒多久，喜悅取而代之，他動了貪念，心想總算沒有白來這一遭。支票和尹墨愆的個人印鑑早就沒有用處，但是那白花花的千元現金，數一數將近三十多萬，就當做是他不辭辛勞的尋覓這捲帶子的一點犒賞。

一個密封的瓦楞紙箱可疑的躺在一旁。

箱子有些陳舊，箱子的四角因多次搬運凹陷變形，但上頭老舊的銅色膠帶完整的貼在上面，沒有被撕裂的痕跡，出於好奇以及尋找帶子的壓力下，他並沒有注意到這一點。

也許帶子就藏在裡面，誰知道呢？

他費力的挪動紙箱，箱子出奇的重，他一頓，隨即從身上掏出一串鑰匙，以鑰匙的鋸齒面開封。那塵封許久的記憶此刻終於得以重見天日。

裡面有講述電子機械理論的書本和講義，許多已經泛黃，還有一些課堂上抄的筆記本、文具，及一個生鏽的方形鐵盒。所有的東西看起來都有二、三十年的歷史，沒有畢業證書或其他重要文件。

他不懂為何一向明確決斷的尹墨愆會保留這些無用之物，那不是他的作風。

隨意的拿起一本書，裡頭哐啷啷的掉出一堆東西，大多是照片，有尹墨愆和一名女子的親密合照、社團劇照，還有許多張和年輕同儕一同出遊的照片。

他從地上拾起一封信，那是一位署名煙蘿的女子寫給尹墨愆的情書，應該就是照片中尹墨愆搭肩的這名女孩。

潦草的筆跡模糊的落在信紙上：

親愛的慾，

下筆寫這封信給你時，我正在上無聊的語音學。

望著窗外發呆，想起我們初見面時的敵對，一路發展到現在的關係，我自己都覺得不可思議！

謝謝你的情人節禮物，我很喜歡，我會一直戴著它。

很開心我們去看了那一場電影，雖然是悲劇結尾，我回家之後，還為了女主角最後的下場難過了許久。為什麼她就不能重新開始呢？我想也許下次的畢業公演，就是明年你畢業的時候，我們可以把這部經典重新編劇搬上舞臺，給白蘭琪一個新的人生，那該有多好。

對了，我媽媽發現我交了男朋友，一直催促我帶你回家見見他們，不過，我沒有答應她，你知道我爸爸那個人。當然，我不敢告訴她我們已經這麼好了，可以肯定的是，我從來沒有這麼快樂過，我對我們的未來很有信心呢。

隨信附上一盒巧克力給我最愛的你。

煙蘿　上

墨慾立在林懷淵身後讀著這封年代久遠的書信，回顧那一段美好的曾經。

十八歲那年結束聯考後，墨慾順利的進入大學，恣意享受成人後的自由，他的目標很簡單，就是好好的玩四年，輕鬆畢業。

他主修電機，好友以男性為主，文宗、晟皓和景朔與他焦孟不離，可以說做什麼都在一起，但不知從何時開始，晟皓交了女朋友，自從他們交往之後，因為經常玩在一起，宜珊的同學珈瑜、曉波和婉儀也漸漸跟墨愆等人熟識，一群人由搗蛋四人組變成八人，足足增加一倍，剛好湊成兩桌麻將。

他知道婉儀對他是有好感的。她為人有禮，溫柔婉約，一點都沒辜負父母為她取的名字，她身形清瘦，有些林黛玉似的弱不禁風，卻沒有林黛玉的天香國色，這是他扼腕之處。他們曾偷偷交往一個月，僅止於「淺嚐輒止」，牽牽手、親親小嘴已是極限。

這樣的愛情故事似乎總是輕易的畫下句點，一般分手的原因都在能預期的範圍之內：

第一，女方陷得比較深，男方的接受只是出於驚喜。每個人對於別人的示好，總是難以抗拒，那種被愛、輕飄飄的感覺，滿足了虛榮心和自我肯定。

第二，他玩心太重，不願為了一棵樹放棄整座森林，又怕對方認真起來，萬一分手了，會影響同學間的情誼。所謂：兔子不吃窩邊草，古人誠不欺我，何必給自己找麻煩。

他曾暗中試探晟皓：「萬一你跟宜珊分手，以後兩人在學校見面或面對其他同學時，不會覺得尷尬？」

晟皓瞪了他一眼，只回了一句：「我從來沒想過會跟宜珊分手。」

答案已經呼之欲出。

因此，從愛情酒釀的微醺中清醒後，他告訴婉儀他還沒準備好過兩個人的生活，而這種淡漠的相處方式似乎也不符合對方的期待，整個分手過程平和無傷。

那年夏天，尹墨愆升大三。

他的話劇社，每年都有新人加入，也有人畢業離開，所以每年公演的卡司都不同。之前因為社團的需要，他經常得請益主修英語文學的宜珊、珈瑜和曉波等人，有時推薦劇本，有時幫忙編劇，問久了，想不到問出她們的興趣，最後珈瑜和曉波索性加入話劇社，宜珊因此鬆了一口氣。自從成為話劇社社長之後，他更忙碌了，尤其今年度畢業公演的劇本必須在三個月內完成。

開學後的第一次社團聚會，來了三位生面孔，他們是文學系的新鮮人，路人甲、路人乙（墨愆根本就不記得她們的名字），以及當時已就讀二年級的李煙蘿。

還記得那天的滂沱大雨。

下午四點的天空灰濛濛的一片，一會兒打雷下雨，一會兒在雲端上透出幾絲光線，不久又再度下起雨來，像個壞脾氣的小姑娘，喜怒無常。

在社團聚會的大教室裡，團員陸陸續續地抵達現場，一支支雨傘花安靜地擺放一旁，教室裡的氣味隨著人越來越多，變得混濁，除了雨水、泥土摻和的土鏽味，還夾雜著又濕又黏的鞋襪腳臭味，令人作嘔，受不了的人紛紛打開窗戶，希望能改善屋裡的空氣品質。

墨愆特別注意到一個女孩，她的臉色很難看，好像是在懊惱自己今天穿錯衣服。

李煙蘿穿著一件圓領黃色線衫，配上一襲湖水綠舫紗長裙，一頭過肩長髮重重地吊在胸前，溼了的髮尾立體的糾成一團，右腳的裙擺明顯濕了一塊，裙子下擺上沾了稀稀疏疏的泥漬，顯然是走路時不小心濺起的，腳上那雙白色涼鞋，款式相當淑女，可惜白嫩的腳趾間摻和著泥沙，讓她整個人看起來狼狽不堪。

不一會兒，所有人完成簽到程序，身為團長的墨愆便上臺自我介紹一番，接著又大致說明社團成立的宗旨沿革、本年度所安排的課程及活動規劃，然後介紹幹部們給大家認識。這已經花了不少時間。

墨愆追加說明：「現在大家手上都有一張講義，上面清楚的列出我們這學期的活動、課程和集會時間，有事要請假的同學，講義後面印有幹部們的電話，請你們事先通知，無故缺席不到三次者，我們會將他除名，請大家一定要記住。現在，有沒有什麼問題？」

當然沒有，現場一片沉默，人人都急著回家。

墨愆接著又說：「現在請新加入的成員上臺自我介紹。大家給點掌聲鼓勵一下。」

一陣失望之餘，大家只好配合的給予掌聲。

有兩個人同時站起來，一名是路人甲，另一個人是李煙蘿。由於沒有點名誰先上臺，這樣的景況讓路人甲有些無所適從，只好呆在原位，但煙蘿並沒有停下腳步，而是直奔大門，大家對此頗感訝異。

煙蘿在離開教室前，回頭交代幾句：「對不起各位，我得離開一下，馬上回來。」

她快速的找了一個洗手臺，打開水龍頭，任水嘩啦啦的流下，雙手合掌接了水便往腳上沖，連續做了幾次這個動作，實在無法有效率的清除腳上的泥沙，後來索性把裙子撩高，露出白皙的玉腿，擡高的一隻腳直接跨進洗手臺，她感到一陣舒坦，接著又換了一隻腳沖洗。偏偏在這個時候，遠處有人喚了她的名：

「李煙蘿？」

回頭一看，那個該死的人正是尹墨慇。煙蘿恨不得在地上挖個洞鑽進去，她知道眼前這位學長目睹了自己的醜態，只好硬著頭皮把正在進行的工作完成，反正都這樣了，把腳沖洗完畢後，她順手把地上的一雙涼鞋拎起來，任水柱將鞋上的小砂礫沖個乾淨，才把鞋子穿回來。

墨慇見煙蘿並不答腔，猜測自己的音量太小，以為她沒有聽見，因此走近一段距離，笑著再問她一次：「你是李煙蘿嗎？」

「是呀，現在走廊上沒別人，除了我還會有誰？」真是個不長眼的傢伙，惱羞成怒的煙蘿沒好氣的瞪了他一眼。

不能理解她的情緒，墨慇只當自己倒楣，天氣不好，連帶被這位壞脾氣的新學妹掃到颱風尾，女人著實就像這天氣般捉摸不定。

「火氣幹嘛這麼大，我只是好心來通知你，我們已經散會了，你的東西放在教室裡，不把它拿走，我不能鎖門。」

這下子煙蘿窘到極點，頓時羞紅了臉，恨不得跳河自盡，就這麼死了，也許就不必向這位學長道歉了吧！但她嘴裡只淡淡的吐出「謝謝」兩個字。

小妮子加快腳步往社團教室走去，兩人一前一後的進入教室，空氣間瀰漫著沉重，悶得兩人透不過氣來。教室裡空無一人，這些人果然歸心似箭，當下把東西一收，煙蘿揹著包包快速離去，只想趕快離開他的視線，連再見都沒說出口。

墨愆以為再也不會看見李煙蘿，因為第二個禮拜的社團聚會，她沒有出席。

2

淡水街頭一如往常熱鬧，雖然離臺北市區遙遠，街道上車水馬龍，來往的人車絡繹不絕，到了假日更不用說，交通壅塞。臺北人真幸福，有陽明山當後花園，夜市、淡水老街、紅毛城等各式古蹟可以遊賞，再遠一點還有漁港、八斗子、北海岸等地方可供選擇，包山包海，可以說吃喝玩樂樣樣俱全。

進入秋季後，陽光和煦，讓人由心底舒坦起來。經過一片花牆，走進寬闊的銅像廣場，微風溫柔的吹拂著，樹葉聞風搖曳，一旁種植的椰子樹別有番南洋風情，舒適的天候令人心蕩神馳，顧不了幸福有多短暫。

墨愆從未留心在星期五的午後，仍然有這麼多同學在校園流連。身旁的人快步越過他往圖書館走去，想必是尋找課業所需的資料，另一邊占據藍球場的人潮滿滿，觀眾席不時發出嘶吼般的鼓譟聲，一陣青春洋溢。

學校地處偏遠，大家為了省去通勤時間，寧可選擇住校，或者，更大的因素是來自於終於擺脫父母的箝制，有更多的時間可以與同儕相處。首次嚐到自由的滋味比考取大學的那一刻更令人興奮。

不知不覺的，墨慜往花園走來。

這裡能一品思古幽情，放眼望去，迂迴曲折的長廊上，朱漆圓柱林立，鐵柵欄邊設有供人休憩的木椅，拱形的牆垣隔開走廊和庭園，一旁栽植的樹木修剪得恰到好處，小橋流水、三兩隻不知哪兒來的鴨子，加上池塘上的點點浮萍，點綴出平靜委婉的氣氛，處在這樣的環境下，人的舉手投足不經意詩情畫意了起來。

不知是不是弄巧成拙，校方的巧思反而提供了學生們談戀愛的絕佳場所。花園內儷影雙雙，學生情侶在這裡談情說愛，舉止親密；其中，有一對例外。

這對男女的互動生分，不尋常的氣氛讓他不由自主的多看一眼。墨慜一眼就認出那個女生，雖然他們只見過一次面。

李煙蘿一臉敷衍，不自在的模樣與兩個星期前她急於離去的神情如出一轍，只可惜男方太在意自己的表現，而忽略心上人的心思。

墨慜只想安靜而輕盈的從這裡經過，不打擾任何人，雖然他不知道為何自己要這樣做，反正他是再也不會見到這個女孩；但是事與願違，她已經看到他了。她的眼神讓他有一陣異樣的感覺，好像他會莫名其妙的被扯進一團風暴似的，他試著忽略她，依然自顧自的走著。

她耐心的等待著，似乎算準他的腳步，等待他接近的那一刻，然後開口叫住他。

「墨慜，你也來啦。」

被這樣突如其來的親暱稱呼嚇到，墨愆陡然停下腳步。兩雙眼睛同時看向他，煙蘿更大動作地挽住他的手，不知從什麼時候開始，她已經和他站在一起，好像他們兩個才是一對。

她用熟識的語氣對墨愆說：「我來介紹一下。這位是我同班同學，叫做于文廣。」接著又轉頭向于文廣介紹，「這位是我們話劇社的社長，他叫尹墨愆，是電機系的學長。」

她優先介紹自己給尹墨愆認識，彷彿是怕他誤會似的，于文廣有些困窘，但他更在意的是他們到底是什麼關係。

三方無語，一陣尷尬過後，于文廣勉強開口道：「學長好。」

于文廣大概沒有過這種經歷，一陣手足無措後，從耳根子一路羞紅了臉，不知道該不該就此離開。

墨愆見狀，覺得該說些什麼。

「如果有興趣，歡迎一起來參加我們的話劇社。」

聽到墨愆開口邀對方來參加話劇社，她不由分說便瞪了墨愆一眼，分不清是不情願，還是真的生氣，她報復性的把墨愆的手掐得更緊，然後擠出一個微笑：

「對了，我都忘了，待會社團聚會就要開始，我們走吧。」她不忘回頭對于文廣說：「我還有事，先走了。再見。」

煙蘿雖然沒有說明她與墨愆之間的關係，但是見到兩人漸行漸遠的親密身影，于文廣知道自己的機會渺茫，只好訕訕地離去。

直到出了花園，墨愆才打破沉默，「我們到底要去哪兒？」話一出口，兩人都停下腳步。

煙蘿有些恍神，顯然心裡尚未準備好剛剛上演的那一幕。原本那只是一個計畫，沒想到過了不到十分鐘，現在又得來解決另一個她自己製造的僵局。

聽到墨愆開口，她驚覺自己還挽著人家的手，當場嚇得花容失色，急忙把手放開，話說不出來一句。

她腦海裡盤旋不去的是，和尹墨愆不過才見過一次面，兩人總共說不到五句話，根本不算認識對方，她為何會覺得尹墨愆比較安全可靠，和他相處起來也比于文廣自然？

她霍然想起，適才挽著他的時候，他的手臂不知道有沒有碰觸到自己的胸部，這個念頭讓她又羞又窘，霎時面紅耳赤。

墨愆哪裡知道她在想什麼，他為自己被人利用感到不悅，還沒大興問罪之師，這小姑娘像知錯般自己紅了張臉，寫滿慚愧。他驀然想起，兩人見面不過兩次，兩次她都羞紅了臉，他覺得十分有趣，竟忘了剛才的不悅，嘴角不由上揚，連他自己也沒發現這種心情的轉折。

依然是一陣沉默。

「我們到底要去哪裡？」尹墨愆再問一次。

這次，他眼裡的笑意更明顯，他想起每次和她說話都得重複一次。

看到他那可惡的笑容，煙蘿心下羞憤交加，瞪了他一眼，口氣自然不會太好。

「社團時間到了，當然是去社團教室。」

看她這麼兇巴巴的，他只道，女人真善變，人前溫柔體貼，人後真面目便露出來了，不想想你剛剛是怎麼利用了我，果然適合入話劇社當演員，想到這兒又忍不住笑了出來。

他語帶揶揄道：「我以為你已經退出話劇社了，現在又想著要參加？」

聽他這麼一說，煙蘿開口回擊，道：

「我以為話劇社是歡迎所有有興趣的人參加的呢！」

墨愆明白她指的是那句他剛對于文廣說的話。

一抓到機會非得狠狠的咬你一口，這女人到底是吃錯藥，還是天生的母老虎，怎麼動不動就張牙舞爪？他的人生中還沒有遇見過這樣的人。

他忙著糾正自己，和她總共見過兩次面，怎麼知道她是怎樣的人？想著想著，心底越發感到疑惑。

疑惑的人不止他一個，還有她。

她覺得奇怪，自己不是個兇悍的人，怎麼每次遇到尹墨愆，她就性情丕變，像換了一個人，而且學長並沒有對她無禮，不知道為什麼，話說了沒兩句，她在他面前就是全副武裝。

兩人各懷心事的向前走，直到快到教室門口，他開口喊住她。

「喂，李煙蘿！」

「什麼事？」她不耐的應著。

「記得繳社團費五十元。」

她拿出一張五十元的鈔票塞到他手裡。打開教室門正要進去，他再一次叫住她。

「又有什麼事？」

「不是交給我，請交給曉波。你知道是哪一位吧？」

她低頭不語，大概覺得不好意思，默默地把錢拿回來後，快速的進入教室。

這一天社團活動的安排實在太好了，他們請了一位文學系教戲劇的教授來演講，終於在社團時間內不必再有互動，雙方可說是都鬆了一口氣。

他坐在她左後方的位置。

這是他第一次仔細地打量這個令他好奇的女子。和印象中留著飄逸長髮的她不同，現在的她直髮抵肩，遮住秀麗的臉龐，大多數的時候，墨愆無法看到她的容顏，只知道她非常專心聽講，皙白的一雙手來來回回在桌面上穿梭，翻閱著講義，右手像紡織機般由左向右移動，不放過任何重點。

午後的陽光依然炫目，一陣風輕盈地吹過，窗外枝椏上的樹葉霍朗朗的吟唱著，像極一陣柔情的呢喃，撩撥得人心癢難捺，這樣美好的下午實在不該浪費在課堂上，尹墨愆不禁做如是想。

這時，風吹動她烏漆的鬢髮，垂蓋在臉頰旁的頭髮往後飄了飄，透出她側臉的光滑白肌，隨著風停，她的髮絲又回復原位，像一扇簾幕淺淺的遮住那張粉臉。

她沒有一鳴驚人的豔麗，也沒有一般人喜歡的濃眉大眼，不知道是因為皮膚白，還是因為風吹拂的時間太短，或者兩者皆是，那一瞬間，分明而細緻的五官勾勒出她的側面，清新的像一剪綻放的梅花，生澀地、冷冷地在風中搖曳。墨愆在心中訝異著她的古典氣質，又著迷於這魅豔的畫面，只盼那徐徐微風能再一次吹拂她的臉龐，揭開那串串珠簾般的髮絲。

原本就沒放在課堂上的心思，在見識過她的清麗後更轉移陣地，他看著冰山般冷硬的李煙蘿，一股想要撫摸她臉頰的衝動油然而生，單純地只是好奇著她清透的臉龐是否如冰山般冰冷。忽然間，聯想到自己就像個登徒子，偷看美女洗澡看上了癮，現在居然想要一親芳澤，這種無恥的想法讓他不好意思的紅了臉。

「那今天的戲劇概要就簡短介紹到這邊，接下來我們還有兩堂課。社長呢，坐在哪兒？」女教授認真的橫掃臺下的座位，坐在墨愆後面的珈瑜用力地拍打他的肩膀，叫喚著：「發什麼呆？教授在叫你呢！」

「是，我在這兒。」墨愆倉皇回神，舉起右手。

此刻，大家的目光都往他身上投射，其中包括回眸望著他的李煙蘿。

他一慌張，臉上的熱氳更加強烈。

「你怎麼了，是不是有點不舒服？」女教授發現不對勁。

有臺階的時候得趕快下，尹墨愆聰明的附和教授的話。

「身體不舒服的話，等一下要去看醫生。對了，關於畢業公演，目前有沒有什麼計畫？」

「還沒決定。教授有沒有什麼建議？」

「有幾位學長姐畢業了，我看到你們來了幾個新同學，不過，男同學的人數少了很多，所以在劇本的選擇上得注意一下。最近兩個星期，你們最好想想演出的方向，選出幾個作品，我們再來討論，越早定案越好。」

忽然想起什麼，她急忙的開口道：

「至於演出的部分，我想讓你們去觀摩一下。我帶的一個戲劇班級，下個月有一齣戲要在大同社區義演，有些專業的舞臺劇製作人及幕後工作人員也會出席，如果演出成功的話，這些演員可能還能獲得試鏡的機會。這是一個比較正式的演出場合，而且是免費的，大家有興趣的話，可以去看看別人的演出，不過座位有限，社長統計一下要去的人數再告訴我。」

消息一出，馬上引起熱烈的回響，大家交頭接耳討論起來，現場喧嘩聲不斷，在這樣的氣氛中，老師宣布下課。

墨愆知道煙蘿很介意第一次見面時的窘狀，因為他再也沒看見她穿裙子，印象中的她老是穿著牛仔褲配球鞋，不管去哪兒都一樣。

3

再一次見到她是在三天後。

一星期兩次的家教課，從晚上八點開始。那時的通訊不若現代便利，處於沒有手機的年代。

墨愆坐在樓梯口，看著緊閉的灰色鐵門大約五分鐘，心裡想著各種可能，為何該上課的時間，學生一家沒人來應門？是忘了上課時間，還是發生什麼事，連夜搬走了？

不會吧！他在心裡怪罪學生家長的粗心大意，就算發生什麼事，至少留張紙條盡到告知義務，省得他在這裡空等，操不必要的心。

明知沒人在家，偏是不到黃河心不死，再按一次電鈴，彷彿就對自己之後的行為負了責任，暗自下決定，若是再沒人應門，他就要留下一張紙條然後走人，打定主意站起身來，又急又猛的按下電鈴，反正沒人在家，他放大膽子，報復性的把等待的不滿全部宣洩出來。

吵鬧的電鈴聲打擾了對面鄰居，喀啦一聲，他聽到對門那扇厚重的鐵門被開啟，一回過頭，雙方都愣住了。

兩人幾乎是同時開口。

「你怎麼在這裡？」

「你在這裡幹什麼？」

李煙蘿帶著一本筆記立在半掩的門內，一副正要出門的樣子。斂起吃驚的神色，把身後厚重的黑色大門重新關好，她不懷好意的調侃道：

「你該不會一路跟蹤我回家吧，學長？」

她露出一抹高深莫測的微笑，好像抓住對方的小辮子，高傲的姿態讓墨愆很不滿。

「少往自己臉上貼金，誰要跟蹤你？」帶著自我防禦的本能，他回嘴道。

「你住在這裡？」見她點頭，「我是來找你鄰居的，你知道他們上哪兒去了？」

「你找他們做什麼？」她依然是兇巴巴的口吻。

「我是王太太兒子的家教老師，今天要上課，不知為什麼沒人在家，連字條也沒留一張。」

「哦，你就是小銘的數學家教？」

居然忘了隔壁鄰居的交代，煙蘿有些不好意思，口氣馬上柔和許多，「他們家中有長輩過世，昨天晚上急忙下南部奔喪，來不及通知你，今天沒有辦法上課。」

「那他們什麼時候回來？」

「小孩子要上學，所以王媽媽這兩天會趕回來，週末再下去。」

「喔，」謎底揭曉，墨徭並不因此釋懷，忍不住抱怨道：「也不留張紙條說一聲，讓別人在這裡乾等，這種行為很不負責任。」他悻悻地說完，轉頭離開。

煙蘿心虛的跟在他後頭，邊下樓梯，她開口解釋道：「他們是怕留了字條反而告訴小偷來闖空門，所以拜託我們——」

話沒說完，墨徭便停下腳步，回頭狠狠的瞪著她。

從來沒有被異性這麼兇狠瞪過，經過這麼一嚇，她囁嚅道：

「好啦，是我忘了，對不起總可以了吧！」

「說聲對不起就可以了事？」

墨徭故意刁難，其實心中已不介意，他就是喜歡看她不知所措的表情。

「好嘛，大不了請你吃一碗剉冰彌補一下。」

心不甘情不願的說出這句話，兩個人便不約而同的笑出來，像小學生一樣幼稚，吵鬧鬥嘴後又可以玩在一起。

「你要出門？」墨愆問道。

她點點頭。

「走吧！」他明快的說，態度怡然自若。

墨愆陪煙蘿散步到同學家，把講義交給她同學後，換她陪他去吃飯。

晚飯過後，已經十點鐘，她不應該出來這麼久，怕她媽媽擔心，她便提議在她家附近的冰店坐一會兒，她就得回家了。

「這麼晚了，早點回去，別讓家人擔心。」墨愆體貼的說。

「那，請客的事？」

「下次吧，反正我知道你住在哪裡，想賴也賴不掉。」他勾唇一笑，對此並不以為意。

她回予一個燦爛如花的笑靨。他注視著她，那清亮透徹的瞳眸釋出一抹罕見的柔情，讓他有片刻的恍神。

墨愆陪她步行回家，之後依依不捨的道別離去。

第二十章　兩人的新關係

1

每個星期一、四是墨慫兼家教的日子，從前這兩天的夜晚是墨慫的工作時間，現在他卻巴不得時間快點到，這樣他就可以見到煙蘿了。

她履行承諾請他吃了碗冰，他則堅持回請一頓飯，一來一往，見面甚至成了兩個人的默契。雙方都期待每週家教課的時間，一到晚間九點半，她總會找機會溜出來和他碰面，故意製造不期而遇的局面，其實雙方心裡都清楚是怎麼回事。為了怕她母親懷疑，她經常藉口去同學家做功課或聊天，其實只為了出來和墨慫見上一面，說說話。

由於就讀不同的科系，除了社團活動之外，兩人很難碰在一塊，而社團活動有那麼多人一起參與，實在無法單獨和對方相處。

再一次見面時，他們交換課表，方便安排兩人的課外活動。

他們在越來越頻繁的接觸當中了解彼此，然而，雙方都不願意把喜歡說出口，只是默默享受著曖昧中的快樂。

煙蘿的父親是名軍人，位居少將，官位不小，可想而知他持家之嚴，對家中的孩子採軍事教育，尤其生了兩個女兒，對女孩子的教養十分嚴厲，煙蘿和妹妹都很怕父親，幸好她母親溫婉開明，是一個典型嚴父慈母共組的家庭。基於父親保護女兒的立場，以及他職業軍人的脾氣，當然不希望同年齡的異性接近女兒。

墨愆不敢打電話到煙蘿家，怕弄巧成拙，所以他們都在見面後預約下次碰面的時間。樸實校園鄰近淡水老街及碼頭，他們經常搭船到對岸，嚐美食、放風箏、望觀音、賞夕照。樸實的小鎮緩緩染上暮色，夕陽依然光輝璀璨，他第一次牽起她的手，數著兩人緊張的心跳聲，那一刻，小鎮像是只有他們兩個人，緊緊相依著，遠遠望去，恰似年輕儷人的背影烙印在灑滿金光的油畫裡。

很快地，到了戲劇觀摩那天。

星期六下午，社區小學的禮堂一排排的座椅上，井然有序的坐滿了人。講臺上掛了一層厚重的紅色幕簾，簾幕前放著一座告示牌，上面貼著一張自製海報。

斗大的幾個字寫著：女王　伊莉莎白

海報中的女演員戴著假髮，穿著英國古裝戲服，嚴肅的坐在華麗的緹花單人沙發上，雙手靠著椅臂，頗有皇家的架勢。後頭一字排開一群著古裝的演員，認不出來誰是誰。

人手一張節目單，上面簡潔記載故事大綱、演員名單、編劇以及製作單位。劇情是關於中古世紀英格蘭女王伊莉莎白一世的故事。

墨愆坐在煙蘿的斜後方，為了避嫌，兩人刻意不坐在一起。她很專心的閱讀故事簡介，絲毫不介意周圍鬧哄哄的嘈雜聲。

很快的，音樂響起，布簾被拉開，臺上的伊莉莎白已經被加冕為女王了，她的寵臣畢恭畢敬的向她報告前來求婚的人選，都被她以嘲諷的口氣一一推掉。逗趣的對白引得臺下的觀眾鬨堂大笑。

不多久，男主角沃爾特•雷利登場，此時的他尚未受爵，盪氣迴腸的發表他去新大陸的歷險，以及西班牙如何在海外殖民獲利的見解，並將新大陸發現的馬鈴薯及菸草獻給女王。

「……誰控制了海洋，誰就控制了貿易；誰控制了世界貿易，就控制了世界的財富，最後也就控制了世界本身。」

臺上的女王聽得如痴如醉，早已攝服在他的勇氣及才氣之下。

編劇故意在對白中加入歷史元素，好讓觀眾了解故事的背景，更容易進入故事本身，整場戲劇效果非常好。

在雷利受爵之後，女王經常召見他，並派遣最信任的侍女傳話。當臺上的侍女背著女王和雷利爵士親密擁抱時，煙蘿突然間惡狠狠的回頭瞪著墨愆，眼神充滿憤恨，彷彿她才是遭受友情和愛情雙重背叛的那個人，她眼泛淚光，激動不已。

墨愆全身一震，露出困惑的神色。

同樣困惑的還有坐在他旁邊的曉波，她訝異的看著兩人的互動，很快的，她便猜到他們之間的關係。

在經歷蘇格蘭女王瑪麗的暗殺陰謀、被下令處死，以及與西班牙戰役的勝利，話劇結束在女王的獨白中。

「我是伊莉莎白，是英國女王，我嫁給英格蘭的子民，我不屬於任何人，我就是我。」

全場歡聲雷動，布簾在一片熱烈掌聲中拉下，還沒等到演員謝幕，煙蘿就起身離開。見狀，墨箚連忙走出場外去找她，顧不得曉波在背後喊他。

墨箚知道她有滿腹的觀後心得需要傾訴，她似乎覺得只有他能懂她內心的澎湃和對戲劇的熱情。

「你是不是念錯系了，應該改念戲劇系，畢業後去當演員。」墨箚認真道。

「我才不想當演員，但我真的很愛戲劇，有機會的話希望能當影評人或是編劇。不過，」她一頓，調皮的說：「我要是真的轉校改念戲劇系，你就看不到我了，你捨得嗎？」嬌憨的眼神裡帶著幾許誘惑。

那一刻過得飛快，墨箚沒有浪費任何一秒鐘，他本能地吻上她柔軟的脣，她閉上雙眼回吻，兩人在相濡以沫的愛意中感受陣陣悸動。一片豔紅的晚霞中，愛情的花正盛開。

這一天煙蘿回家時，依依不捨地和墨箚吻別後，在樓梯間裡，隱約聽到母親和鄰居王太太的交談聲。兩人的談話內容與她有關，她放慢腳步，靜靜的聽他們在說些什麼。

「你們家煙蘿有男朋友了嗎？」

「這我就不太清楚了。唉，這年齡的孩子什麼都不會跟父母說。」

「她已經到了可以交朋友的年齡了，你們不會不准她交男朋友吧？」

「怎麼會！不過凡事都要看緣分，她還年輕，多看看總是好的，在大學就讀的男同學那麼多，有的是機會。對了，你兒子的功課最近怎麼樣？」

「說到我兒子的功課，近來真的有很大進步。我請的這個數學家教很不錯，人老實又負責，數學底子好，連我兒子都讚不絕口，直誇他的家教老師很厲害，教得比學校老師還好。」

「那你兒子需不需要英文老師？煙蘿讀的是外文系，可以幫你兒子補補英文。」

王太太有些尷尬的笑笑，她霍然想起什麼，立刻又兜回原來的話題：

「說到這兒我才想到，我兒子的數學家教和你們家煙蘿讀的是同一所大學，搞不好他們彼此認識哩。」

「他也就讀外文系？」

王太太搖搖頭。「是電機系，數學才會這麼好。」

「那孩子叫什麼名字？」

「尹墨愆。對了，聽說他父親也是吃公家飯的，在海關工作，和你們家背景相當，我覺得他長得白白淨淨，又有禮貌，是個不錯的男孩子，哪天真的可以介紹給你們家煙蘿認識，搞不好兩個孩子有這個緣分也說不定哩。」

煙蘿的母親不知該回答什麼，只好以笑帶過；王太太剃頭擔子一頭熱，察覺氣氛冷了下來，便不再多嘴。雙方無言，場面正尷尬，媽媽突然發現她，立時開口對她說話，結束王太太這頭的話題。

「回來了呀。我們正好提到你，學校怎麼樣？」

煙蘿向王太太問聲好，大家便各自回到家中。

「王太太一直跟我推薦他兒子的數學家教，說要介紹給你當男朋友。哼，我家女兒又不是沒人要，還沒淪落到鄰居來安排相親哩！」

見煙蘿一副沒精打彩的樣子，彷彿沒在聽她說話，於是她加重語氣，揶揄的問道：

「還是你要不要考慮認識一下這個叫做尹墨愆的男孩子？」

「才不要。」別過臉，煙蘿倔強的回答。

知道母親並不想她這麼快交男友，她在心裡苦惱著，看情形，兩人的事情還得瞞一陣子。

2

隨著時間逼近，話劇社花了更多時間聚會來討論劇本。

「我們可以考慮王爾德的不可兒戲。」珈瑜率先說。

「考量時間不多，如果還要重新改編太花時間，最好是找劇本已經存在又著名的劇，像莎士比亞的馴悍記或哈姆雷特之類的，馬上就可以安排選角、彩排，那會快得多。」曉波認真的提議道。

「去年演出的仲夏夜之夢就是莎士比亞的劇，我們今年還要再選莎翁的劇，這樣不太好吧。」墨愆一臉為難的說。

「希臘劇吧，要不要考慮希臘劇？我們低年級的正在讀，劇本對學姐們來說都很熟悉，大家覺得呢？」一旁的煙蘿突然出聲。

「希臘劇都是歷史、戰爭場面，主題太嚴肅了。」珈瑜不以為然的說道。

「我們上回觀摩教授的戲劇班演出，主題是伊莉莎白女王，那齣戲又是歷史又有戰爭的，一樣受到熱烈歡迎。」煙蘿用挑戰的字眼說道，語氣卻很平和。

大家同時把視線聚焦在墨愆身上，他是社長，應該有所主張。

墨愆望著煙蘿熾烈的眼神，突然支支吾吾的說不出話，過了半晌，才建議道：「不如我們先選出三齣戲，然後讓教授決定。」

社團時間結束，大夥兒逐一散去，不死心的珈瑜企圖說服墨愆考慮其他文學作品，而不是回頭走希臘劇本，那太老套又了無新意。

墨愆心不在焉地聽著她的論述，勉強的敷衍著。

此時，社團教室只剩墨愆、煙蘿、珈瑜和曉波四人。

曉波站在一旁，感到氣氛有些不尋常，像是確定了什麼。她先是大笑出聲，然後打斷正滔滔不絕發表高論的珈瑜，對墨愆說：

「我看你就依照她的意思，把王爾德的那一齣戲加進名單裡，不然我們不知道什麼時候才能離開這裡！」

見墨愆困惑的皺著眉，那呆頭呆腦的樣子，她笑得更開心了，之後，她識趣的把狀況外的珈瑜硬是帶離現場。

終於，教室裡只剩這一對小情侶。

墨愆小心的往門外的走廊探去，確定沒有人在外徘徊，把門反鎖，他才安心的走向煙蘿。

他立即將她擁入懷裡，熱情的吻著她，好像分離了一輩子，要把這世的相思都補回來一樣。兩個人的身體是那麼貼近，她享受著這份甜蜜，意識到今天的墨愆有些不尋常。

他的手試探性的在她胸口游移，見她沒有抗拒，他大膽起來，一隻手探進她的衣服裡摩挲，感到她猛然一震，他在她脣上落下更多渴求來說服她的疑慮，見她不再掙扎，他的吻漸漸下移，來到她年輕皙白的頸脖，彷彿剛拿到糖果的孩子，他貪婪的舔吮著，任由體內的慾火燃燒。

她緊閉雙眼，腦中一片暈眩，被這片感官的興奮迷惑著。

不知過了多久，她的衣服被扒開，露出一邊粉嫩欲滴的乳丘，一陣涼意迫使她張開了眼，很快的，涼意被溼潤的暖意取代，他正埋首在她的胸前，眼前這幅畫面香豔刺激，勾出她的母愛，讓她不自覺想付出更多，她的體內有一陣熱流四竄，那是全然陌生的體驗，而身體的某個地方濡濕了一片，像在索求什麼。

他們品嚐著禁忌，倚靠彼此的體溫取暖。在最關鍵的一刻，她用力推開他，全身顫抖，對將要發生的事感到惶然。他並沒有放過她，這一刻，他只想自私的滿足自己的慾望，若是任憑她的不確定感擴散，今後他們之間會築起一道鴻溝，他得花更多力氣來說服她，取得她的信任。

他蠻橫的靠近，以綿密的吻封住她的脣舌，她無法思考，喉嚨中逸出幾聲幾不可聞的低吟，他聽見動情的旋律，任由它在自己的耳畔呢喃。他將手指伸入她的花圃，控制她的感官，蠱惑她聽從身體裡最原始的語言，一同探索那古老的傳說，見識陰陽的交會。她不由自主的綳緊身子，隨著他呼吸的節奏載浮載沉，兩人在一道道痛苦又歡愉的眩暈中迷失，最終在電光火石的絢爛中存活下來。

墨愆看著劇團彩排的照片，眾人穿著自製的希臘式長袍嬉鬧，背景就是這間社團教室，這裡也是他第一次體驗男女關係的地點。

雖然教授最後沒有採用任何他們選出的劇目，而是選擇同為希臘劇的利西翠妲，理由是社團中女生多過男生，利西翠妲又是齣喜劇，比較適合畢業公演的氛圍，無論如何，結果是皆大歡喜的。

這張照片是曉波在眾人沒注意的情況下拍的，以至於所有人的表情都很生動，很醜卻很快樂。

此時瞿暟並立在墨愆的身旁，斜著一張死人臉，眼裡抑不住笑意，擠眉弄眼的，壓低聲音對墨愆嘲弄道：

「現在我們終於知道要去哪裡找『快樂』了。」

第二十一章　償債

1

他們被弄糊塗了。

種種跡象顯示墨嶔對淡水小鎮有著特殊而不可磨滅的感情，尤其他的初戀和初夜都在校園裡發生，為何他們踏遍了墨嶔曾經佇足的地方，仍是一無所獲？

再次回到墨嶔的豪宅內，兩人仍是百思不得其解。

「會不會是要在太陽下山之前去找？」墨嶔率先打破沈默。

聞言，瞿暟原本盯著電腦螢幕的目光轉而望向墨嶔，驚訝的說：

「你瘋了嗎？卡在這個空間裡不能解脫已經夠慘了，你真以為你還活著，可以享受陽光的照射？千萬使不得！」

視線再度回到電腦螢幕上，他喟嘆一聲，「你自己看看，這輩子經手過這麼多女人，我們該不會要逐一去收你快樂的魂吧。」

他指的是那張特為墨嶔設計的問卷，雖然中途曾被管家劉太太打斷而沒有完成，但是最後那欄「所有發生過關係的女人名單」依然洋洋灑灑寫下一大串。

其中不乏許多知名藝人、模特兒，還有些名不見經傳的暱名女子，連他自己都不知道玩過女人的真實姓名，就算她們曾經報上名來，他也早忘了。

瞿豈則認為那些陌生的別名聽來像酒國名花。

墨愆捺住性子湊向前去，給足面子的看了一眼，忍不住嫌惡的說：

「這張紙根本沒用，從第一道魂魄開始就和這張紙無關，」他突地頓悟，如遭醍醐灌頂，一臉訝異，「你該不會愚蠢到認為，我的快樂來自和這些女人發生肉體關係吧。就算有，那種爽快持續不過四、五秒，你要往哪兒找去？」

面對墨愆的質疑，瞿豈擺出那副滿不在乎的神色，調侃道：

「總是條線索嘛，像你這麼有錢的男人，這種肉體上的滿足不是最實質的快樂嗎？」

「你、」

這套歪理用在墨愆身上似乎合情合宜，他縱有再多不爽，也無從辯駁，他的表情瞬間變得很難看，一臉鬱悶。

瞿豈莞爾一笑，淡淡的說：「開個玩笑罷了，別太認真。」接著，他指著螢幕上李煙蘿的名字，「你和她後來怎麼了？」

處理完父親的喪事，他們過了人生中最悲慘的一個新年。

學衡自殺身亡之後，曉梅患了嚴重的憂鬱症，經常處於極度的沮喪中，精神難以集中，不僅無法照顧一對兒子的生活，甚至無法照顧自己。

她活在自己的世界裡，有時吵著出門探監，經過兒子們勸阻，再三被告知丈夫死亡的消息，她才恍若隔世的清醒。那一刻的清醒彷彿再次經歷喪偶之痛，她倒在沙發上痛哭失聲，常常哭到睡著。有時她則是一個人靜靜的坐在公園裡，對外界的聲音充耳不聞，就連下雨她也沒有感覺，獨自坐在雨中，像一具行屍走肉，還是附近鄰居通報，墨愆才把她領回家。外界都說她瘋了，令兄弟倆擔心之餘，更是疲於奔命。

父親的官司自是不了了之，給出去的錢當然要不回來，但那筆龐大的負債總得有人出面處理，除了負債的因素，墨樊就要從高中畢業，在他畢業之前，他們得留在這間房子。只不過，房貸加上親朋好友的欠款，墨愆並不知道他們還能在這裡住多久。

接下來，墨樊得準備大學聯考，家裡的經濟狀況讓他分心，他想要畢業後去工作來分擔家計，但是墨愆捨不得弟弟這麼年輕就得放棄美好的前途，為此他曾和墨樊徹夜長談，最後決定，弟弟高中畢業前由他來負擔家計，墨樊則認真讀書考取國立大學，並且留在家裡照顧母親，以免節外生枝，讓墨愆能無後顧之憂的工作賺錢。

打起精神，他過起忙碌的生活，一早起床送牛奶，到電子工廠當作業員，晚上則在餐廳當服務生，只要是有錢賺，他不在乎工作有多辛苦，週末假日，他一樣忙碌，他曾經在搬家公司打零工，也曾在建築公司的工地搬磚頭。

回到家倒頭就睡，常常忘了吃飯，為了省錢，中午總是一碗泡麵，他的早餐都會多買一份，通常是一個饅頭或一個麵包解決一頓晚餐，有時老闆買些肉包當做下午茶來犒賞員工，他總是存著自己的那一份，帶回家去讓深夜念書的墨樊當做宵夜。

除了睡覺，就是工作，這麼忙碌的生活占據他所有的時間，偶爾在通勤到下個工作地點時，短短的幾分鐘內，他想起煙蘿和他的大學同學們，雙方根本來不及道別，彼此的人生便像兩條平行線般岔開，永遠沒有交會的一天。消沉一會兒，他便甩甩頭強逼自己振作，不讓自己陷入自傷自憐的情境中。

農曆年後，債主接連地找上門。

由於墨慫在工作，可憐的墨樊在苦讀之餘，還要應付他們，說服他們再多給一點時間。大部分債主都是舊識，知道曉梅無法工作之後，嚴重打擊這些債主們的信心，大家的手頭都不寬裕，深怕曉梅病了瘋了，他們一家若不認帳，又該如何是好?因此一一上門，要個說法。

個性較溫和的友人，看到曉梅失魂落魄的樣子，雖然為尹家兄弟難過，但畢竟為錢而來，稍微對墨樊提了一下就走了；有些，就沒那麼客氣了。

「我們已經來了很多次，每一次都推說你哥哥不在，留了字條也沒用，你們是不是存心欠債不還?」

「不是的，我們真的有心要還，只是我媽媽現在病成這個樣子，根本沒有辦法工作，連看醫生的事都暫緩，現在只靠我哥在外工作拿錢回家，他又太忙，找不出時間登門拜訪。不然，你們留下聯絡電話和地址，等他回來，我一定請他打電話給你。」

「我們的日子也不好過。當初要不是同情你媽媽，我又何苦給自己找這種麻煩。唉，都怪我太天真，相信你媽媽的人格，才會把錢借給你們渡過難關。你媽媽自己說的，領了薪水就還，想不到現在……念在我們是舊識，我有家庭要養，不管多少，先還一點也好。」曉梅同在幼稚園任教的廖姓女同事使出哀兵政策哭窮。

墨樊不知所措，只是看著一旁安靜的母親，像個做錯事的孩子般低頭不語。

女同事的先生瞪著曉梅一臉無辜的痴呆相，不由滿腔怒火，指著眼神空洞的曉梅罵道：

「好好的一個人說瘋就瘋，是裝出來的吧？為錢裝瘋賣傻這種事老子聽多了，借錢給你們不代表把錢送你們，人家說好心沒好報，就是我們今天的下場。不管你今天說什麼，沒要到錢，我們絕對不走！」他越說越氣，大聲的拍桌咆哮。

突來的噪音吸引曉梅的注意力，她失神的看了他一眼，依然面無表情。

曉梅看似事不關己的態度徹底惹毛了他，懷疑她在裝傻，他索性動起手來，挑釁地推了曉梅一把，窮兇惡極的模樣把大家都嚇一跳。

墨樊為了護母，擋在曉梅面前，雙方起了爭執。

剛到家樓下的墨愆聽到自家發出的爭吵聲，加快腳步回到家中。一推開門，就聽到女同事的丈夫指著他說：

「終於等到你回來，現在看看要怎麼解決。」他雙手環胸，悍然的瞪著墨愆。

向弟弟問清楚事情的來龍去脈，墨愆終於開口對他們說：「你們不要擔心，我媽媽欠的錢我們一定會還——」

女同事先生不耐的打斷他，輕蔑的說：「這話我聽多了，你弟弟不知道說了多少次，結果錢還了嗎？」

「如果我們是那種無賴，存心欠錢的話，大可搬家讓你們找不到人，又何必三天兩頭讓你們到家裡鬧？」

「誰知道你們明天會不會偷偷搬家？再說，這房子能住多久也是個問題。」他斜眼睨著站在不遠處的墨愆，冷嘲熱諷地說。「總之，今天不拿到錢，我們就是不走。」

「那好，當初我媽向你們借錢時簽的字據呢？」墨愆冷靜地問道。

廖姓夫妻訝然一驚，兩人對視一眼，她急忙開口道：「當時好心借錢給你媽，哪裡想到簽什麼借據。」

她的先生氣急敗壞的接口道：「別以為我們沒有讓你媽簽借據，錢就可以不用還。」

「這位先生，我有說我們不還錢嗎？」墨愆冷冷地瞪著他，一股濃濃的不悅哽在胸口。對方無言。

「我這麼說就是告訴你，你們又沒有借據，我們要是真不還錢，只能歡迎你們來告，人海茫茫，到時你們找不找得到人還是一回事；再說，打官司很花時間的，不論哪一種，你都不可能在今天拿到錢。」

「你這麼說就是不還錢的意思嘍？」

他滿腔怒火又漸漸向上延燒，若要動手，對方兩兄弟占優勢，一時之間，心中暗悔沒有多叫幾個朋友陪著來。

「我們到底欠你們多少錢？」深吸了口氣，墨慫誠懇地問。

「一共兩萬元。」

「兩天後我發薪水，請你們到時再來一趟。我只能說，我們願意還，畢竟當初你們是基於善意借錢給我們的，但是我沒有辦法一下子還清。」

「那利息呢？」

「我不認為我們有利息的問題；會有這筆借貸是基於友情——也許今後不復存在，如果你們執意連這曾經的友誼都要計息，我們大可把本金還清，其他的就交由法律仲裁，看法院覺得合不合理。」

廖姓夫妻雖然表面上辯不過墨慫，至少他們得到一個答覆，總比什麼都沒有強多了，因此言談間語調柔軟許多，但是他們想確定墨慫會還多少。

「等我們一家人商量過後，我們會擬定一個還款計畫，按月償還，畢竟你們不是唯一的債主，我們對其他人也得有所交代。事到如今，你只能選擇相信我們。」

好不容易送走廖姓債主，墨慫心疼弟弟在家不時得應付這些上門的債主，根本無法好好念書。

看著極度沮喪的母親默默的坐在沙發上，他喟嘆一聲，對墨樊說：「是整理債務的時候了。」

墨慫哄曉梅說要一起去監獄接父親出獄，但是父親說要知道欠了哪些人錢，以及總共欠了多少，出獄後才知道要怎麼還人家。曉梅這才將她籌錢的過程娓娓道來，點名債主、恩人各有哪些人。

「銀行存摺和貸款文件放在哪裡？」

「就在我梳妝臺的第一個抽屜裡。」

墨悠想到父親的兄妹連自己手足的葬禮都不聞不問，此舉形同恩斷義絕，兩相對照，倒是曉梅娘家那些舅舅阿姨們顧念情義，雖然幫助有限，畢竟雪中送炭，讓他們感受到一些溫暖。

他把債務列出一張表，先扣除祖父及曉梅娘家的援助不算，才發現欠的最少的債務人竟是今晚來大吵大鬧的廖姓夫妻，令他哭笑不得。

一星期後，墨悠請了一天假，偕同曉梅到銀行把財務狀況弄清楚。

除了原有的房貸尚未繳清之外，還有以房子為擔保向另一家銀行申請的個人貸款。父親的銀行戶頭裡為生活所保留的存款早已被銀行凍結，而這兩三個月下來，沒有人繳付房貸，銀行打算向法院提出申請，要求扣押這間房產。

房貸繳了多年，墨悠算過，要是為了無法繳清的房貸讓銀行持有拍賣，不但父親生前辛苦賺來的錢化為烏有，而他們的負擔只會平白增加，一家人會被債務壓垮，這是他不樂見的。無論如何，房子是保不住了，重點在於如何處置才能達到最高效益，讓債務降到最低。

銀行行員好心的提出建議，為今之計就是把房子賣掉來還款，兩家銀行的債務才能一併解決，或許還能留下一些錢過活——如果有，那些錢也是留給墨樊上大學用的，墨悠在心中盤算著。

剩下該處理的都是文件流程。

墨慫留下三千元生活費，剩下的薪水全部拿去處理房子的事。

房子若是如預期賣掉之後，他們又該住到哪裡？他找上母親的兄弟姐妹商量。

曉梅賣牛肉麵的大姐決定出借店面唯一的房間讓他們住，直到墨樊大學聯考結束。

既然房子保不住，傢具就沒必要全部留著。他們只保留最基本的生活配備，如床鋪、電視等，其他的就是讓債主搬走抵債，或是拿到當鋪去質借來還款。當時政府籌設的公營當鋪，以物品質押來辦理低率放款，是個連棉被都能當的時代，因此，能當多少算多少。

由於他們很快會搬離原址，怕債主上門給開麵店的親人帶來麻煩，墨慫肩負起還債的責任，挺著母親那孱弱、令人憂慮的身軀，一家家的登門拜訪那曾經的友人，如今的債主們。

他做好還款計畫表，以收入的一半來償還，並且蓋上手印做為字據，表示他的誠意。八名債主們每隔一個月將會輪流收到他的還款，看在他這麼有誠意的分上，大家都接受了。

辛苦工作了一天，他終於可以收工回家。

今天家中有客人，和之前的氣氛相比，明顯溫暖許多。幾個月不見的大學同學都來了，還有他的戀人煙蘿，他們正和墨樊談天。

一看見墨慫，他們擲給他一個溫暖的笑容，什麼都沒問，顯然從報紙上和墨樊那裡知道尹家的處境。當然，他和煙蘿之間的關係不可能是祕密。墨慫感受到那股溫馨，嘴角滿足地微笑，淚水卻在眼眶中打轉。

一行人除了煙蘿，今年都將畢業。他們告訴墨彸，他們會把他的相片放進畢業紀念冊中，印刷出來後會寄一本給他。他們今天是想來看他過得如何，並且表達其他人的關心，最主要的是怕以後聯絡不到他，要確定他們今後的住處。

「還好我們有來，不然你們哪天搬走，我們就找不到人了。」

「如果有什麼需要幫忙的就開口說，別客氣，千萬不要逞強。」晟皓一臉嚴肅的說。

又閒聊一陣，他們藉故離開，要墨彸出來送客，之後便留下墨彸和煙蘿獨處，搭夜車回家去了。

沉默一晚上的煙蘿，現在終於有機會和墨彸交談，但是墨彸的不告而別，加上這幾個月的別離，讓兩人有些生疏，她無法分辨那份陌生是不是來自憤怒，她有一肚子的話想說，卻一個字也吐不出來。

父親死後，墨彸完全沒時間想到他自己，也不敢想，那是一種變相的自我放棄，工作還債、承擔這個家是他人生的插曲，意外的變成他人生的全部。

他霍然停下腳步，用近乎氣音的聲道勉強地吐出幾個字。

「對不起。」

看著心愛的女人，他的心頭瞬間湧上一股無力感，他是個沒有前途的男人，沒有家世、沒有學歷、沒有錢，他的未來只有債務，和沉重的責任。

她回頭凝視他，見他用衣袖擦乾落下的兩行淚，原本想責備他的不告而別，甚至是將她隔絕於千里之外的怒氣，摻和著連日來的擔憂，這下子都成了心疼和委屈。她抱著他，陪他大哭一場。

靜默向來是不祥之兆，漸漸向四周蔓延，搶在他說出分手以前，她聽見自己堅定的聲音，告訴他：「讓我陪你一起渡過。」

日子又回復之前的忙碌，煙蘿繼續學業，墨徭繼續工作，兩人沒有時間見面，只能依賴通信和電話聯繫感情，有了心靈的依靠，墨徭心裡不再感到孤獨。

萬萬沒有想到的是，父親手足間的嫌隙擴大到叔姪之間，墨徭取代父親的位置，和父執輩之間的爭吵竟紛至沓來。

2

這一晚，電話那端傳來學平的聲音，平淡冷漠的語調敘述著顯德今早過世的消息。

老人家是在半夜睡夢中離開的，法醫研判為自然死亡，事情發生得很突然，但他走得很平靜，算是不幸中的大幸。

接著就是處理後事。死亡是有代價的，棺槨、葬禮在在都要花錢，這是學平通知他們的原因，雖然他沒有明說。

墨徭帶著弟弟和母親搭車回到南部，一路上都在擔心祖父葬禮的錢從哪裡來。懷抱著這樣不安的心情回到家鄉，那是父親長大的地方，對墨愆和墨樊來說，卻是個全然陌生的城鎮，沒有半點感情。

來開門的是學平，姑姑學瑩早就來了，兩兄妹顯然商量好了，一個扮白臉，一個扮黑臉。

曉梅向顯德借錢的事想必眾所周知，這下子要誰來付喪葬費用，墨愆一家自然是責無旁貸。

一旁的曉梅失魂落魄，她的世界早就崩解，公公的去世對她來說並沒有太大意義，她的臉上除了蒼白，沒有任何表情。

「親戚間都傳你媽媽得了精神病，想不到會瘋成這樣。」學瑩睥睨環視，說了第一句話，語氣中沒有同情。

聽到姑姑這麼說，墨愆來時懷抱的憂心立時消逝，憤怒取而代之，他不發一語。

「坐吧，坐。」學平對剛進門的墨愆一家招呼著，化解尷尬。

「見了長輩也不叫人，真是什麼樣的父母養出什麼樣的小孩。」學瑩看這年輕一輩的態度，越看越不順眼。

聞言，墨樊硬是壓下胸口的怒氣，像個受委屈的孩子，不甘願的別過頭去。

墨愆展現了成人的風範，並不理會，連看都不看她一眼。他的視線盯著假友善的學平，淡淡的問了聲：

「現在祖父的大體在哪兒？」

「殯儀館。」

「告別式還在什麼時候？」

「這就是要大家一起坐下來商量的事了。雖然你爸爸走了，你們一家還是尹家的子孫，告別式怎麼處理也得尊重你們的意見。」

「大伯太客氣了，您說怎麼辦就怎麼辦，我們當小輩的沒有意見，會配合出殯時間。」墨愆知道學平這話是要他們出錢，所以故意裝傻。

「果然還是太年輕，你大伯的話你聽不懂。本來爸爸可以負擔自己的喪禮，但是你媽媽把錢拿走，現在她又瘋了，你祖父喪葬的錢找誰要去？」學瑩以為墨愆聽不懂，把話搶白了說。

「原來姑姑是要我們出喪葬的費用？」墨愆明知故問。

「不是要你們出，而是要你們把借的錢還回來辦祖父的喪禮。」

「如果我們沒能力還，那祖父的告別式是不是就辦不成了？」墨愆慢條斯理的說出這些話，頭垂得低低的，語氣裡透出滿滿的自責。

「我也不想把這家務事攤上檯面，難看呀！只是父債子還，天經地義，你爸應盡的孝心他沒做到，就該由兒子來彌補，」話沒說完，學平終於發現事情有些不對勁，「墨脩哪兒去了？」

「我們家欠的債務太多，加上我媽瘋了，連看醫生的錢都沒有，壓力太大，把他嚇跑了，現在離家出走，下落不明哩。」墨燓終於抑不住怒氣，夾槍帶棒的回嘴，「如果祖父真的要等我們把錢還出來才能辦喪禮，有那麼多債要還，他慢慢等吧！」

墨燓的口氣很衝，像個頂嘴的青少年，當場惹惱兩位長輩，大家的臉色都很難看。

墨愆看氣氛不對，且爭吵並不能解決紛爭，畢竟死者為大，總歸是自己的祖父，出殯時得隨侍在側，免得落了個不孝的罪名，讓親戚們笑話，雖然這些親戚有不如沒有，他還是不願一家人揹負這樣的指責，於是他為弟弟緩頰。

「墨樊說的是事實，我哥離家出走的事說來很不幸，大伯人面廣，如果可以幫我們找到我哥，我們會很感激。至於錢的事，我們會儘量想辦法。今天剛回來，舟車勞頓的，大家都累了，這樣談不出什麼結果，不如這兩天再找時間看要怎麼處理，說不定能找到更好的方法。」

聽墨愆的語氣是要出錢嘍？真的沒必要打腫臉充胖子。墨樊感到訝異，甚至有些生氣墨愆的自做主張，但他只是悶著不說，看最後會談出什麼結果。

學瑩悻悻然的走了。

墨愆走到學平旁邊，開口道：「大伯，我是故意把姑姑支開的，這樣我們才好談事情。」學平有些驚訝地看著小他一輩的墨愆——一個大學沒畢業、還沒當兵的小毛頭，竟然有這麼深的城府，他更好奇的是他的姪子究竟要跟他談什麼。

「如果我記得沒有錯，祖父是希望這間兩層樓的祖厝在他死後，一個兒子能分得一層樓吧？」

學平聞言，臉色不變。

墨愆看著大伯驚駭的表情，嘴角竟露出一抹「意料中事」的微笑。這股胸有成竹的氣勢硬生生的把學平原有的計畫給打亂了。

「你的意思是？」

墨愆的視線往四周掃去，這間改裝後用來當辦公室的房間，除了他們現在坐的沙發，還擺著一組辦公桌椅，各式修理水電的工具散落各處，隔間用的玻璃窗看出去則是店舖，展示著各式品牌的家電用品，依照房子的大小，至少有個三十坪。

他一臉若有所思，然後為難的說：「這間房子大伯已經住了這麼久，原本屬於我爸爸的這層樓也被大伯改成店面做生意，若是真的賣掉的話，大伯你認為夠不夠還我們積欠祖父的錢？」

這件事一直是學平心裡的一根芒刺，在顯德生前，他就處心積慮的誘騙父親把房子的所有權過戶給他，可惜無論他找什麼理由，老父親就是不肯。現在姪子故意舊事重提，他頓時心亂如麻，不知該如何回應。

「大伯別擔心，我話還沒說完。」看透學平的心事，墨愆還故意停頓，吊足學平的胃口，「倘若依照你和姑姑的意思，葬禮的費用由祖父借我們的錢支付，若是有剩的話，那剩下的錢要怎麼分，分做三份？」

「應該是，一旦辦了葬禮，剩也剩不了多少。」

「錢可以這樣分，那房子呢，也分成三份？」

「那怎麼可以！爸爸生前說了，女兒嫁出去已經給了一份嫁妝，祖厝未來得供祖先牌位，當然留給姓尹的，女兒沒有份，她自己很清楚。」

「就我所知，法律有保障女兒的繼承權。如果姑姑真的要錢，不惜翻臉打官司，只怕這一戶兩層樓最後只好一併賣掉，分成三份；除非，大伯有足夠的現金支付給我們和姑姑，那麼，我們就不用擔心祖父葬禮的錢要上哪兒籌措了。」

「你年紀輕輕，心居然這麼歹毒，」學平的臉色青白交錯，更多的是駭異，「告訴你，我絕對不會同意。我就是不搬走，你又能拿我怎麼樣？」

「先別緊張，實話告訴你，我們並不想要這間房子。你真正該防的人是你妹妹，誰知道你那位吃軟飯的妹夫會不會道聽塗說，攝動他的太太來爭家產？」

學平腦海中浮現兄妹對薄公堂的畫面，墨愆說的話不無可能，在房子沒過戶之前，這種提心吊膽是無可避免。

「雖然你說你們不要這間房子，我不會天真到認為你真心想幫我。說吧，你要什麼？」

「我們既然拿了祖父的存款，就當做這是一場交易，我們把這間房子讓渡給你，條件是你得負擔祖父的喪葬費，我想，你聰明的知道這間房子的價值，絕對遠超過我們所得到的，只要你能擺平你妹妹，讓她同意簽下財產讓渡書，我們這端是不會多嘴的。讓我再問你一句，你有把握讓姑姑簽下讓渡書嗎？」

學平反覆咀嚼墨愆的意思，他不可置信的看著眼前這個年少的姪子，他不但已長大成人，還是隻老謀深算的狐狸，言下之意是，若是談判破裂，他就會是那個多嘴的人，攝動學瑩來爭產？

「只要你們先簽名，我想她那頭是不會有什麼意見的。」學平思考過後，終於開口。

「那好，等祖父的告別式舉行後，我的母親——也就是我父親合法的財產繼承人，會簽下那一紙讓渡書。」

墨樊在一旁聽著哥哥和伯父的談話內容，驚訝得合不攏嘴。那天和學平達成協議後，墨愆輕鬆解決眼前的關卡，他再也沒有和他的姑姑說任何一句話。

祖父葬禮的所有瑣事和支出都由學平張羅，依照南部的古禮，在停柩七七四十九天之後，祖父的告別式終於擇期舉行，他們只在葬禮當天露臉，送亡者最後一程。一切交由學平去打點，畢竟他才是那個著急的人。

不知是環境磨練出來，抑或是墨愆天賦異稟，年紀輕輕的他，第一次成功的運用謀略來達成目的。此後，他更懂得如何恩威並用，有效的操縱人性，日子一久，便養成他自私自利的商人性格。

第二十二章　鴻門宴

1

為了能實質的幫助墨葰，煙蘿開始打工賺零用錢。對一個大學生來說，最常見的賺錢方式就是兼家教，此外，以時薪計費的加油站不失為一項選擇。

雖然煙蘿一回家馬上衝去洗澡，只要她一進門，就會有股厚重的油漬味在空中瀰漫開來，終於引來母親的關切。

「我最近在加油站打工。」她實話實說。

「你已經兼家教，還得去加油站打工，媽給你的零用錢不夠嗎?」

「不是的。」煙蘿搖頭。

若是把想要為男朋友家裡還債的事情說出來，家裡一定會反對她和墨葰在一起，她不想替自己製造麻煩。

「我們社團有個學長，父親過世，母親因為受不了打擊生病，家裡很困難，他只剩一學期就畢業了，大家希望能幫上一點忙，所以我跟其他人才去加油站打工。」她撒了個小謊。

聽到女兒善意的幫助別人，李母開心的笑了。

「這件事不要跟爸爸說。」煙蘿叮囑道。

「為什麼？又不是件壞事。」

「這麼一點小事，沒什麼好提的嘛。」

約莫過了一個月，煙蘿不再到加油站打工，李母不疑有他，以為只是一個活動的結束，但是煙蘿卻情緒低落，不曉得是什麼原因。

「跟男朋友吵架了？」

「沒有啦。你不要亂猜。」

「什麼時候把你的男朋友帶回來看看？都交往那麼久了。」

「現在不適合。」

「對了，聽對面王太太說——她之前一直想介紹她兒子的數學家教給你，還記得那件事嗎？那個男孩子聽說家裡出事，連學校都辦休學，沒辦法繼續教小銘了，她只好開始找新的數學家教。」

聽到這兒，煙蘿滿腹心酸的哭了出來。

她把墨愆家裡的情形告訴母親，令她難過的是，她把省吃儉用打工賺的錢拿來幫助墨愆，竟遭到拒絕，他明顯地把她當外人，不肯接受她的好意，拒人於千里之外。

李母感到十分意外，沒想到鄰居要介紹給女兒的男孩子和她正在交往的男朋友是同一個人，此外，這個男孩子家裡遭逢劇變，雖然值得同情，自己的女兒竟然傻呼呼地要為對方償債。

「你說你男朋友的爸爸就是那個畏罪自殺的貪污犯？」李母不可置信的張大嘴。

整起事件經過媒體的大肆報導，街頭巷尾都知道這個新聞，她從來沒想過這件事會和她們家有所牽連。

「他爸爸是被冤枉的，如果他真的貪污，關個幾年就出來了，何必自殺明志。」煙蘿氣憤的為墨愆的父親喊冤。

李母皺著眉頭，她只想確認一件事。

「你說他家裡經濟有困難，你拿錢幫助他，結果他不但不接受，還和你大吵一架？」

「也不算大吵一架，是我熱臉去貼人家的冷屁股，他說他不能收，我覺得被拒絕很丟臉，對他發了一頓脾氣。我心疼他一個人日夜工作養家還債，想幫忙，人家還不領情，」煙蘿任性地抱怨著，一邊擦著眼淚，「該不會是嫌少吧！」

李母的心情由驚訝到現在的啼笑皆非，她伸手撫著女兒的頭髮，安慰道：

「別哭了，你還年輕，將來你回頭看看今天，你會發現你現在有多傻。」

冷靜地思忖了一會兒，她開口對煙蘿說：

「這個男孩子在這麼困難的時候都不肯收你的錢，可見他很有骨氣，是個負責任的孩子。有機會的話，媽想見見他，你爸爸那邊，我來跟他說。」

這才讓煙蘿破涕為笑。

聽到女兒的男朋友家道中落，負債累累，非但大學畢不了業，其父還在牢裡畏罪自殺，李父當然非常排斥。這款家世背景，想娶他家的女兒，想都別想！

「只是在交往，又沒有論及婚嫁，你緊張什麼？」李母對丈夫翻了個白眼。

「既然沒有論及婚嫁，我就沒有必要見他了。」

「再怎麼說他是女兒交往中的朋友，我們總得看看是個怎樣的孩子，人品怎麼樣。」

「人品怎麼樣還要看嗎？有那種貪污的爸爸，會養出什麼樣的小孩，況且家裡還負債！你是哪根筋不對，不幫女兒過濾朋友，反倒來勸我？」

「人不可貌相，你都還沒見到他，就認為這個孩子不好，這樣未免太武斷了吧。如果你認為我沒有把女兒教好，那由你親口來告訴她，要她跟這個男孩子分手，我看她聽不聽你的！」

「好，你不說，我來說。」李父賭氣說道。

煙蘿當然不可能接受父親的規勸，為了捍衛愛情，她第一次和父親爭吵。

李父越想越氣，對妻子破口大罵：「就是有你這種母親，把孩子給慣壞了，她現在大了，翅膀硬了，就不用聽父母的話了。哼，隨便你，把女兒的未來交給這種人，過著有一頓沒一頓的苦日子，我就不相信你放心得下！」

親子之間的爭執永遠沒有好結果，在他們尚未見識現實的酸甜苦辣之前，愛情遠遠勝過一切，最後在煙蘿的堅持下，李父終於勉為其難同意和墨徵吃一頓飯。

2

墨徵一家搬進阿姨做生意的店面。

傢具堆疊成山，一股腦地塞進鐵皮屋後面的倉庫裡。將一張雙人床和單人床合併擺進唯一的一間臥室，加上角落的衣櫥，室內便已沒有剩餘空間。

躺在床上輾轉難眠，看著窗外的夜，薄薄的一片新月清亮透明，圓形的球體在光線的反射下清晰可見，這幅美麗的月色映入他的眼簾，卻沒有進到他的腦海裡，他正在為另一件事煩惱。

從他輟學的那一天起，他很清楚這一天早晚會來，只是當這一天真的來臨時，他還是得做出抉擇，而他之前的擔憂和掙扎，並沒有舒緩他此刻面對現實的恐慌，在他接到兵單的時候。

服兵役是國民應盡的義務，但家裡的負債、母親和弟弟的生活，又有誰來替他償？

一旦他入伍服役，國家支付給他的薪水遠遠不及他工作賺來的十分之一；弟弟的大學聯考才剛結束，未來還不知道就讀哪一所大學；母親的失心瘋需要醫治；而這個暫時遮風避雨的小房間，又能讓他們蝸居多久？

這一切無法成為申請免役的條件，卻會毀了年少弟弟的前途，讓他的家支離破碎，他不禁想問，這個時候，墨脩在哪裡？

怨天尤人解決不了他的困難，他得為他的家人堅強，找出一條活路。

3

這一天，滿懷不安，墨愆跟著煙蘿的腳步上樓，正式會見她的家人。

來開門的是李母，她笑容可掬的和墨愆問好，她臉上的兩道眉毛彎成兩條弧線，下巴很豐潤，一臉福相，和煙蘿的笑臉如出一轍，有股溫暖的力量。

「我爐子上還有菜在燒。煙蘿，帶墨愆去見見你爸爸。」說完便轉身進廚房去了。

進了玄關，煙蘿拎了雙拖鞋給墨愆換上。

隔著楠木屏風，方正的客廳映入眼簾，木質地板一塵不染，上頭擺了組 3+2 粉紫色的緹花沙發。

電視架旁一人高的紅木櫃上擺滿各式傢飾，一層一層的，最上面是煙蘿的全家福相片，一組玫瑰高腳燭臺，和同系列的彩繪花瓶放在中間，最下面是一個發條式的音樂旋轉燈，整個家泛著一股女性的柔和氛圍。

煙蘿蹲在櫃子前，轉動發條，清脆的樂曲頓時在屋裡響起。樂聲柔和高雅，透明塑膠製的花朵立時被點亮，一閃一閃地變換顏色，盛開的百合花宛如跳芭蕾般的在原地旋轉。

「我妹妹今晚去補習班上課，不在家。」煙蘿指著照片上的妹妹倩蘿，對墨愆解釋道。

客廳的右方是廚房和餐廳，李母的身影忙進忙出的準備餐宴。

左方的走道則通往各人的臥室，臥室之前是一間書房，以精緻的紅木板和客廳相隔，木板鏤空的井字窗櫺迤邐出一格格金亮的光線，她的父親像警衛般地坐鎮在此，正在看晚報。

墨愆跟著煙蘿走進書房，連忙向李父問好，並友善的要和李父握手。

聽到女兒的聲音，李父的視線從報紙上移開，對墨愆點頭示意，他冷眼看著垂在自己眼前的一隻手，彷彿若有所思，沒有起身也不做回應。墨愆只好尷尬的收回自己的手。

李父端正的坐著，腰桿挺得僵直，看上去一絲不苟，兩道濃密的劍眉帶著殺氣，鼻樑直挺，兩片薄唇，氣宇之間散發著職業軍人的威嚴，和李母親切的形象正相反。

「家裡最近怎麼樣？」李父臉上沒有笑容，視線仍停在報紙上，似乎對墨彸的答案不感興趣。

「還好。」

「你媽媽最近身體好嗎？」李父終於擡起頭來正視墨彸，等待著他的回答。

「多謝伯父關心。母親現在有姐妹的陪伴，相信會慢慢穩定下來。」

墨彸答得畢恭畢敬，儘量避免太短或太長的句子，以免對方感到敷衍或是不耐煩。

「你們現在住哪兒？」

「桃園，離母親娘家近一點。」

「我聽說你大學不讀了，今後有什麼打算？」

李父一針見血，這一場選女婿的面試，男人的未來和經濟能力才是他關注的，雖然他的臉已寫上「不予錄用」四個大字，為杜悠悠眾口，只好進行這場形式上的面試，做做樣子。

「爸！」煙蘿見父親有意刁難，連忙開口制止李父，怕他又會說出什麼讓人難以招架的話，給墨彸難堪。

見女兒如此維護這個窮途潦倒的臭小子，李父心裡非常吃味，為了他，她甚至和他頂嘴，公然挑戰他做父親的權威；以前那個柔順貼心的女兒哪兒去了？

這個時候，李母已備好餐食，一邊擺著餐具，在餐廳那頭大喊：「吃飯了。」

桌上擺著六菜一湯，道道都是名菜佳餚，紅燒獅子頭、豆酥鱈魚、左宗棠雞、魚香茄子等，令人食指大動；然而，墨愆的心情卻輕鬆不起來，知道今天赴的是鴻門宴。

席間一片沉默，煙蘿忙著替墨愆挾菜，李父臭著一張臉，李母見氣氛有些緊張，趕緊開口緩和局面。

「我不知道你愛吃什麼，隨便準備一些菜，希望合你的胃口。」

「千萬別這麼說，為了我來拜訪，麻煩您這麼用心準備菜色，非常感謝。」

「別客氣，就當自己家，愛吃什麼自己來。」

拘謹的用完餐，重頭戲正要上場。李母沒話找話聊的提到隔壁鄰居。

「隔壁王太太老是唸著你，說找不到像你這麼好的數學家教了。」

「王太太客氣了。家裡發生這些事，辭職情非得已，對她很不好意思，待會兒應該去跟她打個招呼，謝謝她的照顧。」

李父突然插嘴道：「那倒不必，既然是僱傭關係，以後不會再見面，打了招呼反而麻煩，你無所謂，我們住在這兒，今天這場飯局到時變成人家茶餘飯後的八卦，說長道短的，我不來這套！」

李母和煙蘿同時驚訝的瞪著他。

為化解氣氛，墨愆只好自我解嘲：「伯父說得是，這麼晚了，不方便打擾人家。」

不理會身旁妻女的目光，李父接著問：「聽說你哥哥離家出走，現在是你在負擔家計？」

「想必煙蘿有跟您說了我家的狀況，我的確需要工作來支持家裡的經濟，畢竟我的家人目前不能自立。」

「這樣的狀況會維持多久，一輩子嗎？你總得為自己的將來打算，大學沒畢業，能找到什麼好工作？」

「目前的狀況確實比較辛苦，過幾年等我弟弟大學畢業後，我家的情形會改善很多。」

「你弟今年高中畢業，等他大學畢業當完兵，那也是六、七年以後的事了，加上你媽媽需要人照顧，要等多久才能等到你家的情形改善？」他一頓，突然想到什麼似的，又補上一句：「提到當兵，你應該很快就會接到兵單了吧。」

「我已經收到入伍通知了。」

「你再怎麼能幹，還是得入伍當兵，到時你的家人怎麼辦？總不能要你的女朋友來替你養家吧！」

「我不能去當兵，我的家人需要我。」

看著李父震驚的神色，墨愆堅定的說出這個決定，此時此刻，他顧不了其他人的感受。

4

墨樊的大學聯考成績終於揭曉，他如願的考取臺北市一所國立大學，經過志願的選填，他錄取與大的土木工程系。墨愆的心裡放下一顆大石頭，總算不用再叨擾親戚，不必委身於這個小小空間，有個新環境可以重新開始，對母親的病情有益無害。

有個新的目標固然令人振奮，凡事都有代價，一個新的開始需要花費多少？

搬家是一件影響巨大的事，除了找房子、負擔墨樊的學費之外，最可怕的是他目前的工作都得辭去，沒了經濟來源，生活都成問題，更別提家裡的債務。

飽受生活折磨的墨愆越來越憔悴，不但得煩惱錢，還有兵役的問題，在他的心裡縈繞不去，漸漸地，他越來越瘦。

他們在墨樊的學校附近租到一個公寓，二房一廳小而溫馨。墨樊趁開學前去打零工，賺的錢雖然不多，補貼家用總是寥勝於無。

到了臺北，要重新找工作實屬不易，墨愆沒有學歷，又還沒當兵，要迅速找到一個穩定可供家計的工作實在困難。

他眼神渙散的看著街頭那些流浪漢，好奇他們都是怎麼存活下來。

除了年老無家可歸的遊民，那些手腳健全卻好吃懶做的青壯年竟也在街頭討生活。他們並沒有向路人乞討，而是一派輕鬆的圍在公園裡賭博。十賭九輸，職業賭場不會歡迎這種人，這種爛命一條、什麼都沒有的人不會害怕失去。

墨愆自覺羞愧，他竟然想知道他們的生存方式，這種吃不飽餓不死、沒有尊嚴的生活竟也有人過得下去，雖然不齒，反覆思忖，自己不也什麼都沒有！他趨步向前，默默隱身在圍觀的人群之中。

醫院裡人來人往，煙蘿陪著母親來到北市一所醫院。

一大早接到舅舅來電，外婆因為腹部不適就醫，檢查過後，醫生認為應該要住院治療，但是目前沒有床位，所以他們在急診室等待。電話一掛，李母便著急的趕去醫院探視，上午沒課的煙蘿於是陪同。

煙蘿和媽媽無頭蒼蠅的在醫院亂逛，找不到外婆的病床，護理站像鬧空城一樣沒人坐守，要找到一個人回答問題實在是難上加難。護士都到哪兒去了？

不遠處的驗血中心發出喧鬧聲，兩個衣衫襤褸的中年男子在一旁不住的抱怨。

「護士小姐，我們先來的吶，你怎麼先讓他輸血？」

「你們昨天才輸過，怎麼今天又來啦？」

「我們身體好，熱血沸騰有沒有聽過？」一名男子用猥褻的口吻向另一名男子說，「小姐沒試過不知道啦！」說完兩人無恥的大笑。

其中一名男子接著說，「醫院不是鬧血荒，有我們這麼好的來源，還有不要的？」

「有這麼好的身體，怎麼不找份工作賺錢？」被吃豆腐的護士小姐嗤鄙地搖頭。

「這不就是在賺錢？不然你問問他。」兩名男子的臉垮了下來，其中一個人的手正指向剛輸完血的墨愆。

墨愆壓住剛抽完血的傷口，空著的另一隻手接過了錢，正要離去，兩名男子擋住他的去路。

「這個年輕人很面熟哦，是不是在哪裡見過？」兩人存心找碴。

「沒有，兩位大哥一定是認錯人了。」墨愆說得很心虛。

話才說完，他全身一凜，感到兩道赤條條的視線從不遠處射來，煙蘿和李母就站在那裡，兩人臉上的表情由震驚、慌張、失望、到鄙夷，讓墨愆無地自容，那短短的幾分鐘是他人生中受到的最大屈辱，無聲的眼神遠遠勝過尖銳的言語，讓他連辯駁的機會都沒有，甚至後來煙蘿和李母轉頭離去時，他只是呆呆地站在原地。

「我永遠記得她們當時的眼神。」

墨愆和瞿暟站在煙蘿的父母家門口，窄小的樓梯間有他人生最低潮時的回憶，不多卻鮮明刺痛。

「你知道那頓飯最後的結局是什麼嗎？」

瞿暟搖頭。

「她父親把她支開去收拾餐桌，之後，把我帶到書房去談話，」墨愆困窘的說下去，「他認為我的前途黯淡，沒有辦法帶給煙蘿幸福，他希望我離開他的女兒，他說，『你愛她的話會希望她得到幸福，你是愛她的吧？』誰說不是呢，一個父親貪污自殺、母親瘋了，還有負債的家庭，怎麼匹配得上她們清白的家世？更何況，一個逃避兵役的男人，怎麼可能成為一個負責任的男子漢！」

他的臉上帶著一抹苦澀的笑容，幾句嘲諷的話就像一篇獨白。

瞬間，三道強而刺眼的藍光穿牆而過，就像當初煙蘿和她母親的眼神，無情的擊中墨愆，他的魂體因而退了兩三步，他的臉色由紫轉藍，越來越亮，另一道藍光則隱沒在牆垣之中。

瞿暟知道他們距離那「哀傷」的魂不遠了。

墨愆了然於心，他對瞿暟說：「我們得想辦法進到這間房子裡，我想，一部分的我還困在那間書房內。」

第二十三章　色誘

1

房子裡的陳設沒啥改變，過了幾十年，景物依舊，人事全非。

墨愆成功的收回傷魂。

那曾經帶給他傷害的李父早已魂歸西天，房子裡只有李母佝僂的身影踱來踱去，兩個女兒也已經不住這裡。紅木櫃上多了幾張照片，那是她妹妹倩蘿的全家福，裡頭有她的丈夫和一對兒女；至於煙蘿，他不知她現在何方。

第一次來到煙蘿的香閨，雖然她已經不住在這兒，李母依然為兩個女兒保留各自的房間。床頭擺了張煙蘿的照片，不知是何時拍的，她已不再是當年那個清秀佳人，臉上的線條、捲燙的頭髮和發福的體態，在在透露出年齡和蓋不掉的一抹滄桑，雖然照片上的她仍是笑臉迎人。

「既然這個女人對你那麼重要，在她身上一定有更多線索，我想我們該去找她。」瞿噯盯著她的照片說道。

房間裡的擺設不脫少女風格，淡粉色的壁紙已然昏黃，溼氣長久侵蝕下來，一點一點斑駁的痕跡隨處可見，有些地方像是香煙燻過的，烙印著焦糖色的圓點。天花板角落有幾處蜘蛛絲，房間雖然整理乾淨，隨著歲月過去，李母顯然有力不從心的地方。

舊時的木桌椅矗立在窗前，上面擺著一盞檯燈，一個筆筒、幾瓶女性用乳液，還有一小罐她最愛的玫瑰香水，幫襯著增添一些人氣。空氣中淡淡煙草混著玫瑰香氣，聞著竟有些俗豔，與他記憶中清新秀麗的她完全兩樣。

旁邊有一個圓型的音樂盒，一名年輕女舞者正跳著芭蕾。墨愆轉了幾圈發條，音樂隨即響了起來，美麗的女人單著腳尖立著，弓著另一隻腳優雅的轉著圈圈。

他打開音樂盒，裡面放著一隻三克拉的鑽石戒指，那是他買來向她求婚用的。

「不知道她現在人在哪裡？」墨愆吐出這句話，神色若有所思。

「這個簡單，問問她母親的元神不就知道了。」

「不用了。找到她也沒用。」他篤定的說。

一陣沉默的靜謐中，只聽到床頭那只漆金生鏽的老時鐘滴答作響。

2

後來，墨愆一家在臺北安頓下來。

如他所說，他並沒有去當兵，因為體重過輕而不符合入伍資格。對他而言，那時候人生存在的全部意義就是拼命賺錢；至於愛情，他已經不敢去想。

李父的那一席話並沒有打擊到墨愆和煙蘿的感情，但是在醫院發生的事，嚴重的撼動他們的關係，原本支持他的李母在親眼見識墨愆窮困潦倒的落魄模樣，一改之前對他的好感，反對女兒繼續和他交往。

誰願意把自己的掌上明珠交給一個三餐不繼、得到醫院賣血賺錢的男人。

這個事件讓墨慦擡不起頭，無法面對她和她的家人；而她似乎對他們的未來感到茫然，什麼也確定不了，兩人之間的情愫產生很大的變化。她明白，愛情是無法靠努力就能得來的東西，雖然不甘心，被墨慦冷淡的拒絕幾次之後，她只好放手。

和墨慦分手後，她再也沒有交過男朋友，但心裡的陰影始終沒有抹去。

3

幾年後，聽說她結婚了。

對方名喚杜傑，是個馬來西亞的華僑，家裡很有錢，由於雙方家長是世交，兩人算是年少時的青梅竹馬。他在臺灣求學，後來他父親給他一筆錢在臺灣創業，開了一家染布廠。也許是能力不足，工廠一直經營不善。為了不要骨肉分離，他的母親希望他回大馬接掌父親的事業；和臺灣的事業相比，當然是回大馬撿現成的划算，因此他決定回國。

杜母希望兒子在當地找漢族的女孩結婚，生活習慣及文化較相近，但是杜傑鍾情於煙蘿，又得到她父親的大力支持，哪有放棄的道理。

因為兒子的堅持，杜母只好讓步。

結婚的當天晚上，杜母要人在新床鋪上一條純白的床單，還向下人千叮萬囑，第二天她要親自驗收。

煙蘿早非處子之身，當然沒有落紅，這件事引起喧然大波，新嫁進門的少奶奶私生活不檢點，讓她的夫家蒙羞。

由於杜母大動作的追究，杜家從上到下都知道這件事，下人在背後不停議論，沒有人尊重這位新少奶奶，後來是杜傑出面向母親謊稱是他猴急，煙蘿在臺灣就失身於他，才讓此事告一段落。

三十年前大馬的名門望族，怎能容忍兒子娶一個淫賤的女人進門。杜母原本就不喜歡這個媳婦，加上她剛進門，得下下馬威學規矩，煙蘿因而吃了不少苦頭。

豪門企業的飯碗並不好端，以夫為天，除了服侍丈夫之外，取悅公婆成了日常生活的重心，雖然衣食無缺，有僕傭伺候，但需要錢用做他途時，得請示丈夫。沒有自由，更沒有自我，這不是煙蘿想要的生活，她卻困在那兒動彈不得。

沒有愛情的婚姻十分脆弱，儘管她知道杜傑是真心愛她，在經歷「落紅事件」之後，杜傑對她來說更像是恩人，而積欠他的人情，得用她的身體來還，但她就是無法勉強自己，久而久之，等不到回應的愛漸漸消磨殆盡，他在外另築愛巢，很少回家。

沒有丈夫的家像一座煉獄，沒有任何保護。

杜母心中老是懷疑煙蘿不貞，加上她沒有替杜家添個一兒半女，對公婆連敷衍都做不好；以前是礙著兒子迷戀這個女人，她拿她沒有辦法，誰知道這個女人笨到連丈夫的心都抓不住，現在兒子鮮少回家，養個這樣的媳婦做甚！她看她越來越不順眼。

在這種日以繼夜的精神折磨下，她漸漸枯萎，只能靠酒精來麻痺自己，她對杜傑數度提出離婚都遭到拒絕。

「我到底哪裡不好，你為什麼不能愛我？」他眼眶泛紅，顫抖的問道。

這是杜傑聽到她要求離婚最初的反應，到後來他已經失去理智，「你讓我痛苦，我也不讓你好過，你這輩子休想離開我！」

為了怕她離開，他甚至扣押了她的護照。

她漸漸明白，沒有錢就不能追求自己要的人生，她連逃走的本錢都沒有。她痛苦得快要窒息，她得想辦法離開這座富麗堂皇、與世隔絕的監獄，不管用什麼方法。

杜傑有個弟弟名喚杜威，在家的地位一直不如兄長，他和煙蘿也是打小相識，兄弟之間競爭得很厲害。他後來應母親的要求娶了當地的一名華裔女子，名叫嚴俐。她家境優渥，和杜家稱得上門當戶對。

由於語言和文化的差異，妯娌間無話可說，加上兄弟間暗地較勁，雙方對彼此更無好感，存在一種戒心。

嚴俐是當地人，和杜家上下溝通無礙，懂得討公婆的喜歡，儼然有接班女主人的態勢，大家對她都巴結得很；而煙蘿已是惡名昭彰，不得人心，連僕歐都使喚不動，她在杜家一天比一天孤立了。

杜威知道兄嫂之間的關係不好，他心癢難耐，征服煙蘿不但能證明自己，又能踩在杜傑的痛處上，一吐多年的怨氣。他經常藉故來騷擾煙蘿，要是不幸被逮到，就推說是煙蘿勾引他的，反正她已賤名在外，誰會護著她？

過了這麼多年，煙蘿對杜威的心思再清楚不過，她知道自己的處境如履薄冰，一直都是小心翼翼。嚴俐也是個明白人，察覺自己的丈夫對大嫂有非分之想，對煙蘿更是厭恨氣惱。

她不去招惹麻煩，麻煩卻沒有放過她。

這一天她的公婆外出，她躲在房裡喝酒。除了喝醉時能讓她全身放鬆、什麼都不在乎外，清醒的時刻讓她痛苦萬分，她再也沒有辦法過這樣的日子了。顧不了面子，不管下場如何，她一定要離開這裡，狠狠的下定決心之後，加上酒精壯膽，她直直的走到外面的大柵門前，卻被僕人攔下來。

「大少奶奶要上哪兒去？」

「笑話，我到哪兒還要向你報告？閃開！」她一把推倒擋在門口的女管家。

「大少爺特別交代要好好照顧大少奶奶。您喝醉了，請回房休息。」

管家喚來兩名保全，一群人七手八腳的架住煙蘿，硬是把她拖回房間裡關起來。她一路尖叫，使盡吃奶的力氣也掙脫不了眾人的力量，她覺得自己瘋了，甚至咬傷其中一名保全，那又如何？一樣離開不了這裡。

明天太陽升起，除了被婆婆狠狠的訓斥之外，她的命運會如何？

被軟禁？綁起來打一頓？還是送到精神病院去強制治療？想到她的人生就此葬送在這棟深宅大院之中，她絕望的痛哭了起來，好像有一世紀之久。

那一扇厚重的房門終於被打開，走進來的人正是杜威。

她全身戰慄，立刻警覺起來，擦乾眼淚，防備著眼前這個男人。這個家庭已經奪走她的青春和幸福，還要怎麼樣，真要把她逼死才肯善罷甘休？

「別擔心，我不會傷害你的。」杜威柔聲的安撫道。

「你來做什麼？」

「我來看看你怎麼樣了，畢竟我們是一家人。」

他漸漸的靠近煙蘿，伸長一隻手撫摸她的臉龐。這次，她沒有閃避。

「我已經交代下去，今天的事沒人會張揚出去。相信我，我會保護你的。」

她僵住身子不動，在他的認知裡，這是個莫大的鼓勵。他把嘴湊上前去吻她，她別開了臉。

一個奇異的念頭倏地應運而生，眼前的男人也許是這個家的唯一弱點，是她離開的關鍵，如果她能好好的利用這個男人，弄得這個家雞飛狗跳，他們若一氣之下休了她，那她就自由了。

白受了這麼多罪，她恨自己沒有早點想到這個點子；其實她並不是沒有想過這個點子，而是她還知廉恥、重禮教，她的個性及教養做不出這等傷風敗俗的事，她雖然什麼都沒有，起碼還保有一點尊嚴。

對自己冷笑一聲，眼眸裡盡是悲哀，她覺得自己一定是瘋了，對一群舉家上下都瞧不起你的人，就算犧牲生命也換不來他們的尊重。定見就是這樣一件東西。

多做或少做一件無恥的事，於她又有什麼差別？現在，生存比什麼都要緊。

杜威被她突如其來的笑容困惑了，猜不出她的心思，他只是目不轉睛的盯著她。

「你想要我很久了，是不是？」

煙蘿陡然對他嫣然一笑，酡紅的臉頰帶著醉意，她故意把上衣的扣子解開，露出白皙豐盈的乳線，然後滿不在乎的坐在地上，身體靠在床沿，雙腿隨便的張開，讓她看起來更性感撩人。

沒有看過這樣的煙蘿，眈溺在這樣的氣氛中，他醉了。

她的乳房像兩隻白嫩蓬鬆的海綿蛋糕，光只看見就聞到香氣，他困難的嚥了口口水，終於忍不住伸手去摸。

他的手被煙蘿無情的撥掉。

「你身上有錢嗎？」她笑著問，像個真正的妓女，交易之前要先談價錢。

談到錢，男人的表情猛然戒備起來，剎那間沒了興致。

煙蘿撫著杜威的臉，「別緊張，我只是想要跟你玩個遊戲，」她的口氣隨即變得嚴厲，目露兇光，「難道我比外面的女人還不如，不值得你在我身上花錢？」

她的反覆無常嚇著了他，他支支吾吾說不出一句完整的話。

「讓我看看你身上有多少錢。」

她的脣貼在他的耳邊喃喃淫笑著，一隻手伸進他的西裝褲探尋他的皮夾，好幾次刻意碰到他早已高漲的慾火，搔得他捺不住這股衝動。

她把錢拿出來，胡亂塞進自己褲子的口袋裡。

他順勢把她壓在床上，一陣亂扯之後，猴急的拉下自己褲頭拉鍊。突然間，她臉上的表情轉為嚴峻，冷冷的說：「你父母快要回來了，今天到此結束吧。」

「放心，他們不會這麼快回來。」

不甘心到手的鴨子就這麼飛了，他不是笨蛋，誰知道他不是今天運氣好，明天這女人就改變主意？

「如果你只想跟我溫存這麼短短的幾分鐘也行，要是我們的事被你父母發現，恐怕你再也見不到我，更別提我們能好好享受一場性愛。你知道很久沒有男人碰我了，你如果能好好待我，我是不會拒絕的；再說，你太太也在這間屋子裡，我要是忘情叫得太大聲，把她引了來，你要怎麼收拾？我今天全身酒臭味，倒不如你先回去安撫安撫她。」

她伸手觸碰他的堅硬，挑逗的說：

「我好歹是你嫂子，跟外面的女人不一樣。明天把錢送過來，過幾天想辦法把爸媽和嚴俐支開，我們就能隨心所欲的做愛了。」

她言之有理，父母就要回來了，沒必要自找麻煩。有了佳人的保證，就忍個兩天也值得，他踏著輕鬆的腳步離去，好似什麼都沒發生，喜悅之情卻是藏都藏不住。

第二天一早，煙蘿收到一個信封，裡面裝了三萬元馬幣，加上之前杜傑給她的月費，以及結婚時的金飾珠寶，這些錢夠她一路逃回臺灣，生活一陣子了。

豪氣奢華的白色莊園像座皇宮，戒備森嚴，晨曦透過兩扇落地窗灑了進來，微塵在一片光亮中飛揚，上上下下的，正如煙蘿此刻的心情，複雜混亂。

走到露臺上，她背靠著牆沿，望著那個信封好一陣子，想起杜威想占有她的迫不及待，她的嘴角掛著一抹輕鄙的微笑。習慣性的燃起一根香煙，卻一口也沒抽，任由香煙一點一點地燒成灰燼。

下一步她該怎麼做？這一著棋太危險，一旦做了，她就沒有回頭路了。

把錢收好，僅留一萬元在信封裡。她走到嚴俐的臥房外，閉上眼深深吸了口氣，終於敲了她的房門。

「什麼事？」來應門的嚴俐沒好氣的問。

一看見煙蘿，她故意用鼻子嗅了嗅，雙手在胸前交叉，嘲諷地說：「一大早就喝醉啦！」

「我今天不是來吵架的。」煙蘿強做鎮定，不回應她的挑釁。

「那你有什麼貴事？大少奶奶。」

「可以請我進去坐坐嗎？」

嚴俐一隻手撐在門框上，身體擋在煙蘿面前，明顯拒人於千里之外。「我和你之間沒什麼好說的，有什麼話在這兒談就行了。」

煙蘿的神情在幾秒鐘之內由憤怒轉為輕蔑，輕佻的口吻中帶著威脅：「這件事和你親愛的老公有關，」她用手捲了捲自己的長髮，露出淫穢的笑容，「你要是不介意讓所有人知道你老公昨天到我房裡幹了些什麼，我們可以在這兒談！」

嚴俐訝異的看著煙蘿，不敢相信她的耳朵，女主人的態勢一下子沒了。煙蘿趁勢強行進入她的房間。

「說吧，你到底有什麼事？」關上門，嚴俐面色不豫的問道。

煙蘿坐在靠窗的歐式沙發上，雙腳交疊，不改輕浮的態度，不客氣的說：「我想，你也知道你老公對我充滿興趣。」

嚴俐受了極大的刺激，雙手握拳，恨恨地回道：「如果你只是來跟我炫耀的話，大可不必，畢竟我才是正宮娘娘，你是鬥不過我的。」

「我並不想和你鬥，我只想離開這裡。」

「那是你家的事，和我有什麼關係？」

煙蘿走到那張舖了絲質寢具的雙人床邊，囂張的坐下，單手撫摸光滑的被套，露出嘲諷的神情：「昨天下午，杜威就急著在這裡要了你吧？」

聽不出話裡的含意，卻無法否認這個事實。想起杜威昨天的熱情，嚴俐的臉龐微微發熱，有些害臊，但這話從煙蘿的嘴巴吐出來，她直覺事有蹊蹺。

「我們夫妻之間如何，你管不著。你是想男人想瘋了，這種不要臉的話也說得出口！」

「我不要臉？」煙蘿先是一臉震驚，隨後恢復原先的氣焰，話語中帶著怒意，「這個家把我逼得快瘋了，要臉做什麼！昨天要不是我不讓杜威占我的便宜，他會慾火焚身的回來找你解決？告訴你，我什麼都沒有，就是不缺男人，只要我願意，我自己的老公就可以治得服服貼貼，貪圖你老公做什麼？」

嚴俐陷入自己的思緒裡，沒有說話。

「我要你幫我離開這裡。」煙蘿接著說。

「笑話！我為什麼要幫你？」

煙蘿拿出杜威一早送來的信封，露出厚厚的一疊現金。

嚴俐驚愕的認出白色信封上燙金的公司商標，那正是丈夫管理的公司。一把火在胸臆中悶燒，她伸手來奪，但沒有成功。

把信封重新收好，煙蘿冷酷的說：「如果你不幫我，我就只能留在這裡，為了自保，我會成為你的夢魘。我離開對大家都有好處，我要你幫我找回我的護照，然後訂好回臺灣的機票，越快越好。」

「如果我不呢？」

「那簡單，過幾天杜威會想辦法把你和公婆支開，然後來找我交歡，你若放心得下，我也只能豁出去了，如果你想避免這件事發生的話，那就聽我的，這對你只有好處。」

「我憑什麼要相信你？」嚴俐被說動了，卻仍是硬著一張嘴。

「當你老公急忙要把你和公婆送走時，那就是警訊。到時就別怪我沒通知你！」撂完這句狠話，煙蘿用力的甩了房門離去，對向來傲慢的嚴俐吃鱉的嘴臉毫無興趣。

4

早把行李準備好，她惴惴不安的等了兩天，嚴俐那邊仍沒有消息。

終於，有人敲了房門，開門之後見是杜威，一陣失望之情在心中充斥。杜威熱情的攬她入懷，又親又抱，煙蘿僵著冰冷的身體，十分冷淡。

他期待中的煙蘿應該性感催情，少了兩天前的熱情，他像被澆了頭冷水，不滿的說：「怎麼，嫌錢不夠？」

煙蘿一聽，順著他的話說，藉機拖延：「原來在你心中，我就值那麼一點？」怕杜威耍性子動手打人，她故做嬌憨，不滿的說。

「那你說，多少才夠？」杜威把自己的皮夾掏出來，取出裡面的大把現金。

她接過錢，嬌媚的說，「你今天匆匆忙忙就來了，沒有事先約好時間，你看，我什麼都沒準備。」一邊說，眼角帶著春意。

「要準備什麼?有你就夠了。」

杜威急著扯開她的上衣，一隻手搓揉她渾圓的胸部，說什麼他今天一定要得到她，絕不讓她找到任何藉口躲開。

煙蘿沒有抵抗，腦怒著嚴俐的愚蠢。

此時，門外傳來急促的腳步聲，嚴俐沒有敲門就闖了進來。

杜威剛才太著急要得到煙蘿，沒注意到房門沒鎖。

一見到火冒三丈的嚴俐，他立刻就像老鼠碰到貓，孬種的喊冤，「都是她勾引我的。嚴俐，我們真的沒怎樣，你要相信我。」

煙蘿的雙手顫抖著，困難的燃起一根煙，吸了一口氣，嘆息般的把煙霧吐回空中，沉默不語。

為了顧及自己和丈夫的面子，即便是抓姦，嚴俐也不敢驚動他人。這種被丈夫背叛的創痛，沒有親眼所見還真不相信，她憤怒的甩了杜威一巴掌，恨恨地瞪著衣衫凌亂的煙蘿許久。離去之前，煙蘿聽到嚴俐河東獅吼的對丈夫叫囂著，「還忤在這裡做什麼！」

把房門關起來，她久久無法平息內心的激動，驚懼兼而有之。經過這個事件，她再也不是從前的李煙蘿了。

未來會怎樣？萬一嚴俐不照自己安排的劇本走，那她又該如何？

從置物櫃裡拿出一瓶紅酒，咕嚕咕嚕的往喉嚨裡灌，此刻她只能先壓壓驚。

5

這件事暫時被嚴俐壓了下來，她是個聰明人，決定還是把煙蘿送走為上策。度日如年的過了一星期，煙蘿終於得到她要的。

再一次踏上自己的國土，她百感交集的紅了眼眶。李家父母知道女兒的遭遇後，非常懊悔把她遠嫁到馬來西亞，只能在一旁陪著流淚。

杜家這一頭，好端端的少了一個媳婦，一場風暴正在蔓延。

杜威和煙蘿的醜事當然瞞不住，嚴俐受了這麼大的委屈，大吵大鬧著要離婚！為了遮掩家醜，同時安撫嚴俐，杜家長輩堅持休了煙蘿，即使杜傑再怎麼不願意，只好在父母的壓力下妥協。兩兄弟因為一個女人翻臉，多年的糾葛浮上檯面，相見分外眼紅，分家的戲碼正要如火如荼地展開；只不過，一切已經和她無關了。煙蘿在兩個月後收到杜家寄來的法院判決書，裁定離婚。

回到臺灣，她最想見到的人還是墨愆，不知道他過得如何，結婚生子了沒有？

第二十四章　女人，讓我歡喜讓我憂

1

多年過去，墨愆早把債還清，弟弟墨燮也早已自立，家裡的環境徹底改善。

經過一段時間的治療，曉梅的病情改善許多，畢竟心病還需心藥醫，讓她真正痊癒的關鍵是墨脩終於回到身邊，向她跪求原諒。

此時的墨愆氣宇軒昂，事業蒸蒸日上，「尹揚」日益壯大，他所關心的是如何讓公司成為不可撼動的企業帝國。只要有錢，要什麼女人沒有？

愛情，不過是年輕人的童話故事罷了。

關於煙蘿的一切，墨愆都是由晟皓夫婦那裡輾轉聽來的，雖然偶而想起她會有些心痛，隨著時間過去，他對這個名字漸漸產生麻痺。

遠在另一個國度虛幻的名字，哪裡比得上身邊的軟玉溫香。雖然身邊的女人沒斷過，那些露水姻緣不過是解決生理上的需求，女孩們要的虛榮和物質，他也儘量滿足，達到各取所需的平衡關係，他聰明的知道不要養大女人的胃口，因此，速食愛情的保鮮期限一到，他立即失去興趣，尋找下一個目標。

這樣的黃金單身漢，總有一些女人愚蠢的想要抓住他，卻從沒有機會下手。他的經驗豐富到一眼就能分辨哪些女人不能碰，哪一些才對他的胃口。只有一個女人例外。她是他的紅粉知己，了解他勝於世上任何人，給他自由，不過問他的私事，從不帶給他麻煩，她就是香織。

和她相處起來很輕鬆，她不具威脅性，是個談心的對象，既善解人意，又懂得應對，能應付任何社交場合，讓賓主盡歡。

她雖然出身酒店，各方面知識卻涉獵不少，尤其是和藝術相關的訊息。當然有許多人並不知道她的背景。有時墨綮喜歡看她社交，心想那些對她掏心掏肺的談話對象在不經意中又洩露多少祕密，恐怕他們自己也沒有發現。

和墨綮在一起後，她便辭去酒店的工作，一圓當畫家的夢想。

纏綿一個晚上，墨綮擁著熟睡的香織，躺在他為她買來的公寓裡。他把她累壞了，他想。臥室內擺著一盆白色蝴蝶蘭，牆上掛著香織用油畫繪出的蘭花，相同的背景擺設重疊在一起，映入墨綮的眼簾，他卻視而不見，他腦海裡想的是另一件事。

「在想什麼？」香織悠悠的醒轉，見他一臉憂鬱，關心道。

墨綮沒說話，他不知道要如何跟她開口，這個女人已經為他犧牲不少，打破自己的原則，只為了取得尹楊需要的情報。為了當墨綮的商業間諜，兩人的戀情地下化，這是墨綮給香織和自己的理由，如此一來，他就不必向她承諾未來。

其實，更多的矛盾在他的心裡糾纏，大嫂沁瑤不就是酒店出身！他受夠了她和她的低俗，對於這種以為靠上了男人就一輩子不用煩惱吃穿的女人，他說不出有多麼厭惡。難道她們真以為尹家的男人只配接收酒店的女人？雖然他心裡明白香織不一樣。

為了公司的前途，他困難地開口：

「多年來廣通經營不善，聽說正在尋找買主，業界傳說日本的東園打算入主廣通，把訂單全數轉移到自己的子公司去，如果這傳言是真的，那尹楊恐怕得關門大吉了。」

香織警覺的坐起身來，套上浴袍保暖，身體卻不由自主發顫，她知道他有求於她。

「只有你能幫我了。」見她一語不發，墨愆厚顏地說出自己的要求，「你我都知道東園的村上助之對你很迷戀——」

香織打斷他，說出她的難處：「你答應過我，不會讓我再接近他。」

「我知道。我保證，這是最後一次，如果連你都不幫我，尹楊就等著倒閉，我這輩子沒求過人，難道你要我跪下來求你？」

「這次我恐怕無法全身而退，這樣你也可以接受嗎？」香織痛苦的問道。

「為了尹楊，什麼犧牲我都得吞下去。」

「你要我怎麼做？」

她眼眶裡不住打轉的淚珠終於掉了下來。

墨愆當然不會這樣傻，光靠香織一個人的力量怎麼可能阻止東園擴編。

除了讓香織散布假消息之外，她最重要的工作就是拖延時間。期間他找元玫合作，出面買下廣通，雖然後來沒有成局，時間點過了，日本那邊便沒了下文。少了東園，廣通另外找到買主，對於尹楊來說，這已經不足為懼。

不久，香織發現自己懷孕了，她等不及要和墨愆分享這個好消息。

成功阻礙東園入主廣通，加上好孕報到，喜事連連，墨愆早到了當父親的年齡，說起來，這個孩子真是個福星呢。

做了墨愆多年的地下夫人，她從來不敢向他要求承諾；但是這次不同，她為他解決公司的危機，她有資格要求她想要的，況且她懷了他的孩子，她得為孩子爭取一個穩定的生活。

2

墨愆最近心情好得不得了，見到人總是眉開眼笑，就像正在談戀愛一樣，臉上散發的幸福光彩藏都藏不住。除了東園的危機解除之外，還有一個想都想不到的驚喜。

一個星期五的晚上，晟皓和宜珊約他吃飯，說是要為他介紹一個朋友，神祕兮兮的，什麼都不肯說，只表示他決不會後悔來赴約。

來開門的人是煙蘿，墨愆傻傻的愣在門口長達三分鐘之久。

久別重逢，沒有人開口說第一句話，他們對那種既熟悉又陌生的感覺感到害怕，就像當初墨愆為債不告而別一樣。這是煙蘿第二次主動尋找他的下落，再次見面卻相隔了十多年。

「請進。」她勉強擠出一個笑容，滿心惆悵。

他有些不確定的踏入好友的家，一臉探頭探腦的呆樣。

「他們不在家。為了安排我們見面，他們把家空出來，帶小孩出去玩，明天晚上才會回來。」

知道主人不在家，兩人在沙發上坐定，一時間不知該說些什麼。煙蘿站起身，泡了一壺茉莉花茶，倒了一杯遞給墨愆。

應付女人身經百戰的墨愆，面對佳人，又重拾年少時的青澀靦腆，連他自己都驚訝不已。東拉西扯的廢話幾句，話題圍繞在不在家的主人身上。

「餓了吧？我下廚做幾道菜，讓你嚐嚐我的手藝。」她再次起身，走向廚房。

墨愆跟在她身後，俏皮的說：「這麼多年沒見，想不到你會做菜。」

「雖然在那裡學了幾道當地的菜，說起來飲食文化就是流在血液裡的頑固因子，不管怎麼吃，還是家鄉菜對味，今天準備的菜都是回臺灣之後跟我媽學的。」

多年不見，她的倩影清麗纖瘦，多了幾道皺紋的臉依然美麗，散發著一種撩人的嫵媚，像一朵盛開綻放的薔薇，已經開到盡頭，不久就要凋謝，那抹哀愁藏在她的眼瞳裡，是那麼清晰深刻。看著她，他的心不禁泛起一陣疼痛。

待在廚房裡看她起鍋弄灶，他突然有一種奇異的錯覺，原本屬於他的幸福卻被命運活生生的奪走，這個女人本來就是他的，轉了這麼大一圈，終究還是回到他身邊，那一秒他有了成家的念頭。原來他的好友一直都是過著這麼美好的生活，好你個晟皓！

晚餐過後，煙蘿備了一瓶紅酒，慶祝這個故人重逢的時刻。

酒過三巡，兩個人的距離拉近許多，好像當初一樣，可以想說什麼就說什麼。

「你結婚了嗎？」煙蘿必須知道。

見墨愆搖頭的瞬間，她放下了心。她的遭遇他大都了然於心，他的世界她卻一無所知，他們之間有太多空白，她急著想填滿。

墨愆告訴她所有的事，包括償債、創業和哥哥娶酒家女的事，獨獨就是漏掉香織的部分沒提。他們愉快的談了一夜，只是談心而已，這一夜他們把對彼此的感覺都找回來了，這個失而復得的時刻好像等了一輩子之久，所有的煩惱和阻礙彷彿不曾存在，此刻，他異常快樂。

墨愆和瞿暟在煙蘿的粉紅臥房裡徘徊。

他輕撫著音樂盒裡的戒指，回想這段甜蜜往事。那時的他不願意再浪費時間等待，早早的把戒指給準備好，向她求婚的那一刻，兩人都流下了甜蜜的淚水。

白金鑽戒突然飄浮起來，緩緩地停在墨愆的手上。戒指的內緣閃出了光芒，如晨曦般的金光照耀整個房間，那股溫暖煦煦悠揚，令人心滿意足，飄然於化外，彷彿什麼都不重要了。

心弛蕩漾的墨愆像醒了過來，他沒忘記他的任務，將葫蘆口對準戒指，收回他的喜樂，他的心情隨之平靜下來。收回四道魂魄的墨愆，心魂已安定不少。

他有些難為情的向瞿暟承認，「你是對的，這個女人的確對我很重要。我沒想到會在這裡看到這枚戒指。」

瞿皚點頭，接口說：「之後發生什麼事？」

3

決定和煙蘿結婚，香織成了一個大問題，深深困擾著墨愆。他們的事決不能讓煙蘿知道。香織知道後會有什麼樣的反應？

她應該要為我感到開心才對，他說服自己。畢竟香織是個善解人意的女人，尤其她知道自己所有的事，那段沉重的過去和痛苦，世界上恐怕沒有人比她更了解他了。

來到她家門口，室內傳來一陣優美的旋律，她正在彈琴。他掏出鑰匙開門進去。

一看到墨愆，香織興奮的給他一個擁抱，甜甜的說：「不知道你今天要來，我一個人已經先吃過晚飯了。」

「不要緊，我是吃飽才來的。」

「今天留在這兒過夜好嗎？」她溫柔的請求。

「今天不了，明天還有一個會要開，一會兒我就得走了。我只想來看看你。」

一會兒得去接煙蘿，自從決定結婚之後，兩人總是膩在一起。好不容易找到藉口溜出來看看香織，這麼久沒見到她，他心裡老覺得不妥。

香織走到開放式的廚房裡，打開冰箱拿出切好的水果，不一會兒，她已經打好一杯果汁。

墨徭接過杯子，壓驚似的豪飲一口，視線停在手裡的杯緣，他覺得若要開口，現在就是時候，至少他不必直視她的眼睛，把這件事輕描淡寫的告訴她。

「我最近遇到一個老朋友，你也知道她的，猜得出是誰嗎？」

香織搖頭，有股不祥的預感，臉上仍然帶著淡淡的笑容。

「是煙蘿，她從馬來西亞回來了。」

香織聞言愕然，不知道接下來墨徭要告訴她什麼，急忙塞了句，「她過得好嗎？」她別開臉，心裡惴惴不安。

「她離婚了。我很驚訝還能再見到她，分開這麼多年，我們決定不要再浪費時間了。」

香織溫和的臉陡然變色。

「你的意思是——」

「我們要結婚了。」墨徭終於把話說出口，霎時心情輕鬆不少。

看著香織瞬間刷白的臉，他不確定的問道：「你會祝福我吧？你一直都懂我。」

她不敢相信自己聽到了什麼，她瞪著他，不懂這個男人怎麼能如此殘忍！只一瞬，她瞳眸裡的光芒已全數斂去，取而代之的是沉潛多年的怨，她這才明白，原來，她心裡不是不忮不求的。

無法再掩飾心中的淒苦，她斂眸質問：「那我呢，你要把我擺在哪裡？」

「我不懂你的意思，我們就跟過去一樣，什麼都沒改變。」

「你要是結了婚，什麼都改變了，你多了個太太，她能接受我嗎？」

「她不知道我們的事。只要你不說，一切都不會改變，我每個月一樣付生活費供你，這裡還是我們的家，如果你覺得不放心，我可以把房子轉到你的名下，生活費加倍給你。」

怎麼可能什麼都沒變？

墨愆的花心她是知道的，那時他只是逢場作戲，這種應酬多到數不清，真要和他計較起來，是和自己過不去，況且，那些女人就像早晨的朝露，一下子就蒸發不見；但是這次不同，他要結婚了，那個女人還是他這輩子唯一真心愛過的。

這麼多年的犧牲，她算什麼，她的孩子又算什麼？

「我有了孩子，你要怎麼辦？」香織的臉因痛苦而扭曲，她強忍住眼眶中的淚水。

墨愆眼中閃過一絲訝異，他不確定她話裡的含意。

「不會的，我不會讓這件事發生。」

「若是不小心有了呢？」

「那就拿掉吧！你知道我不可能認這個孩子的。」墨愆蠻橫的說道，話裡不帶任何感情。

倘若她真的有了孩子，誰知道孩子的父親是誰？也許是村上助之也說不定！他不願意再想下去。若要生孩子，他和煙蘿會有自己的孩子。

香織的雙眼灼熱，眼淚幾乎燙傷臉頰，她抑不住更多的淚水，一顆一顆地從眼眶裡湧出來，終於痛哭失聲。

把香織一擁入懷，他吻了吻她因流淚溼透的兩頰，安慰道：

「你是個聰明的女人，你知道我能給你什麼。這樁婚姻改變不了我們的過去，也影響不到我們的未來，相信我，別哭了。」

她淚眼朦朧的看著他，猛然壓下喉間的酸澀，鼓起勇氣問：「你愛過我嗎？」

沒有回答這個問題，因為他不知道答案。

躊躇一會兒，重複說了句，「相信我」，他倏然轉身離去。

第二十五章　香織是誰

1

生命中有了固定的一個女人是截然不同的一件事。

儘管從前拈花惹草，花了許多時間在女人身上，他還有餘力應付，同時保有相當程度的自由；現在情況則大不相同，應付同一個女人卻讓他有力不從心的感覺。也許是因為太在乎，越小心翼翼保護著，越覺得辛苦，然而，情正濃時，他不願意對自己承認這是種負擔。

煙蘿結過一次婚，她明白婚姻是什麼，她受夠待在家裡無所事事，過著和傭人朝夕相處的生活，再則，墨慜太忙了，她無時無刻都希望和他膩在一起，做他事業上的好幫手，為此，墨慜答應煙蘿讓她做他的特助，了解公司的運作方式。

特助是董事長的未婚妻，在公司是一件公開的祕密，大家對她十分敬畏，若非萬不得已，根本不會有人找她說話，以免不慎得罪高層。其實，背地裡大家都在討論，她是對她的未婚夫不放心，所以要在公司坐鎮，以防想攀龍附鳳的女職員趁公事之便勾搭她的男人，順便杜絕他拈花惹草的可能性，畢竟尹墨慜花名在外，業界無人不曉。

事實上，墨慜對女人的態度雖然很隨便，但他從不招惹自己公司的女員工，甚至對她們的防衛心更重，他明白兔子不吃窩邊草的道理，將之奉為圭臬，從未破例；況且煙蘿剛回國，根本不清楚墨徭過得是怎樣紙醉金迷的生活，只能說他們想太多了。

剛開始，煙蘿很努力的融入工作環境，然而，沒有工作經驗的她，對公司產品及經營模式一竅不通，工作又沒有實權，少了她能發揮的空間，除了當祕書接接電話，其他的雜事，墨徭根本捨不得交辦她去做。她在公司就像一個高貴的花瓶，擺在那裡，尊貴到人們不敢擡頭多看一眼，她越做越不是滋味。

越和墨徭相處，她越感到寂寞。

他的應酬並沒有減少，有時候，甚至一大早他就得出門去打高爾夫，和老闆們球敘之後才開始一天的生活。她很佩服他驚人的體力，她曾經和他一道參加過幾次，三四點就得起床，應酬過後又得去上班，上班時她已經昏昏欲睡，他卻一直保持在亢奮狀態，有時，他晚上又有飯局，其實一天之中睡不到幾個小時。

後來，她開始拖延上班時間。她一向沒有工作慣了，而且這份工作是那樣乏味，缺少成就感。她經常賴床，或是勾引墨徭來場晨愛，讓他錯過許多重要的會議。

他覺得自己就像一個荒淫誤國的君主，這樣下去公司遲早要倒閉的。

和她溝通許多次，想不到她的回答是，「我們是老闆，愛幾點去就幾點去，誰敢管你上班準不準時？」，「花錢請人做，幹嘛這麼累！」

兩人對公司經營的觀念南轅北轍，常因此發生口角。

身為他的未婚妻兼特助，她自做主張的回拒許多重要的應酬，尤其是那些須涉足酒店的場合。她不解為何男人談生意一定要去有女陪的地方，認為是墨愆自己愛去，藉口「不得已而為之」。兩人的爭吵更兇了。

有一次，他到酒店應酬，晚上九點鐘，她打電話到酒店找他，騙他自己身體不舒服，要他立刻回家。

她把自己打扮得性感撩人，準備了美酒小菜。

墨愆回家後，發現這是個騙局，勃然大怒。為了趕回家，他把重要的客戶撂在那裡，讓業務自己去接待，他沒有做過這麼失禮的事，只因為這個女人的任性妄為。

灌了一大杯紅酒的煙蘿，一手夾著煙，瞪著坐在沙發上生悶氣的墨愆，她走向前，衣不蔽體的坐在他的腿上磨蹭，模仿酒店的小姐說話的方式。那半醉、低級的模樣，像極了站在路邊賣春的流鶯，令人難以忍耐。

「你知不知道自己在做什麼？」墨愆一把推開她，怒不可遏。

「你不就愛這口味，要不然到酒店去做什麼？」長久以來的火氣一下子湧了上來，她刻薄道。

「這就是你急忙叫我回來的原因，騙我身體不舒服，就是要我回來看你當妓女的樣子？」

聞言，她瞪大雙眼，飽含怒氣，不敢相信這句侮辱的話出自她心愛的男人。它是一句提醒，讓她想起自己是如何色誘杜威，才得以逃回臺灣。原來，他也跟杜家所有的人一樣，認為她是這樣的女人。

她把手上的酒杯砸上牆壁，一手拂掉桌上的餐點，杯盤叮叮噹噹地摔個粉碎，她抑不住滿腔怒火，號啕大哭了起來。

這是他們第一次經歷如此激烈的爭吵，他沒心情、也不知道該如何處理這種狀況。他不置一言，狠狠的甩上大門離去。

他驀然想起香織，她的溫柔和善解人意，在她身邊能得到的慰藉遠遠大過了煙蘿，為何他就是不愛她？

前往香織的公寓，她不在家。他覺得自己是個糟透的情人，只有在失意的時候才想起她，利用她來平復自己的心情，但是他又缺不了她，他不能放她走，即使他要結婚了。

在屋裡獨自坐了一會兒，她沒有回來。等待是一件索然無味的事，他沒有想過香織經常獨自熬過等待他的時刻。

留下一筆錢，還有一張紙條，上面寫著：想你，我會再來。

冷靜過後，他覺得今晚的爭吵實在太無聊，千思萬想全是自己的錯，都要和煙蘿結婚，還說出那樣傷人的話，難怪她會那麼生氣。

他愛她，只要她開心，犧牲一點時間或金錢又算得了什麼。抱著這樣的心情，他回到家裡向她求和。這個時候，關於香織的一切，她的美麗與哀愁，早就擺到一邊去了。

磨擦是一種情感促進劑，在經歷吵架帶來的痛苦之後，兩人的感情更緊密了。

本來煙蘿這個特助的工作就可有可無，她也不喜歡工作內容，籌備婚禮成了目前能讓她開心的事，她經常在下午外出，挑婚紗、洗三溫暖、做頭髮等等，自己一個人忙得不亦樂乎。

少了她的緊迫盯人，墨愆鬆了好大一口氣，工作起來更有幹勁，他甚至在想，要怎麼為煙蘿找到屬於她自己的事業，做她開心的事，如此一來，她就會離開尹楊，他才能專心工作。

既然要成為他的妻子，社交應酬是免不了的。他不否認社交是一項專長，需要長時間的學習，但也有人與生俱來就有那樣的天賦，他見過最懂社交的人就是香織，可惜她不可能給煙蘿任何指導。

唉，要是煙蘿能像香織一樣，懂得如何在事業上幫助他就好了。

煙蘿不善社交，她太我行我素，她討厭聽那些虛偽的場面話，當然更說不出口，年紀漸長，她知道交朋友的重要性，也明白社交的必須，尤其是要嫁給墨愆這樣有身分地位的男人。她問自己，馬來西亞的杜家不也是有錢有威望，在那裡待了十幾年，她為何對社交場合依然焦慮不已？

她發現從前的社交完全是為了迎合她婆婆，那些場合是杜家老太婆的戰場，她充其量不過是她拿來炫耀的戰利品罷了，不當的禮儀或言語都會給她帶來麻煩，動輒得咎，她甚至不知道在社交場上該如何呼吸才能讓老太婆滿意。像個人偶一樣，她的一舉一動都掌握在別人手裡，連出席的禮服都是老太婆挑好送來的，她不像嚴俐是出身馬國的名門望族，沒有那份自信和她那安身立命的怡然自得。

是嘍，這就是答案。

但是現在不同了，她是墨愆的未婚妻，她將會擁有自己的戰場。

2

為了讓煙蘿能更快融入婚後的生活，墨愆開始帶她出席各大派對，讓她有機會認識他商場上的朋友和他們的伴侶。

煙蘿是社交界的新星，乘著墨愆的名氣飛行，能馴服這樣一個炙手可熱的黃金單身漢，大家都對她感到好奇。

一位嬌小玲瓏的女孩走近煙蘿。她有一張秀麗的臉龐，一對眼睛靈活的眨呀眨的，帶著淘氣又輕佻的氣質。

「你就是尹董的未婚妻吧？」女孩輕聲道。

煙蘿還以一個親切的問候，兩人搭訕的聊了起來。

「你怎麼認得我的？」

「這裡所有的人都知道你，你們訂婚的消息很轟動，大家都在猜什麼時候結婚。」

女孩小名婷婷，是個年輕的平面雜誌模特兒，認為女人要發達就要勤跑趴，夢想飛上枝頭當鳳凰，是個典型的拜金女。今天會出現在這裡，還是千萬拜託在工作上才見過一兩次面的男伴，央求他帶她來，一到這裡，她立刻把他甩了，另行物色目標。只可惜，今天來的有錢男人身邊都帶著太太，她立刻覺得無趣起來。

煙蘿想，她雖然言行膚淺，倒也誠實，比起那些心眼多的名媛夫人們容易相處，至少有天真可愛的一面。

水晶燈下站著幾位貴婦，全身上下的行頭都很名貴，各式香精混雜在空氣中，那是錢和年齡堆砌出來的味道，十分厚重。她們正在討論她。

「中間那一位就是商總理事長馬亦龍先生的夫人。」不遠處射來幾道目光，婷婷擡了擡下巴，提示地說道。

煙蘿有些吃驚，一個年紀輕輕的女孩，死命的想在上流社會佇足，卻也是做足功課，有備而來的。

一陣四目交接之後，煙蘿對馬夫人點頭示意，她不知道該不該主動向前去打聲招呼。還在猶豫的瞬間，馬夫人和她的幾位朋友們微笑地走過來，有意無意的擠走煙蘿身旁的年輕美眉。

馬夫人一襲香奈兒黑白套裝，搭配一串純白的珍珠項鍊，看起來貴氣典雅。這套打扮特別適合上了年紀的女人穿，可以遮齡。

「你就是煙蘿吧？我是馬夫人。」

自我介紹的同時，把她的貴婦團也介紹一遍。

「您好，墨愆不知道跑去哪兒，沒有介紹我們認識真是失禮。」

「男人都這樣，不管什麼場合都是生意經，別管他們。」

煙蘿在心裡嘲諷道，你丈夫上酒店時，保證不是談生意！不能據實以告，只好微笑帶過。

「你真是好眼光，墨愆是青年才俊，許多人想攀都攀不上。不知道你們怎麼認識的？」馬夫人又出招，話中明褒暗貶，煙蘿聽來很刺耳。

「我們大學時代就認識的。」

「原來是青梅竹馬呀。過去怎麼從來沒有見過你，現在哪兒高就？」

馬夫人的問話像在面試，煙蘿應付得很勉強。不管她有沒有惡意，這種倚老賣老的老太婆說話態度就是惹人厭，就像她的前婆婆。

「我剛從國外回來。」

「哪個國家？」

「馬來西亞。」

「我在那兒有個好朋友姓杜，聽說她大兒子娶的就是臺灣媳婦，也許你聽過也不一定。」果真是老太婆一道的，一樣的嘴臉，一樣的刻薄。

一來一往之間，她快要招架不住。終於，算是英雄救美，墨愆在這時出現，他和馬亦龍風塵僕僕的相偕而來，兩人有說有笑。

一看到煙蘿正和馬夫人談話，他開心得合不攏嘴。

「對不起，聊天聊過了頭，忘了介紹你們認識，不好意思。」自顧自地摸摸頭，墨愆為大家正式介紹一遍，接著，就帶著煙蘿轉往他處應酬去了。

兜了一大圈再經過馬夫人身邊時，她們討論的話題還是繞著她，但是加了一個名字。

「香織這小姑娘哪兒去了？」馬夫人疑惑著。

其中一位貴婦人道：「說到她才想到，下星期有個拍賣會，本想找她問問，人家藝術底子好，有些畫能標，是個不錯的投資，可惜遇不上。」

馬夫人的眼神向四周瞟了瞟，像是故意讓煙蘿聽見似的，「我說呀，這墨愆真是沒眼光，香織這麼優雅和婉，不管什麼場合，賓客照顧得是面面俱到，跟墨愆一起才叫郎才女貌，想不到他竟挑了個沒沒無名的女人！這裡有誰知道她的家世背景的？」

她八字中一定和老女人相剋，煙蘿想。——她更想知道香織是誰？

派對結束前，她和婷婷交換了電話，以後定有用得著她的時候。

有一個重要的問題得問：「你知道富太太們聚在一起時都做些什麼？」

不愉快的社交經驗換來再次爭吵，不管墨愆怎麼解釋，煙蘿就是認定他說謊。他還是沒有全盤托出，只說香織是一個認識多年的朋友，兩人之間絕沒有曖昧。

一個星期後，拍賣會送來一只花瓶，據說是仿宋代的青花瓷，要價不斐，煙蘿花了六十萬元高價得標，要他們指名找尹楊董事長收款。

錢倒是小事，事前未被告知的滋味並不好受，墨愆氣炸了，礙於雙方的面子，只好乖乖簽下支票。

蒐集古董是一個可怕的嗜好，尤其是對古董一無所知的人。煙蘿對古玩一向不精，突然砸重金標購一只仿古花瓶是為了擺闊，還是故意氣他？

她明明知道他是怎麼撐到今天的，竟然揮金如土，連聲商量都沒有，雖然氣惱，心想這一次就當做彌補他隱瞞香織的事，由她任性一次。

他告訴她，下不為例。

煙蘿自從交了新朋友，生活作息有了很大的改變，班早就不上了，她說忙著籌備婚禮。婚紗婚宴都訂了，她卻從早到晚不見人影。

墨愆太忙，實在抽不出空陪她，心裡感到愧疚，卻也沒有心力管到她的生活娛樂。罷了，既然要結婚，賺錢給妻子花又算什麼，只要她開心、他負擔得起就好了。

他晚上十一點回到家，她不在。拼命 call 她，她不回。他擔心得睡不著覺，整夜等著他的女人回家。

凌晨三點，電話終於響了，話筒那端傳來她醉醺醺的聲音，要他開車去接她。

這樣的情形還要持續多久？

他愛的不是這個抽煙、酗酒，整天揮霍金錢的女人，從前那個清新脫俗的煙蘿死去了，他感到空虛無比，他對她的愛正一點一滴消逝中。

更嚴重的事情爆發了，長達一兩個月她日夜忙碌的事終於揭曉。

五、六個黑衣人強行進入尹楊辦公室，指名找董事長尹墨愆。兩名保全無力攔阻，嚇得報警。幾個壯漢長驅直入，所到之處引起一陣喧嘩，員工在背後竊竊私語，不知這群黑道找老闆做什麼？

當然是要錢。

他們出示煙蘿日前簽下的本票三百萬，日息五十分，十天還息一次。若非她是墨愆的未婚妻，賭場根本不會讓她大筆借貸，放長線釣大魚，反正尹楊這麼大的公司跑不了，找不到她，就讓她的未婚夫來還。

墨徭腦中轟隆隆的一片，早年為債所苦的往事一下子湧上心頭，他無法容忍這件事，即使他早已不是當年的窮小子了。

交代保全打電話取消警察巡邏，以防消息走漏。

「地下錢莊上門逼債」的標題多麼聳動，萬一他尹墨徭三個字出現在社會版頭條，私人名譽不算什麼，對公司的營運和股價會產生多大的影響，屆時，他又該如何向投資人交代！

他請人到家裡把煙蘿接來公司，三方對質。

她看到賭場上門要債的陣仗，立刻嚇得腿軟，明白自己犯下大錯，眼淚奪眶而出，嘴裡喃喃地解釋些什麼。

那天晚上輸了不少，她害怕墨徭發現，整夜坐在牌桌上只求翻本，無奈天不從人願。她沒想過，也許她是遭人設計才會越輸越多。心裡越不安，酒喝得越厲害，每當無助徬徨時，彷彿又回到當年受困在杜家的深宅大院裡，她只能靠酗酒來逃避現實。

無論如何，再多的懊悔也改變不了墨徭的決定，至少就這一點，她是了解他的。他面如槁木的開了張支票，在最短的時間內把她的債務解決，同時一併解除他們的婚約。

第二十六章　溢血的祕密

1

香織消失了。社交圈盛傳她閃電結婚，下嫁一個小公司的老闆。

墨逖沒有辦法相信香織就這樣離開他，沒有留下隻字片語。她居住的公寓一如往常，什麼都沒有帶走，蒙塵的傢具顯示她離開這裡有很長的一段時間了。他上次來這裡是幾個月前，留下的紙條和現金仍然原封不動的擺在那裡。

墨逖之前把心思放在煙蘿身上，加上工作忙碌，他有許久沒有關心過香織，現在他的婚事告吹，他憑什麼認為她應該無怨無悔的在這裡守候？他問自己。

生命中一下子失去兩個女人，他逼自己更投入在工作上。

儘管生活忙碌，每當夜深人靜，他的空虛感由內而外蔓延到空氣之中，那種冷清幾乎要令人窒息，引人恐慌，他經常在半夜裡莫名醒來，獨自在床上啜泣。

為了避免獨處，他把私生活的行程安排得更緊湊，流連在陌生女人之間，仰賴她們的體溫來暖和自己的心。他無法再愛，因為他的心是空的。

他夢想著，香織知道他解除婚約之後會回來他身邊。

然後呢，他願意娶她嗎？

「你可以委託徵信社找人啊。」瞿暟不解地問。

「我有。徵信社寄來一些照片，她已經有了家庭，照片中的她抱著個一兩歲的小女孩，開心地和她的先生出遊。我真的不應該再去打擾她了。」墨愆面露哀戚的說。

「我們應該去那間房子找找看有沒有留下什麼。」

墨愆搖頭。「知道她結婚後，我就把房子賣了。」

「既然如此，這個女人跟你的緣分已盡，我們就不必浪費時間在她身上。」

「不知道為什麼，我一直很想再見見她。」

滿懷著依戀，他想，香織要是知道他死了，還會為他難過，為他流下一滴眼淚嗎？

他輕盈的飄到自家客廳，看見那臺黑色鋼琴。

他不會彈琴，這臺琴是他從香織的公寓裡搬回來的，一直陪他到現在；牆上掛的油畫，都是出自香織之手；浴室的那盆白蘭花，因為缺乏照料已經枯萎——而空氣之中瀰漫著香織最愛的櫻花香味。

他一直不知道，以為他這輩子唯一曾經深深愛過的女人是煙蘿，他錯了，那股被愛的暖意來自香織，是那麼舒適和自然，多年來一直陪在他身邊，他卻不曾發現。

他霍然想起告別式上那滴真心的眼淚，來自一個既熟悉又陌生的女人，那是他死後決定留下的起因，那是他的愛，正在召喚著他！

現在才發現他是如此深愛著她，他的雙眸覆著一層薄埂的淚光。一切都太晚了，想不到他的愛也給他帶來遺憾。

「我要去找她。」他淒楚的對瞿皚說。

2

香織的父親是日本人，她從小在日本受教育，說得一口流利的日文。後來父親背著母親在外另組家庭，生了一個兒子，父親便與母親離婚了。

母親離婚後，帶著她回臺灣定居，那年她十二歲。

當時的傳統社會裡，嫁出去的女兒，潑出去的水，結婚之後就是徹頭徹尾的外人，一切再與娘家無關，因此，在夫家承受再壞的對待，她們只能咬牙苦撐，等著熬出頭的那天。

回臺灣之後，她沒有得到娘家的安慰，遑論經濟上的支持。

失婚的痛苦像一枚印記，深刻地烙在她母親的心裡，生活的困難更加深她的怨恨，她不由自主的把婚姻的失敗歸咎在香織身上。

「你要是男孩子就好了。」、「我要是生個帶把的，就不會落得今天的下場！」這些話香織不知聽過多少回。

她為母親的痛苦感到遺憾，也為自己的存在感到愧疚，要不是她生為女兒身，母親根本不必經歷這些苦難。

單親媽媽獨自扶養孩子很辛苦，受不了這樣的罪，母親終於再嫁。不久，香織添了個弟弟，生出男孩為母親揚眉吐氣，卻沒有撫平母親的過往傷痕，香織就像個污點，提醒她那段沉痛的人生，想忘也忘不掉。

雖然她也想當個慈母，每當香織小心翼翼和她說話，那畏首畏尾的溫吞模樣猶如一種無言的指責，告訴她沒有善盡母親的責任。女兒的畏懼令她發怒，反倒是丈夫對香織疼愛有加。

看著母親和弟弟一家人團聚，自己卻像個外人，是那麼多餘。母親的作為更坐實她的想法，十九歲那年，母親便安排把她嫁掉，不管她如何哀求，母親都無動於衷。

「女兒就是賠錢貨，養大了還不是嫁去服侍別人！」嘴巴是這麼說，嫁女兒時討價還價的，要的不就是那筆聘金？

原來她想順著媽媽的意思，嫁給一個陌生人，直到日子一天天逼近，她意識到自己沒辦法過這樣的人生，終於鼓起勇氣一搏，逃離家門，獨自來臺北闖天下，生活中的種種現實，讓她不得不低頭，最後只好到酒店上班。

關於香織，墨愆只知道這麼多，每當她提起這段往事，他對她湧生更多的心疼。

沒有人知道，墨愆和香織一樣，身上揹載著沉重的歉疚，那深深的恐懼來自兒時的記憶，無法抹去。

他對她的疼惜是基於自憐，就像貓兒舔舐傷口一樣，不管怎麼清理，傷口依然隱隱作痛，也許這便是他一直無法愛她的原因。

還在思考的瞬間，一陣熟悉的恐怖慢慢從他背後襲來。

瞿暟盯著桌上的相框發愣，照片中墨愆的炯炯目光漸漸黯淡，慢慢地沁黑，他不自覺地揉揉雙眼，拿起相框仔細端詳，看得越久，越不對勁。

兩團黑雲由照片中的眼睛透出來，越來越強大。瞿暟被不知名的黑暗力量震攝到，嚇得連手上的相框都拿不穩，相框一著地，發出好大的聲響，玻璃應聲碎裂。

眼前的黑雲漸漸聳高，形成兩個漏斗狀的龍捲風。

墨愆聞聲趕來，瞥了眼攤在地上的相片，自己英挺玉照的後面攤著一張陳舊的黑白照片。他神色一驚，一股不祥之感湧上心頭。

這張照片怎麼會在這裡？他以為他早已將它丟棄。

顯然的，並沒有。

隨著他的到來，黑雲緩緩向他移動，漸漸地二合為一，團團將他包圍，他再也無法對抗黑洞般的強大引力，終於被襲捲進照片之中。

3

那張照片是墨愆擁有的少數最接近全家福的照片。照片中有母親、自己、兩個兄弟，還有那個早夭的妹妹，照片是父親拍攝的，所以他並沒有入鏡。

背景是臺北市立圓山動物園。

那是一個大陰天，一家人興高采烈地北上遊玩。看過了獅子、老虎之後，來到可愛動物區，學衡要全家人靠攏，在長頸鹿的柵欄前合照。

從動物園出來時，天空飄起一陣雨。

五歲的墨愆手裡拿著一條綠色的橡皮蛇，那是父母在動物園裡買的紀念品。難得北上一趟，孩子們人人有獎，除了還在襁褓中的墨樊。

墨愆把假蛇掛在脖子上，和妹妹一路追逐，打打鬧鬧。買玩具蛇的目的就是為了惡作劇，五歲的孩子已經懂得弱肉強食的道理，享受幸災樂禍帶來的樂趣，那是一種本能，反應人類的獸性。

因為年齡的差距較大，哥哥從來不喜歡和墨愆玩，妹妹則一直是他的玩伴。他對她有種奇異的感情，他會保護她，又喜歡逗弄她。妹妹有著堅強的性格，不輕易哭鬧，玩起遊戲來像個男孩子，敢做敢當。

為了躲雨，大家的腳步快了起來，學衡和墨脩走在一起，曉梅抱著一歲的墨樊，一手牽著妹妹。妹妹滿足的將玩具熊擁在懷裡。

「不要跑！」墨愆聽到父親的嚴厲斥喝。

但是他太興奮了，他等不及要和妹妹玩，不管他用假蛇怎麼逗弄，她硬是不理會。他沒來由的生起氣來，奪走妹妹的玩具熊拔腿就跑，一直衝過了馬路。

妹妹大聲尖叫，哭了起來，不知哪兒來的力氣掙脫曉梅的手。說時遲那時快，一輛小發財車疾駛而來，陰暗的天空加上綿綿細雨，他顯然沒來得及看見妹妹的矮小身影。一陣刺耳的緊急煞車之後，傳來「砰」的一聲巨響，小女孩的身體騰空飛了起來，落在兩公尺外的馬路上。

母親痛哭尖叫；父親跑回動物園售票站打電話求救；小貨車駕駛懊惱的搥著頭。一時間，小小的墨愆呆站在原地，腦中一片空白，手裡還緊抓住那隻毛絨絨的玩具熊。

墨脩走到他身邊，殘酷地丟下一句：「你完蛋了！」

很快的，警車和救護車都來到現場。

墨愆跟著哥哥走到父親身後，學衡抱著女兒的屍體痛哭，地上積著一灘血，在原本就濕答答的地上漾開，血不住的從妹妹後腦勺流出來，染紅了父親身上的黃色毛衣，畫面怵目驚心。

墨愆的脖子上還掛著那條玩具蛇。那是一個冬天，淚水、雨水浸濕他的衣裳，他卻不覺得冷，直到救護人員在妹妹小小的身體蓋上一塊白布，他才恍然驚覺，一個生命已經結束了。

往後的成長過程中，不論他如何努力成為一個認真乖巧、品學兼優的好孩子，都彌補不了他五歲那年犯的錯。他不怪他的父母把錯歸咎於他，他從來沒有原諒過自己。

他經常從夢中嚇醒。

那塊代表死亡的白布，他總忍不住要掀開它，看看是誰躺在那裡。他顫抖著雙手把布掀開，妹妹小小的屍體動也不動，鮮紅的血流了滿地，她倏然張開眼，用她那張憤怒猙獰的臉瞪著他，血慢慢的從她的眼睛裡流了出來……

那縈繞不去的夢魘陪他走過童年，等到年紀漸長，才減少做相同的惡夢。

但是這次不同，他知道自己已經死了，他是多麼想念她，又是多麼的愧疚，知道妹妹有多麼恨他，他要在她面前真心懺悔。

鼓起勇氣再次掀開眼前那塊白布，妹妹小小的屍體躺在原處，是那麼安祥。她慢慢的張開眼，沒有血流成河，也沒有憤怒，她的臉色僵硬死白，在那頭輕輕的對他說：「我早已原諒了你。」

「對不起，對不起……」

墨愆內心的自責終於潰堤，嗚嗚的痛哭起來。

第二十七章 報恩

1

墨愆打開書桌的抽屜，取出一封鼓鼓的黃色信封。

倒出裡面的東西，泛黃的彩色照片零亂的散了一桌，還有一張發皺的紙，詳細紀錄香織的戶籍資料、她丈夫和女兒的名字，以及她丈夫的職業和工作地點。不過，這都是二十幾年前的事了。

瞿暟好奇的趨向前去，一看到地址，他發出一聲驚呼。

「香織住在臺中西屯？」

「那又如何？」

「那是我老家。」

既然是瞿暟的家鄉，他對那裡一定不陌生。

「那還等什麼！」墨愆頓時提振起精神，對瞿暟說道。

經過一番折騰，兩人終於來到當地，依照紙上記載的地址找去，卻找不到門牌號碼。

「我太天真了，拿著這個舊地址妄想要找到人。」墨愆的失望寫在臉上。

「可能是區域重劃了，這幾年西屯發展得很快，連我都認不出來。」

這幾年，地方上發展快速，瞿暟同感驚訝，他忘了自己死了這麼多年，一切當然有所不同。紙條上的地址距離自己老家並不遠，他本來以為可以幫上一點忙，只可惜，他從來沒有聽過香織或是她丈夫的名字。

「會不會他們早就搬走？」

回臺北的路上，兩人相視沉默。

再次經過這條十字路口，墨愆記得自己當時在這裡救了一個女孩，沒想到會落得今天這個下場。

突然一輛機車疾駛而過。「BRU-441」，就是這個車牌號碼沒錯。

女孩的手機在此時響起，她不得不停在路邊，看到來電顯示的號碼，她不禁皺起眉頭。

「你在哪裡？」男子劈頭就問。

「快到公司了，再給我十分鐘。」

「快回來，等著你截稿。」

「知道了。」把電話掛了之後，她煩躁的翻了個白眼，嘴裡唸唸有詞，不清楚在說些什麼。

墨愆趁勢飛向前去，瞿暟被這突如其來的動作嚇到，直問：「你做什麼？」

「記得我之前救了一個女孩嗎？那個女孩就是她。」

看清楚女孩的長相，瞿暟嚇了好大一跳，他突然懂了，冥冥之中安排好的一切，幫助墨愆渡過難關是他該做的，因為他是來報恩的。

「她是我妹妹。」喃喃地吐出這幾個字，他呆站在原地。

墨衍露出訝異的神情，隨後他感到雀躍。「太好了。我需要她幫忙，這是她欠我的。」

瞿暟的妹妹叫做瞿芳，是個報社記者。

她坐在電腦桌前，把追到的新聞稿寫完，交給編輯之後就算大功告成。她一臉疲累的癱在座位上，兩眼呆滯。

突然一個男人的聲音響了起來：「早點回家睡覺，明天才有精神去追新聞。」

擡頭一看，她的主管一手抓著外套，正要下班。

「明天打個電話跟施炳祥聯絡一下，這個星爸那麼愛爆料，看看他那邊有什麼新聞可以貢獻貢獻。聽到沒？」

一聽到這個名字，瞿芳用半撒嬌的方式來表現她的厭惡。

「主任，拜託好不好，又不是沒有別人可以採訪，況且他又不是藝人，他說什麼有那麼重要？」

「他不重要會上版面？你不報，別家報社會報，讀者最愛這種家庭醜聞了，除非你能找到一個獨家——如果你可以獨家採訪譚翎，就不用理會施先生那條線。你們不是認識的嗎？」

「上次那條新聞出來，我已經沒朋友了！」瞿芳懊惱的說。

「正因為如此，你更應該用朋友的角度關心她，看看她對那則新聞的反應。」

瞿芳還要哀號，他適時的制止她，「回家休息吧。」

間。

這點她倒是沒得抗議，明天的事，明天再說。

回家洗了熱水澡，她覺得舒服許多，肚子傳來一陣咕嚕咕嚕的聲音，她想起今天忙到晚餐都忘了吃。隨便煮碗泡麵填飽肚子，整個人輕鬆起來，牙一刷完就上床睡覺，沒有浪費一丁點時間。

朦朧之間，不確定自己是清醒，還是在夢裡。

周遭的景物一如臥室的擺設，睜開眼睛，兩個男人迎面走來。仔細看看來人，一個是她逝世的兄長瞿暟，另一個她則素未謀面。不知為何，她對他有股異樣的情緒，彷彿他們之間有什麼連結，她不能制止那股陌生的感動，一顆顆晶瑩的淚珠滾了下來。

「阿芳，我身邊這位大哥叫做尹墨愆，是尹楊的董事長，你應該知道他的。」

瞿芳點點頭，這才認出墨愆來。

「前一陣子你出車禍，就是他救了你。他對你有恩，如今他有難，你報恩的時候到了。」

她想起一個多月前出的那場車禍，本以為自己會命喪黃泉，想不到奇蹟似的只有幾處擦傷，原來是貴人相救，見到恩人讓她不自覺的流露感激之情。

「我能為你做什麼？」

「我要你幫我找一個人，」墨愆把那張紙條遞給瞿芳，「我知道你是記者，請你運用你的資源——」

「我知道他們。」瞿芳驚訝的看著紙條上的資料，硬生生的打斷墨愆的話。

「他們現在住在哪裡？」

「端看你要找的是哪一位了？」

墨愆一愣，指了指香織的名字。

瞿芳給了個俏皮的微笑，那個地址她怎麼忘得掉。抄起筆來，在同一張紙條上，寫下了她的地址。

2

香織住在離墨愆招待所不遠的仁愛路上，她的生活一定過得不錯，才能負擔得起同是臺北市黃金地段的房子。眾裡尋她千百度，不想兩人竟是咫尺天涯。

他和瞿暟想方設法的進到香織的房子裡。

房子裡的擺設很有香織的獨特風情。窗戶林立，透氣舒適，房子明亮寬敞，客廳的矮桌上擺著一盆白色蝴蝶蘭。天花板垂下一排吊燈，每個小小燈籠般的霧面燈罩裡裝了一顆白光小燈泡，點起燈來晶瑩剔透，如豎琴般長短不一的橫亙在餐廳和客廳之間。

這個房子是那麼溫暖，彷彿他又回到二十年前他和香織的家裡一樣，只是這個房子更大更氣派；最大的差別是沒有鋼琴的影子，那臺二十多年的黑色大鋼琴似乎成了絕響，無可替代，就像墨愆一樣，早已在她的人生中缺席。

屋子裡有一間香織的專用畫室，牆上掛著幾幅她的新作，有花卉，也有人像畫。

空氣中傳來一股熟悉的櫻花香味，她還是熱愛 L'OCCITANE 的櫻花蠟燭，作畫時總喜歡點著它。

墨愆循著味道找到身處畫室的香織，她架上的油畫顏料未乾，畫中是一名面貌清麗的女子。他很快的發現，香織的人物畫像都是同一名女子，非常年輕，臉上有她的神韻，卻不是她。

她有些疲累，坐在竹藤編的搖椅上休息。

她脖子上掛著一條老舊的心型項鍊，那是多年前她買給自己的情人節禮物，她曾經把這條項鍊拿給墨愆看，堅持要他為她戴上。項鍊一打開，一邊是自己的臉，另一邊則是墨愆的大頭像。

「我把你放在心上」，她對他說。

撫著那條舊項鍊，想起這件陳年往事，她打開項鍊，兩人年輕的模樣立刻在眼前浮現。

墨愆腦中有個畫面閃過，自己的相片這頭，曾經被其他男人的照片蓋住，儘管如此，這張照片卻從來沒有被拿下來過。

外面的街道喧囂，夜幕低垂，室內卻是燈火通明，一陣沁白充滿了整間畫室，只有在電影裡才能看見的畫面，就像遙遠的銀白星光在眼前迸開，由窗戶那頭綿綿密密地迤邐進來，一切進入無聲的世界——那是愛，那份思念和幸福。

無聲的世界裡傳來香織的喃喃自語，她滿懷遺憾的對著墨愆的照片說：

「來不及在你生前告訴你，我們有個女兒，她叫施穎……」

第二十八章　父不父，子不子

1

自從成了藝人，譚翎的工作滿檔，唱片宣傳、廣告代言、校園巡迴，幾乎沒有喘息的時間。這次推出新專輯，製作團隊想出一個噱頭，決定讓譚翎來唱小老百姓創作的歌曲。

既然譚翎這麼炙手可熱，用她來號召，一定能引起廣大迴響，進而達到未演先轟動的宣傳效果，一方面版權的成本大大刪減，另一方面節省時間，加上此舉能讓她的音樂直接置入常人的生活，讓唱片市場更為活絡，可謂一舉數得。

由製作人篩選之後，符合水準的曲目不到三十首，當然，這些歌曲仍然得重新編曲才上得了檯面，反正是現成的，潤飾不需要花太多時間。

為了讓專輯更有她的個性，譚翎堅持要親自決定最後的曲目。經過一陣熱烈的討論之後，專輯收納的歌曲終於選定。

曲目一經專業編曲後，譚翎就進錄音室錄音。

「卡、卡。」音樂戛然而止，製作人的聲音從另一端傳來。

他努力捺住性子：「又是同一個地方，再多放一點感情下去。我們再試一次。」

反覆唱了許多次，譚翎的脾氣漸漸上來，製作人也快要發火，但是不好就是不好，發脾氣於事無補。從天亮唱到天黑，同一首歌就是錄不好，譚翎有些氣堵，因為這首歌是她堅持要收錄進專輯的。

「先休息一下，吃完飯再說。」

聽到製作人這麼說，周圍立即響起一片嘈雜聲，大家都乏了，終於能喘口氣。

經紀人抓到空檔，馬上跑來和譚翎說話，彷彿有重要的事宣布。

「報社的記者瞿芳打電話來邀約，想做一篇獨家專訪——」

話還沒講完，譚翎就氣急敗壞的插嘴道：

「推掉推掉，你也知道她要問什麼。上次那個報導還不夠難堪？有本事叫她去專訪我爸呀！」

「你的新專輯發表在即，公司的意思是要你配合宣傳。」

「宣傳當然得做，我可以上別的節目，那個女人的專訪，我就是不去。」

經紀人有些為難的說：「上次那則報導造成一些負面形象，大中哥的意思是要你上同一家媒體宣傳，讓她自己來解釋那篇報導就是闢謠最好的方法。」

大中哥指的是李大中，他是唱片公司的老闆，也是譚翎的貴人，就是他發掘她出道的。

「你放心啦，先把日期敲定，在專訪之前，我會和她確定訪談內容，讓你先做準備。」

好說歹說，譚翎終於同意，主要是大中哥都這麼說了，看在他的情面上，她只好答應。

天底下就有這種父母，從小對孩子惡毒得不得了，現在她長大成名了，他倒有臉來沾光，妄想一人得道，雞犬升天。上個月的那則報導，還不是爸爸見不著她，利用媒體逼她出面，要的不就是錢！最氣的是，瞿芳是她從小到大交過最好的朋友，她知道她的成長歷程，竟然罔顧道義，寫出那則報導傷人。

新聞一見報，瞿芳立即打電話來道歉。

她知道她是記者，那是她的工作，但是又如何？傷害已經造成，她發誓再也不要和她說一句話。只不過在這個圈子，這種賭氣的效期只有一個月，而人往往得屈就現實。

自她有記憶以來，父母之間的關係一直很緊張。

從小母親喜歡跟她睡，照顧她的生活起居，母女之間的感情非常好，稍微懂事以後，她可以從父親看她的眼神中感受到一些醋意，要不是有了她，母親不會對丈夫這麼冷淡，她有時疑心母親根本不愛父親。日子一久，他看她越來越不順眼，而她也感受得到他的敵意，父女關係一直沒有改善。

炳祥繼承家業，擁有一間眼鏡公司，經過幾年的認真苦幹，賺了一點錢，他開始把錢轉入股市投資，那幾年，好運如風生水起，他的口袋越來越飽實，出手越來越闊綽。

小女孩漸漸長大，炳祥怎麼看都覺得孩子不像他，奇怪的是她八個月大就早產出生，竟然這麼健康，不必進保溫箱，沒有一點早產的跡象。當時喜獲麟兒，母女均安，一高興誰還管得了這麼多；現在回想起來，直覺不對勁，尤其妻子這麼多年來，正眼都沒瞧過他一眼。

「你老實說，她是不是你跟別人生的雜種？」炳祥沒好氣地質問香織。

「你在胡說什麼，要是給孩子聽到了怎麼辦？」

兩人在房間說話，香織護女心切，不時探頭往房外看，深怕吵醒在沙發上睡著的女兒。

看到香織這樣小心呵護的樣子，炳祥的心中燃起一股怒氣，吼道：

「她就這麼寶貝，我是她老子，我在你心裡算哪根蔥？」

他雙手用力一推，她重心不穩往後倒退，頭不慎撞在牆上。不管她是否受傷，他把她推倒在床上，盛怒之下只知道要給這個女人一點教訓。

「既然這麼愛小孩，你就他媽的給我生個男的！」越想越火大，他解開褲頭，強暴了她。

她的痛苦呻吟滿足他做為一個男人要的那股霸氣，更掃除長期以來不被當回事的窩囊。

聽到父母的爭吵，施穎揉著惺忪的睡眼，懵懵懂懂走到父母的臥房前，下意識的要找媽媽。推開房門，想不到看到這樣的景象。

房子裡一片灰暗，像在什麼的陰影裡一樣陰涼，接近傍晚時分，窗外的陽光心有餘而力不足的向地平線垂落，十歲的她不懂父母在做什麼，只是無助地站在門口。

香織驚聲尖叫，使盡全身的力氣反抗，「你瘋了，孩子就站在門口。」

為了讓香織閉嘴，炳祥索性給她一巴掌，毫無人性的說：

「那更好，趁這個時候機會教育，讓她知道女人最好乖乖的聽男人的話，學學該如何讓自己的丈夫開心。」

香織只能一邊哭一邊要她轉過頭去。

雖然她不懂父母之間發生了什麼，她只知道母親很痛苦，自然而然的，她對炳祥心生厭惡，更多的是畏懼。對香織來說，更是如此，她從來沒有愛過這個男人，只是為了給女兒一個健全的家，過平凡的日子。

炳祥不在家時，家裡的氣氛總是愉悅融洽；相反的，他只要在家，不僅女兒躲著她，連妻子也儘量低調，小心的不去觸怒他。

雖然他找不到什麼名目藉題發揮，但是這對母女這樣安靜畏縮的模樣更令人火大，她們是暴力下的受害者，他只好被迫扮演那個不討喜的壞人角色。

又有誰在乎他的感受、他的寂寞？於是他變本加厲，她們越躲著他，越蓄積他的怒氣。

他隨手打了施穎一巴掌，藉機找碴。

「你是啞巴嗎？看到老爸不會叫人是不是？」

強暴香織已經成了家常便飯，基於某種原因，她只是逆來順受。後來，他在外尋求溫暖，反正他口袋裡有錢。

他外遇的那幾年，香織母女終於有機會喘息，過過幾年平靜的日子，可惜好景不常，多年的揮霍和不務正業，他的事業早就關門大吉，經年由股票上的獲利，他的外遇把錢騙走一大半之後消失不見。

一如喪家犬的回到家裡，見到香織母女，心裡的憤怒油然而生，他在外受了委屈、遭人設計，回到家竟然沒有對象能訴苦。幾杯黃湯下肚，越想越窩囊，他現在什麼都沒有，憤怒總有吧！

外面的女人把錢捲走，家裡這個女人圖他什麼？還不就是錢，安穩的生活來供她的女兒長大。沒有人真心愛他，女人都不是好東西，他想。

一股硬梆梆的怒氣哽在喉頭，炳祥偏就是嚥不下去，他一心只想洩恨，無論他對香織做什麼，她都不在乎，而她的弱點只有一個——

2

施穎越長越大，出落得亭亭玉立，家裡的情形她不是不清楚，只恨自己年紀小，沒有辦法反抗父親，雖然儘量遠著他，生活在同一個屋簷下，要完全避開仍然是不可能的事。

那年夏天，高中聯考結束之後，時間突然比平時多出許多，不想和父親相處，施穎邀好友瞿芳一起找了份臨時工，在家庭手工業打工，一小時六十元。

「一樣是獨生女，你的運氣就比我好上許多，父母都這麼疼你。」一同下班回家時，施穎感嘆地對瞿芳說。

「我哥哥比我的父母更疼我，可惜他死了，我想到就很難過。看來每個人生來都帶點遺憾。」

「是啊，都畢業了，以後不知道還會不會碰在一起？」施穎傷感的說。

「說什麼傻話，我們的成績一向接近，考上同一所高中不是問題，只怕以後你還嫌我煩，怕擺脫不了我哩！」說完，兩人都笑了。

瞿芳生性樂天，施穎總能從她身上感染那份生命力，好像一切都沒那麼困難，只要不想太多，日子總有辦法過下去。

回到家時，母親不在，父親一個人看著電視，桌上照例擺著一瓶米酒和幾盤下酒菜，電視的噪音延綿不斷，音波震得連牆壁都無法倖免於難。

她感到一陣煩躁，卻還是躡手躡腳，希望炳祥不會發現她回來了。她躲進浴室洗個熱水澡，心想洗好澡時，母親也回來了。

香織通常不會離家太久，她不放心讓兩人獨處，炳祥像一顆不定時炸彈，不知道何時會引爆，但她畢竟是他的太太，還能察言觀色，盡力安撫他。

自從吃了女人的虧之後，炳祥偶而才出門和酒肉朋友攪和在一起，因為阮囊羞澀，無法像從前那樣揮霍，即使如此，他還是熱衷炒股，那成了他唯一的經濟來源。香織知道那有多危險，苦口婆心勸了他，只引來更多爭吵。

她想過離婚，但知道他不會同意的；就算他同意，她們要靠什麼生活？靠她三不五時的創意賣畫，還是重操舊業回去當她的酒家女？

她就是沒有受良好的教育，才沒有謀生的技能，她不要讓女兒重蹈覆轍，她得熬，熬到女兒大學畢業，能獨立了，再來談離婚。

女兒曾經問：「跟他生活那麼辛苦，你為什麼不離婚？」

「傻孩子，媽離婚了，我們要怎麼生活？」

「我可以去賺錢養你。」

香織搖搖頭，窩心的微笑說：「你還小，萬一他要爭你的監護權怎麼辦？」

「他那麼恨我，才不會爭我的監護權。」雖然嘴裡這麼說，她心中還是不寒而慄。

「如果在氣頭上，我不敢說他會不會這麼做。別擔心，等到你大學畢業，獨立了，媽會處理這件事的。」

「還有這麼多年要熬，日子要怎麼過下去？」

「他是你爸爸，畢竟養你這麼大，沒有你想的這麼壞。再說，一切都是命，是媽虧欠他的。你以後會明白。」

她一點都不明白為什麼母親會說自己虧欠父親。

浴室的水氣霧溼了鏡面，水聲嘩啦啦的由花灑中流下來，好像大自然的瀑布聲，熱水鬆弛緊張的神經，令人通體舒暢。淋浴之後，她低下頭淋濕頭髮。

忽然間，門口傳來急促的敲打聲，水柱的聲音幾乎要掩蓋不尋常的聲響，她有些不確定的停了動作，豎耳聆聽噪音的來源。關掉熱水，敲門的聲音更響了。

炳祥在那頭急躁的叫罵著：「廁所用那麼久，在裡面搞什麼！」

「爸，我在洗澡。」

「開門，我要尿尿。」炳祥莫名的火氣上揚，這個女兒什麼都不會，就會製造麻煩。

施穎一震，父親持續在那頭拍擊門板，叫罵聲不絕於耳，迫不得已，她把浴巾圍在胸前，為難地上前開門。

炳祥闖了進來。

她把自己藏在淋浴拉門的另一頭，因為冷，更因為緊張，身體顫巍巍的，忍耐的聽完父親小解的聲音，期待他解決完能儘快離開。

但是他沒有。

突然間，他把拉門打開，施穎沒有心理準備，心快要從胸口跳出來。不明白父親的意圖為何，看到他沒有拉上的褲子拉鍊，她直覺想起十歲那年父親對母親做的事，令她感到害怕。

「你出來。」炳祥命令道。

從沒有認真看過她一眼，想不到十六歲的她已經有了豐腴的體態，身體上十足是個女人，婀娜多姿。他立時起了色心，視線直盯著她的臉，怎麼看，她長得一點也不像他，該不會香織讓他當了王八，幫外面的野男人生下這個雜種，讓他來養別人的女兒？反正已經養了那麼久，現在她長大了，該她來伺候伺候老子了！打定主意，他伸手去扯她胸前的浴巾。

「你要做什麼？」

她嚇壞了，死命的護住自己的胸前，不知哪來的力量反抗，拉扯間指甲劃過父親的臉，一道血汩汩地流出來。

臉上傳來一陣熱辣辣的痛，炳祥感到憤怒，還有一種異常的興奮感。他回以施穎一巴掌，憤怒中推了她一把。她的頭撞到牆壁，發出一聲巨響。

把自己的行為合理化，他一把抓住她的手腕，怒沖沖地質問道：

「我是你老子，什麼我沒看過，該不會你在外面做了什麼不要臉的事，一回家就得洗澡？是不是？你說！」

香織去超市買東西回來，一進門就聽見男人罵罵咧咧的聲口。將生鮮蔬菜隨便一放，她趕到浴室間看看發生什麼事。

「你們在浴室裡做什麼？」

見到香織，炳祥鬆了手，還是一副無賴的樣子。

「問問你教出來的好女兒，問她是不是在外面隨便跟男人上床，一回家就得匆忙的洗澡？」

這是莫須有罪名，被冤枉的施穎當場羞憤難當，「才不是，爸想非禮我！」

她用力的嘶吼，把這麼多年的怨恨一下子全發出來，她再也不要忍耐。第一次，她心中惱怒母親當年瞎了眼，選擇這個豬狗不如的男人，她要讓她知道他的真面目。

香織震驚得說不出話。

「你說什麼？」一氣之下，炳祥上前理論，一出手就要打人。

「本來就是，你看他的褲子拉鍊還是開的。」

多年的畏懼頓時化為憤怒，施穎潑辣的反擊，兩隻手在空中揮來揮去，雖然力道不強，激得炳祥出手更重。

香織擋在丈夫和女兒中間，吃了幾記悶拳，忍著痛楚，她告誡女兒：「把衣服套上，快出去。」

聽到香織不教訓女兒，反而要她離開，他更發狂，一手抓著香織，一拳往她的肚子搥去，一面大叫：

「你就是這樣教小孩，難怪她不把我放在眼裡！今天我就打死你，再來收拾她。」

他又踢又搥，香織痛得大喊，眼淚飆了出來，求饒道：

「不要打了，不要打了……」

施穎急忙套上一件睡袍，混亂之中，一只剪刀在眼前發亮，那是她剛用來剪瀏海的。想都沒想，她抄起那把剪刀就往父親的背上用力刺去。

炳祥背上被戳出一個洞，鮮血噴了出來，痛楚讓原本就在盛怒之中的他更加怒不可遏，出於本能他揮臂回擊，施穎被推倒在地，跌了個踉蹌，沾著血的剪刀掉落在一旁。

被這麼一刺，他下意識的轉移目標，目露兇光，連走路的方式都變得兇殘。

施穎嚇得連滾帶爬，逃出浴室。香織顧不得身上的傷，用力托住炳祥的腿，阻礙他前進，卻被他一腳踹開。他太強壯、太憤怒，動作快到令人不可置信，他一把攫住她的頭髮，她動彈不得，接下來的一巴掌打得她昏天暗地，跌坐在地上。看著父親一路進逼，她勉強用雙掌支撐身體，艱難地向後蠕動。

步調陡然緩了下來，就像電影中壞人施暴前，總有幾秒的慢動作，此刻加害人的頭腦在想什麼？冷靜的思考如何宰割他的禁臠，還是享受獵物的恐懼？

女人一無助的躺在地上，彷彿又喚起天地間最原始的男女關係，炳祥的眼神變得混濁，那一刻是那樣穢褻，那樣撲朔迷離。

慌亂中，看到什麼是什麼！香織舉起桌上的銅製花瓶往炳祥頭上砸去。炳祥腦部遭到重擊，腳步都站不穩，還來不及回頭，香織立刻再補一記，他終於不支倒地。

不確定炳祥是死了還是昏倒，香織立刻對施穎說：「快，東西收一收，你得離開這裡。」

「我們一起走。」

「不，我得留在這裡善後。」

「我不能把你一個人留在這裡。」施穎急得哭了出來。

「我得把他送醫，萬一他死了，我們倆個成了殺人犯，那可不成；如果他沒死，萬一他報警處理，我們就算逃走，也會被通緝。我不要你過著躲躲藏藏的日子。聽媽的話，回房去收拾，動作快！」

趁女兒在房間收拾，香織把家裡的現金都湊齊了，其中包括一張提款卡，那是她結婚前就有的積蓄，並沒有讓炳祥知道。

隨手找出一張紙，她在上頭寫上提款密碼，還有美黛的電話，急忙的塞進施穎手中。

「你上臺北找黛姨，她是我的好朋友，她會幫你的。這裡的錢夠你在臺北生活一陣子，等這裡的事情處理好，我會去找你的。記得，你現在的手機號碼不要用了，也不要打電話回家。現在快走吧。」

為母則強，香織冷靜的處理這一切，沒有時間害怕。施穎一離開，她立刻撥了 119。在救護車到達之前，她又撥了通電話到酒店給美黛，告訴她這一切。

事情發生得太快，施穎腦中來不及消化這一切，她沒有直接北上去找美黛，而是去找她的好朋友瞿芳，因為她不放心母親。

躲躲藏藏的在家附近守了兩天之後，沒有父母的消息。

那個家像一座廢墟，一片死寂，好像裡面的人都死了卻陰魂不散，而她千辛萬苦的逃了出來，那座廢墟裡的鬼魂卻在那裡等著、潛伏著，在夜裡糾纏著她，讓她提心吊膽，更是有家歸不得。

她在心裡推測著許多可能，可能炳祥死了，香織被警察抓了起來，或是炳祥腦震盪住院，香織留在醫院照料，她沒有辦法想像一旦父親出院，母親會得到怎樣的對待；又或者，那兩記重擊讓他喪失記憶，如此一來，他就不會對媽媽拳腳相向。她心亂如麻，心裡希望父親死了，母親又能躲過一切麻煩。

在瞿芳家裡借住了兩天，不好意思再打擾下去。和好友商量的結果，她依照計畫到臺北投靠美黛，說不定臺北那邊已經有母親的消息；瞿芳則是密切注意她家裡的動向，和她保持聯絡。

聽母親的話，她把舊的手機號碼丟棄，到便利商店買了預付卡，撥了通電話給美黛，問清地址，搭車到臺北來。上了臺北，才知道母親曾經當過酒家女。

她在美黛家中住了下來。香織並沒有和美黛聯絡，美黛也很著急。

一個星期後，施穎接到瞿芳打來的一通電話，告訴她父母已經回家，詳細情形她並不清楚。

日子過得非常不安穩，她寄人籬下，成天胡思亂想，把自己搞得快要瘋了，而美黛身邊的男人來來去去，她一定覺得很不方便，只是礙於母親的情面不好說出來。

她想著，只有她有錢，才能把母親救出來，母親心心念念要熬到她大學畢業，為的不就是等她有賺錢的能力，她們的生活無虞，她就能頭也不回的離開那個混蛋。

逆境中，這是唯一的正向思考。她四處求職，國中畢業的她既未成年、更無專長，正式的工作，沒有人敢用她。那些老闆的臉上寫著擔憂，翘家的未成年少女，搞不好還是失蹤人口哩，誰要招惹這種麻煩？

日子一天一天過去，香織給的錢漸漸減少，她已經給美黛帶來不少麻煩，總不能到最後還得靠她養活。萬不得已之下，她終於向美黛要求到酒店工作。

有美黛的幫忙，未成年的她由服務員做起，打掃環境、送酒、打雜什麼都做。她年紀雖輕，卻深諳低調的生存之道，不起眼、不搶風頭、不惹麻煩。

期間她請美黛打探母親的近況，電話那頭的香織像是有難言之隱，她甚至不曾過問女兒的下落，只是要他們放心，她會好好的照顧自己。

3

一年過去了，為了配合公司政策，施穎改做酒促小姐，賺的錢比服務員多。

有個不長眼的酒店幹部來遊說她下海陪酒，美黛知道了，忙著替她擋駕。在酒店上班只是權宜之計，她才不願意把自己終生葬送在這個地方，她好不容易脫離父親的魔掌，對男女的肉體關係感到噁心，尤其在這種送往迎來的地方，男女關係是那樣隨便，多的是女人忍氣吞聲的時候。她只期待母親順利離婚，來臺北找她的那一天，她已經安頓好一個住處，她們又可以重新開始。

聲色場所永遠熱鬧不斷，施穎口乾舌燥的穿梭在一桌一桌的客人之間，不厭其煩的介紹今晚促銷的酒類。陪笑臉是一件艱鉅的工作，她懷疑自己年輕的臉是否因為皮笑肉不笑平白增添許多皺紋，讓她一夕衰老。

一名客人藉酒裝瘋，兩隻色瞇瞇的眼彎成兩條細線，從她剛才說話時就一路盯著她看，她手上拿著一小杯樣品，話還沒說完，男人的一隻手突如其來地偷襲她的臀部。她嚇了一跳，想都沒想就把那位客人的手撥掉，手上一小杯酒順手潑在客人身上。

那位客人不肯善罷干休，欺向前來就要動手，眾人看情況不對，急忙將他拉住，他仍是大聲理論，引起一陣騷動，經理聞聲趕來處理。

客人硬說是施穎對他不禮貌，還把酒灑在他身上，服務態度不好。

在這裡上班好一陣子，施穎知道酒店處理這類事情的方法，最好大事化小，小事化無。

她說話的語氣和緩許多，「我剛才在介紹今晚的活動，感覺有東西碰到我的屁股，原來是這位客人的手，我嚇了一跳，酒一時沒拿穩才不小心灑在客人身上。」

客人辯駁道：「那只是不小心碰到你，你是故意把酒灑在我身上的。」

經理一聽就知道又遇到不上道的客人，要吃小姐豆腐，而且對象還不是酒店小姐。

他斂起嚴肅的臉色，「這位先生，很抱歉發生這樣的事。不過，我必須在這裡說明一下，酒促小姐不是我們酒店的小姐，除了促銷酒類，他們的工作內容不包括和客人談心、遊戲，更不能有身體接觸，這點請你諒解。」

一人扮黑臉，就得有一人扮白臉。

美黛出來打圓場，「既然大家都是不小心，那就是誤會一場，」她趕緊挽著客人的手，「何必為了這種小事在這裡生氣呢，多划不來！我叫廚房切一點水果來招待你，算是陪罪，這樣好嗎？」

同桌的客人因為這件事成了在場的焦點，個個都覺得窘，在一旁勸著，「老王，算了吧！大家都在看了。」

提起大家都在看，好像他令同桌友人蒙羞，老王更加惱羞成怒。

「你說得好像是我的錯一樣，我們來酒店消費，還要受這種氣？什麼算了……」

李大中在這時對酒店經理說：「不好意思，他喝多了。」接著他轉頭對老王說道：「不然請這個小姐唱一首歌給你陪罪，好不好？」說完，他轉向酒店經理，徵求他的意見。

老王這時不言語，他想，李大中是見過世面的人，知道顧全他的面子，有臺階下就趕緊下，說真的，酒店他也惹不起。

經理在這時對施穎說，「就上臺唱一首吧。」

施穎勉強上臺，一曲高歌完畢，竟驚豔四座。

李大中遞給她一張名片，自我介紹一番，然後問道：

「你叫什麼名字？」

「我叫譚翎。」

她隨口編了一個名字出來。

有一天，美黛神色匆匆的進了休息室，像在找人，一看到她，把她拉到一旁。

「你今天不要出去，外面有一個陌生人在打聽你。不知怎的，居然找到這裡來！我跟店長講了你的事，看在我和你媽的分上，他會處理的。」

想不到炳祥託了在臺北的朋友四處探尋她的下落，她不知道父母之間的狀況如何，找她又要做什麼？

想到炳祥的獸行，她心有餘悸，不敢想像香織過的什麼日子。

等有了錢，等她成年，她再也不必害怕父親以她來要脅母親，她一定要幫助母親脫離苦海。反正這裡是待不下去了，她找出李大中那張名片，決定試試運氣。

這是她和大中哥認識的經過，算是因禍得福。

後來再聽到香織的消息時，她被打到住院，其實不令人意外，這是施穎想到最有可能發生的事，她不知道母親怎麼可能料想不到這個結果，她終日為她擔憂，終於發生了，她心裡反倒放下一顆石頭。因為這次重傷，母親得以訴請離婚。

施穎在歌壇打下一片天，以藝名「譚翎」走紅，施炳祥卻沒有放過她。女兒成了歌星，有錢了，他的下半輩子就有著落，短短十六年，這是多好的一項投資。

天下沒有這樣便宜的事，不管母親虧欠他什麼，她可沒有虧欠過他！

父不父，子不子，還能要她怎麼樣？向媒體爆料中傷她之後，要她出面認他，然後歡喜的接他回家團圓？

辦不到。她知道他會是她一輩子甩不開的陰霾。

她從未下海陪酒，但是既然曾經在酒店工作，事情通常越描越黑。只是，今日的她已不可同日而語，做為一個公眾人物，她有責任給大眾一個答案。甩甩頭，說實話吧，信者恆信，她告訴自己。

把手裡的便當吃完之後，再次回到工作崗位。疲勞讓她的身體有些迷茫，她告訴自己，就唱吧，當做最後一次。

放鬆之後反而一氣呵成，一首老是唱不好的歌竟然一次完成，有如神助。

製作人對她大力讚賞，重複多聽幾次，就連她自己也讚歎，恐怕沒有辦法再唱出同樣的水準。

悠揚的高音如黃鶯出谷般綺麗婉轉，一團綠霧圍繞著施穎，隨著音波上下移動，像綠色顏料在清水裡漾開，是如此迷亂，由渾濁漸漸變得清透，成了道綠光。墨逖和瞿暟在錄音室裡聽得如痴如醉。

「這是我女兒。」他驕傲的對瞿暟說，眼裡閃爍著晶瑩的淚光。

音樂方歇，墨逖喃喃自語道：「我知道我要什麼了。」

第二十九章　遺願

1

收了最後一道欲望之魂，他們終於完成任務。

只差幾個小時他就會魂飛魄散，誠如土地公所說到時連祂也沒有辦法，所幸一切有驚無險，「有如神助」其實該用在尹墨愆的身上。只是，完整了他的靈魂，並不能改變他是鬼的事實，然後，繼續漂流嗎？

他有個女兒，女兒卻不知道他，香織也不知道他愛她。他死了，連封遺書也沒留下，他得想辦法讓她們知道他的心意，但是沒有形體，什麼都辦不到。

「我想，我們得再去找你妹妹。」墨愆對瞿暟說。

瞿芳最近忙昏了頭，晚上卻無法獲得充分的休息，老是夢到被鬼追逐，或是和施穎有關的怪夢。一定是老闆給她的壓力太大，才會惡夢連連。

又發燒了，她已經連續感冒兩星期，晚上去醫院掛急診，燒退了，症狀竟不藥而癒，一回到家又開始發燒，頭痛、流鼻涕什麼都來，真是莫名其妙。

距離譚翎專訪的時間還有幾天，好不容易拿到獨家，她得打起精神來，別把事情搞砸了。

至於上回夢到瞿暟和尹墨愆的事，她早已忘得一乾二淨。

她的症狀越來越嚴重，吃了許多成藥都沒用，這下好了，連她的胃也受到感染，她得停下手邊的工作，直奔公司廁所，抱著馬桶嘔吐。

「我覺得你需要休息，這樣拼命工作，你的身體受不了。」一名女同事看不下去，要她請假去看醫生。

「醫生說沒病，吃了一堆成藥還不是沒用。」她嘆了一口氣，「說也奇怪，我只要一進醫院，病就好了，什麼症狀都沒了。你沒看到那個醫生的表情，他覺得我在惡作劇，搞不好以為我在暗戀他哩。」

女同事被逗笑了，濃妝豔抹的臉笑起來像愛麗絲夢遊仙境裡的那隻柴郡貓。她沉吟了一會兒，覺得哪裡不對勁，「吐成這樣，怎麼會沒病！你最近有沒有發生什麼怪事？」

「就一直夢到鬼。我不想去回憶那些無聊的惡夢。」

「你該不會是卡到陰吧？」女同事驟然下了一個結論。

瞿芳頗不以為然的翻了個白眼，「我現在沒時間卡陰，就算是鬼也得排隊等，明天有個獨家呢。」

雖然在玩笑間把她的同事打發走，她心裡惴惴不安，甩甩頭，回到座位上，繼續埋首工作。

「你妹真頑固，要怎樣才能提醒她我們的存在？」墨愆抱頭嘆息。

「她是個工作狂。唉，只好讓她錯過那個重要的獨家。」瞿瞪邊說邊搖頭。

瞿芳一整個晚上沒睡，她告訴自己是因為太緊張，所以睡不著。每當她進入夢鄉，就有人在她臉龐吹氣，她會猛然驚醒，來來回回持續一整晚。她不由自主的去探究那陰森的冷空氣到底從哪裡來？她發誓，絕對不可能是冷氣造成的。

最恐怖的是她最後一次醒來時，全身動彈不得，好像有重物壓在身上，全身上下只有眼睛能動，她嚇壞了，心想真的有鬼壓床這回事。

折騰了一整晚，她的身體又病又累，實在沒有辦法工作，只好打電話到公司告假，急忙通知譚翎的經紀人，希望她們同意將獨家專訪延後。

怎麼道歉賠不是都沒用，藝人的時間原本就很寶貴，時間就是金錢，現在因為記者身體不適就要延後？

經紀人發了一頓脾氣，大罵：「你們報社不會叫別的記者來採訪啊！」

其實他們根本不要其他記者，就是要她來澄清上次的那篇報導。

她和施穎是舊識，上次那篇報導出來，造成兩人友誼破裂，唱片公司認為這次他們同意專訪，已經釋出善意，身為記者的她應該知所進退，從別的事情的角度切入，話題專注在新專輯的宣傳上，洗清她的負面形象，加上報社同意報導出來之前，先讓唱片公司審核過才能刊登。

——上哪裡去找這麼好的條件？

一碼歸一碼，情緒解決不了問題，唱片公司同意另外通知她專訪的時間。

陽世間的事可以等，現在她必須先解決無形界的問題。

打電話請她同事替她預約一個常上節目的命理老師。她對靈界一無所知，現在是時候了解一下了。

施穎剛下通告，發現瞿芳守在攝影棚等她。

一見到那張熟悉的臉孔，她心裡一股悶氣莫名的湧上來，適才可親的笑臉不見了，臭臉以對，擺明拒人於千里之外。

工作歸工作，瞿芳這次來是為了私事。

她追上前去，施穎走得更快，情急之下，她一把抓住她的手。

施穎停下來，甩開她的手，煩躁的說：「你到底要幹嘛？」

施穎的助理緊張的趕來護駕，擋在她前面。

「我有一件很重要的事要跟你說，不會花很多時間的。」

「專訪的時間還沒到，你又想要什麼花招？」

「這件事和你母親有關，我們可以私下談嗎？」

施穎把助理支開，雙手在胸前交叉，一副不耐煩的神氣。「瞿大記者，說吧！」

「你爸爸想見你和你媽媽。」

施穎冷笑一聲，嗤之以鼻道：「這也算新聞嗎？」

「不是施炳祥，你的父親另有其人。」

「喔，是誰呀？現在誰都想認我當女兒！」她的耐心快要用完。

「你爸爸叫尹墨愆，是尹楊電子的董事長，他前一陣子過世了。不信，你回去問你媽媽。」

施穎再也受不了這通篇胡扯，她嚴厲痛斥道：

「你少在這邊危言聳聽！上次爆出我是酒家女，現在又扯上政商名流，還是個死人，你要利用我製造新聞到什麼時候？」

「這是真的，你回去和你媽求證，就會知道我沒有騙你。」

「你夠了沒有？你再胡說八道，我就要公司取消你們報社的獨家專訪。你聽清楚了嗎？」丟下這句話，施穎憤而離去。

瞿芳喃喃自語對空氣道：「尹董事長，我盡力了。」

2

幾天後，瞿芳接到施穎的電話。

一改幾天前的傲慢和怒火，她的態度謙和有禮。她說，香織想見她，希望她能順道帶一位可靠的通靈老師前來，她們願意支付靈媒的費用，但是事情絕對要保密。

自從聽了瞿芳的連篇鬼話，她心裡一陣忐忑，想起自己的成長過程和父母的婚姻，不由得不懷疑事情的真實性，盛怒之下忘了問瞿芳她是怎麼知道的——如果她說的是事實。

她問母親是否認識尹墨愆這個人。

香織一聽到這個名字，不禁悲從中來，淚珠在眼眶中打轉。那一刻，她就知道瞿芳所言不假，只是不知有何根據。

是時候把真相說清楚了。

她臉上帶著淒楚的笑容，以不疾不徐的語調將事實合盤托出，彷彿在訴說的只是他人的故事。一個認命的傳統女性，逆來順受，吃了這麼多年的苦，她都不後悔，不只一次，香織提到虧欠她的養父，委屈他幫別的男人養女兒，而他到現在還不知道。

不知道她是不是自己的親生女兒，都能對她做出那種事，她的養父是怎樣的一頭畜牲！她在心裡吶喊。

母親把胸前的心形項鍊打開，另一頭是她的親生父親。他英挺帥氣，五官分明，兩道劍眉又濃又黑，帶著點霸氣，施穎的眉毛和鼻子長得像他，五官看起來比母親立體得多。

她為母親感到心疼，對親生父親產生一股強大的恨意，要不是他的不負責任、他的移情別戀，她們根本不必受這麼多罪。

「死了最好，這就是你的報應。」她暗自對這個素未謀面的父親說。

不久，瞿芳帶靈媒來訪。

香織親切的奉茶，問了事情的來龍去脈。瞿芳把之前發生的事說出來，這是她上次錯過專訪的原因。

此時，原本默不作聲的靈媒把他的感應說出來。

「有兩個靈魂和我們共處一室，他們等不及要開始了。一位叫做瞿phrase，另一位叫做尹墨愆，他們跟著瞿芳有一陣子了。」

大家豎耳諦聽，等著靈媒說下去。

「那位尹先生很激動，他說要跟香織說話，」

想不到還能有最後一次機會和墨愆說話，香織難過得流下眼淚。

「他說他愛你，他知道你這些年吃了許多苦，都是為了保護你們的孩子。他說，在他當時和李煙蘿解除婚約之後，他有請徵信社找過你，可是你已經嫁人，他以為你很幸福，不敢打擾你的生活。這麼多年過去，他一直未婚，他很想念你，只可惜他沒有那個福氣。」

靈媒仍是以第三者的立場來傳達亡者的話，但是他沒有辦法控制悲傷的情緒，一如亡者濃烈的情感，不自覺的淚流滿面。

瞿芳遞了面紙過去，大家哭成一團。

「他說他在告別式上看到你，感受到你溫暖的眼淚，知道你還愛著他。這次他千辛萬苦的透過瞿芳尋找你們的下落，就是要讓你們知道他並沒有忘了你們。」

香織早已泣不成聲，心存一絲希望，她問：「他能不能留下來？不要走。」

靈媒道：「人鬼殊途，你不能要求他不要走。他說，如果有來生，他一定會做一個好丈夫，好好的彌補你。目前他還有心願沒有完成，所以沒辦法離開。」

施穎在這時倔強的回道：「人都死了，現在回頭跟我們說這些做什麼？」

靈媒開口道：「他說他對不起你，現在他唯一的心願就是希望你能認他，叫他一聲爸爸，他就心滿意足了。」

「認他？我憑什麼要認他？我跟他素未謀面，他一夜之間成了我爸爸，我就該欣然接受，把過去的痛苦一筆勾銷？」

「他說，他知道你國中畢業後，過了一段很辛苦的日子，失去一般人求學過程的快樂，他唯一能做的就是彌補你，他很有錢，希望你繼承他的財產，到國外去念書，有了他的錢做支柱，你們不用為生活奔波，可以做自己想做的事。」

「告訴他，我不缺錢！想拿錢來彌補我失去的親情，不必了。」施穎情緒激動，淚水亂七八糟的横了一臉，似乎想用她的憤怒來換得一點真實。和已故的父親吵架，太匪夷所思了，她到現在還不敢相信這是真的。

「你爸爸說，這可能是他最後一次和你說話，你不明白這個機會對他而言是多麼難得，他不知道自己還能在這裡停留多久，希望你能平心靜氣的聽他把話說完。」

施穎只是哭，潑辣的聲氣不見了。

「他要你向法院提起親子關係的鑑定，他在信義路的豪宅裡有他未洗的衣物，在那裡可以找到他的頭髮來做為 DNA 的認定標準。你的母親不是他的配偶，沒有權利繼承他的財產，而他的哥哥一家正在貪圖他的財產，只有把他名下的財產過給你，才能解決一切爭端。」

「我不要他的錢。」

「這是他最後能為你們母女做的，不為了你，就算是為了你媽，他希望你能接受；況且，你成了他的女兒，你的養父就再也沒辦法來騷擾你了，這是他最後能給你的保護。」

施穎哭得肝腸寸斷，依然不置可否。

「他說，他在銀行開了一個保險箱，鑰匙就藏在家裡浴室的白色蘭花盆下面，這件事沒有人知道。目前，他的繼承人之爭還沒有定論，所有資產是凍結的，只有你去法院申請成為合法繼承人，財產才能順利轉移。保險箱裡有他的存摺、印章、房契及公司的股票證明，另外還有兩張重要的名片，一張是公司法律顧問的名片，另一張名片則是他多年合作的會計師，兩人都是他的好朋友，一旦他們知道你是他的孩子，會盡全力幫忙你的。至於公司的部分，他名下擁有的股份全都交給你，其他叔伯的部分，就讓給他們吧。」

把遺言交待完畢，靈媒再次開口代墨愆請求道：「你能開口叫他一聲爸爸嗎？」

施穎仍然不肯鬆口，就像人之將死，等著活著的人答應他的請求，才能嚥下最後一口氣，一旦答應他，他就能放心走了，永遠消失在你的生命之中，她怎麼能？

短短的幾個小時已經訴盡自己和父親一生的緣分，她捨不得，除了愴然淚下之外，沒有其他的表達方式。

「他在等你的回覆。」靈媒繼續說。

香織在一頭勸著女兒，要她完成他的心願。

「我不要，我一叫，他就會離開我們了。」

靈媒道：「你想念他時，可以到祠堂去祭拜他，和他說說話，他會聽見你的。現在讓他平靜的走吧！」

施穎終於開口叫了一聲爸，聲淚俱下，多年的委屈和遺憾，此時都化為諒解和滿滿的愛。

3

在香織和施穎的授權下，瞿芳拿到她的獨家，那就是報導施穎向法院提起親子鑑定的新聞。新聞一出，震驚社會，已經沒有人對施炳祥之前的爆料感興趣，大家更關心的是尹墨愆的企業王國和他背後的故事。

墨愆的豪宅裡，靜靜的傳來電視的聲音。

施穎接受電視節目專訪，談到自己的成長過程，以及和親生父親之間淡薄的緣分，故事是那麼曲折又感人肺腑，連主持人也為她掬一把同情之淚。

「接下來，你兄弟那邊要怎麼處理？」瞿暟問墨愆。

「就照我的意思，他們得到名下的公司持股。我哥哥那家人那麼貪心，當初硬要入股尹楊，現在拿到的本來就是他們的股份；至於我弟，我把在他名下屬於我的股份留給他，算是對他有所交代了。」

「那你內姪呢，你不想報仇？」瞿暟的眼睛頓時亮了起來。

「報仇？如果不是因為尋找離散的魂魄，我就算再活個二十年，渾渾噩噩的，一樣不知道世上有兩個這麼愛我的人，多活幾年又有什麼意義？只是遺憾緣分不夠，沒能留在身邊照顧她們。」

「你弟弟呢，你不擔心他的未來？他的未婚妻在背後和別人搞七捻三，你不想做些什麼提醒他？」

墨愆只是微笑著，用異常平靜的口吻：

「那是他的人生，每個人都得去面對自己的人生課題，我只關心我的女人和我的孩子，她們對我才是最重要的。」

突然間，墨愆全神貫注的看著遠方，就像發現什麼。

瞿暟循著他的視線向遠處看去，黑暗中什麼都沒有，他的兩隻眼睛用力的皺成一團，還是什麼都沒看到。

「你在、看什麼？」瞿暟的話還沒說完，墨愆伸出一隻手擋在空中，阻止他說下去。

他的頭微微側偏，彷彿豎耳聆聽著什麼，這個時候，發出一點點聲音都是干擾。

「我想我很快就要離開這裡了。」墨愆終於開口。

見瞿暟一頭霧水，他驚訝的追問：「你沒有看到前面那一道光嗎？」

瞿暟搖頭。

「它在對我說話，要我跟著它走。我們終於找到該去的地方，你跟著我，我們一起離開。」

剎那間，瞿暟明白那道光是墨愆自己靈魂的反射，就像人類的潛意識，它們知道靈魂要的是什麼，會帶領你去追尋。

所有事情的背後都有個目的。

墨愆卡在世界的兩端，因為眷戀而徘徊不去，如今他完成他的人生課題，他的靈魂找到出口，所以他該離開了。

那瞿dd呢？想起他死的那天，那個死亡現場，他一直不敢回顧自己死亡的時刻，卻又忍不住在那裡流連。那是他心中深層的恐懼，他無法放手。

過了半晌，他感性的對墨愆說：

「我想我的時間還沒到，如你所說，我不應該再逃避屬於我的生命課題。希望你一路好走，來生我們有緣再見。」

墨愆諒解的點點頭，握完了手，給瞿dd一個擁抱。「謝謝」兩個字道盡千言萬語，在這個分離的時刻，是他唯一想說的。

他平靜和緩的飄浮著，跟著那道心靈的光漸漸走遠。

瞿dd看著墨愆的光影越縮越小，好像經過一個暗黑的甬道，看不見邊際，卻可以感受到它的界線；或者，用照片來引申比較適當，每一個時刻慢到像一張靜態的照片，合在一起像一本書，快速翻閱時成了電影裡的動畫，裡面有笑、有淚。

墨愆再次回頭望著瞿dd，在那頭用力的向他揮手，他的靈體離得那麼遠，光影小得快要看不見，心意卻無遠弗屆，他收到了。

瞿dd在這頭用力的揮手，向他道別。

在遠處，墨愆的靈體像燒紅的炭火剩餘的光亮一樣，逐漸撳滅在黑暗之中。

——全書完

國家圖書館出版品預行編目資料

當我還是人的時候／墨謙著. --初版.--臺中市：白象文化，2018.7
面； 公分.——（冥曲系列；1）
ISBN 978-986-358-660-9（平裝）

857.7 107006357

冥曲系列（1）

當我還是人的時候

作　　者　墨謙
校　　對　墨謙
專案主編　吳適意
出版編印　徐錦淳、林榮威、吳適意、林孟侃、陳逸儒、黃麗穎
設計創意　張禮南、何佳諠
經銷推廣　李莉吟、莊博亞、劉育姍、李如玉
經紀企劃　張輝潭、洪怡欣
營運管理　黃姿虹、林金郎、曾千熏
發 行 人　張輝潭
出版發行　白象文化事業有限公司
402台中市南區美村路二段392號
出版、購書專線：（04）2265-2939
傳真：（04）2265-1171
印　　刷　基盛印刷工場
初版一刷　2018 年 7 月
定　　價　380 元

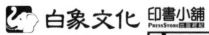